金庸

射鵰英雄傳

第五卷

密室療傷

潘天壽「松鷲」：潘天壽是當代負有盛名的畫家，長期擔任杭州浙江美術學院院長。他自刻有一顆閒章：「一味霸悍」，這四字可以形容他的主要畫風。

韓幹「牧馬圖」：韓幹，唐玄宗時畫院供奉，畫馬號稱古今獨步，所傳神話甚多。左角為宋徽宗題字。現藏故宮博物院。

宋徽宗「文會圖」

宋高宗像：宋高宗名趙構，徽宗之子，欽宗之弟。此圖為高宗晚年之像。

夏珪「西湖圖」：夏珪，字禹玉，錢塘人，宋寧宗朝畫院待詔，是與郭靖同時代的人物。其畫筆墨峻峭，氣韻極高。

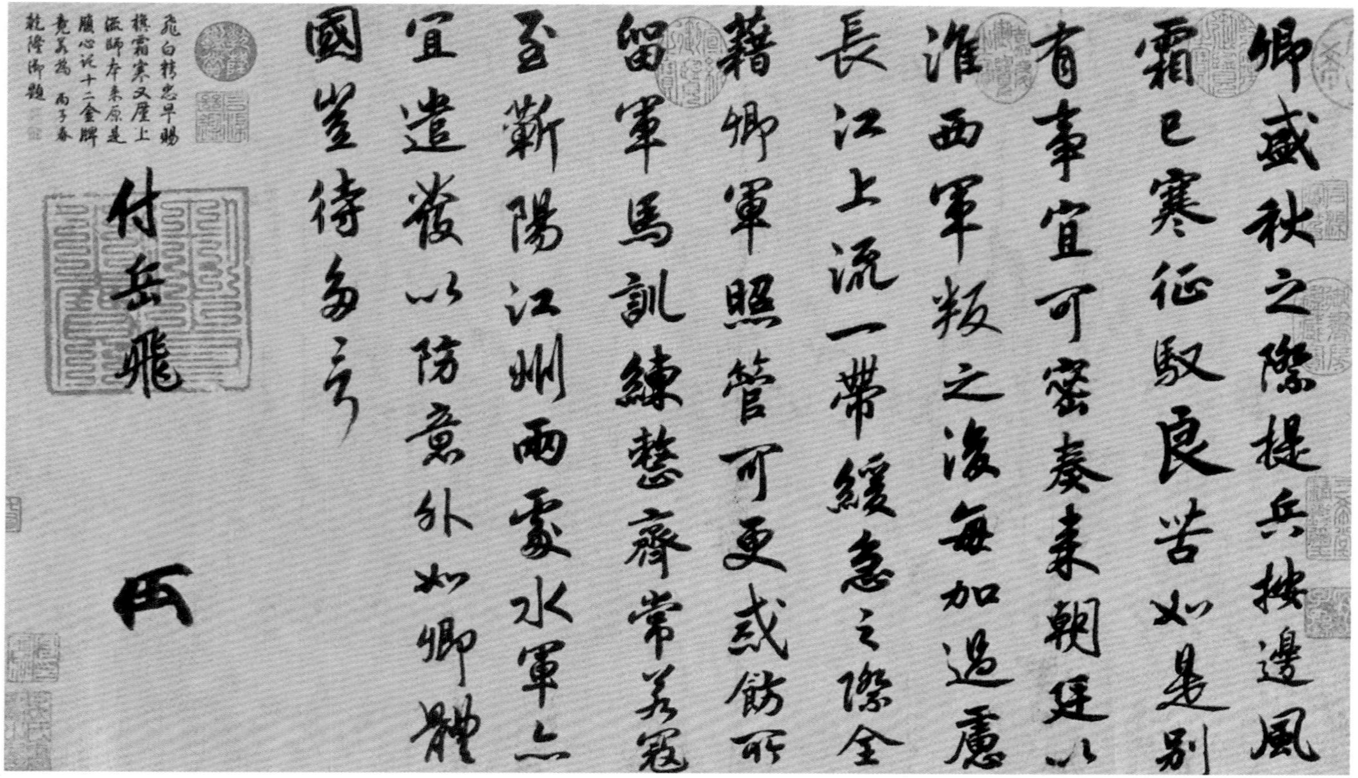

宋高宗「賜岳飛手勅」：勅書中大拍岳飛馬屁，原文：「卿盛秋之際，提兵按邊，風霜已寒，征馭良苦。如是別有事宜，可密奏來。朝廷以淮西軍叛之後，每加過慮長江上流一帶，緩急之際，全藉卿軍照管，可更戒飭所留軍馬，訓練整齊，常若寇至。蘄陽江州兩處水軍，亦宜遣發，以防意外。如卿體國，豈待多言。付岳飛」。鈐印「御書之寶」，下有御押。左角清乾隆帝題詩：「飛白精忠早賜旗，霜寒又厘上流師。本來原是腹心託，十二金牌竟若為！」

射鵰英雄傳

大字版

⑤ 密室療傷

金庸

大字版金庸作品集⑬
射鵰英雄傳 (5)密室療傷 「公元2003年金庸新修版」
The Eagle-shooting Heroes, Vol. 5

作　　者／金　庸

封面設計／唐壽南　內頁插畫／姜雲行

發 行 人／王 榮 文
出版・發行／遠流出版事業股份有限公司
臺北市中山北路一段11號13樓
電話／2571-0297　傳真／2571-0197　郵撥／0189456-1

□2003年8月1日　初版一刷
□2024年8月1日　二版十刷

大字版　每冊380元（本作品全八冊，共3040元）
〔另有典藏版共36冊（不分售），平裝版共36冊，新修版共36冊，新修文庫版共72冊〕

ISBN　978-957-32-8121-4（套：大字版）
ISBN　978-957-32-8117-7（第五冊：大字版）
Printed in Taiwan

YLib 遠流博識網
http://www.ylib.com　E-mail:ylib@ylib.com

目錄

第二十一回　千鈞巨岩……九四七
第二十二回　騎鯊遨遊……一〇〇五
第二十三回　大鬧禁宮……一〇五九
第二十四回　密室療傷……一一〇三
第二十五回　荒村野店……一一五一

三人當即動手，將古松當作支柱，推動井字形樹幹，大纜盤在古松樹幹上，慢慢縮短，巨岩就一分一分的抬了起來。歐陽克陷身在泥漿之中，但見巨岩微微晃動，只壓得大纜格格作響。

第二十一回　千鈞巨岩

歐陽鋒只感身上炙熱，腳下船板震動甚劇，知道這截船身轉眼就要沉沒，但洪七公兀自纏鬥，毫不稍懈，再不施展絕招殺手，只怕今日難逃性命，右手蛇杖急縮，左臂猛力橫掃出去。洪七公以竹棒追擊蛇杖，左手揮出擋格他手臂，卻見歐陽鋒手臂隨勢而彎，拳頭疾向自己右太陽穴打來。

這「靈蛇拳法」是歐陽鋒潛心苦練而成的力作，原擬於二次華山論劍時一舉壓倒餘子，是以在桃花島上與洪七公拚拆千招，這路取意於蛇類身形扭動的拳法，始終不曾使過。蛇身雖有骨而似無骨，能四面八方，任意所之，因此這路拳法的要旨，在於手臂似乎能於無法彎曲處彎曲，敵人只道已將來拳架開，那知便在離敵最近之處，忽有一拳從萬難料想的方位打到。要令手臂當眞隨處軟曲，自無可能，但出拳的方位匪夷所思，在敵人眼中看來，自己的手臂宛然靈動如蛇。

歐陽鋒在這緊急關頭怪招猝發，洪七公本來原難抵擋，就算不致受傷，也必大感窘迫，那知歐陽克在寶應與郭靖動手時已先行使用過了，雖然獲勝，卻給洪七公覷到了其中關竅。那日他不赴黎生等羣丐之宴，便是在苦思破解之法，這時見歐陽鋒終於使出，心頭暗喜，勾腕伸爪，疾以擒拿手拿他拳頭。這一下恰到好處，又快又準，正是剋制他「靈蛇拳法」的巧妙法門。看來似乎碰巧使上，其實卻是洪七公經數晝夜的凝思，此後又千百次練習改進而成，以之應付整套「靈蛇拳法」，原尚嫌不足，但單招忽施，卻大有奇兵突出、攻其無備之效。

歐陽鋒本來料到對方大驚之下，勢必手足無措，便可乘機猛施殺手，不料大吃一驚的卻是自己，不由得倒退數步，突然間空中一片火雲落將下來，登時將他全身罩住。

洪七公也驀地一驚，向後躍出，看清楚落下的原來是一張著了火的大帆。

以歐陽鋒的武功，那帆落下時縱然再迅捷數倍，也必罩不住他，只是他驀然見到自己兩年苦思、三年勤練的「靈蛇拳法」竟給對方漫不在意的隨手破解了，一時之間茫然若失，竟致不及閃避。那張帆又大又堅，連著桅桿橫桁，不下數百斤之重，歐陽鋒挺躍兩次，都未能將帆掀開。他雖遭危難，心神不亂，豎起蛇杖要撐開帆布，豈知蛇杖卻遭桅桿壓住了豎不起來。他心嘆：「罷了，罷了，老兒今日歸天！」突然間身上一鬆，船帆從頭頂揭起，只見洪七公提著船頭的鐵錨，以錨爪鉤住了橫桁，正使力將帆拉開。卻是洪七公不忍見他就此活活燒死，出手相救。

這時歐陽鋒全身衣服和鬚眉毛髮都已著火，立時躍起，在船板上急速滾動，要想滾滅身上火燄，豈知禍不單行，那半截船身忽地傾側，帶動一根粗大的鐵鍊從空中橫飛過來，迅捷異常的向他掃去，勢道甚是猛惡。

洪七公叫聲：「啊喲！」縱身過去搶住鐵鍊。那鐵鍊已為火燒得通紅，只燙得手掌嗤嗤聲響，肉為之焦。他急忙鬆手，將鐵鍊投入海中，正要跟著躍下，突然間後頸微一麻痛。他一呆之下，一個念頭如電光般在腦海中閃過：「我救了西毒性命，難道他反用蛇杖傷我？」回頭看時，果見蛇杖剛從眼前掠過，一條小毒蛇滿口鮮血，昂頭舞動。洪七公怒極，呼呼兩掌，猛向歐陽鋒劈去。歐陽鋒陰沉著臉向旁閃開，喀喇一聲巨響，洪七公這兩掌把船上一根副桅震為兩截。

歐陽鋒偷襲得手，喜不自勝，但見洪七公狂掃亂打，聲勢駭人，卻也暗暗心驚，不敢硬接他招數，只閃躲退讓。

郭靖大叫：「師父，師父！」爬上船來。洪七公忽感昏迷，搖搖欲墜。歐陽鋒搶上兩步，運勁揮掌擊落，正中洪七公背心。歐陽鋒杖上的怪蛇本來劇毒無比，幸得他先幾日與周伯通賭賽屠鯊，取盡了毒液，怪蛇數日之間難以復原。因此洪七公頸後遭嚙，中毒就輕得多了，但蛇毒畢竟十分猛厲，以他深厚功力，仍頃刻間便神智迷糊，受到掌擊時竟未能運功抵禦，口中鮮血噴出，俯身跌倒。

洪七公武功非同小可，歐陽鋒情知這一掌未能送他性命，日後讓他養好傷勢，那可遺患無窮，正是：「容情不下手，下手不容情。」飛身過去，舉腳使勁往他後心踹落。

郭靖剛從小艇艇首爬上甲板，眼見勢急，已自不及搶上相救，雙掌齊發，一招「雙龍取水」，猛擊歐陽鋒後腰。歐陽鋒雖知郭靖武功不弱，卻也不把他放在心上，左手迴帶，既架來掌，又攻敵肩，右腳仍然踹下。郭靖大驚，救師心切，顧不得自身安危，縱身躍起，去抱歐陽鋒頭頸，這一來自己門戶洞開，波的一聲，脅下爲西毒反手掃中。

這一掃力道雖不甚大，但歐陽鋒勁隨意到，每一出手都足致敵死命，若非郭靖內功已頗具根柢，受傷已自不輕，饒是如此，也感脅下劇痛，半身幾乎痳痺。他奮力撲上，抱住歐陽鋒頭頸。歐陽鋒只道自己這般猛力反掃，對方必然退避，豈知這傻小子竟會不顧性命，使上了兩敗俱傷的蠻招。這一來，踏向洪七公背心的一腳只到中途，便須縮回，彎腰反手來打郭靖。到了這近身肉搏的境地，他甚麼蛤蟆功、靈蛇拳等等上乘武功都已使用不出。武功高強之人臨敵出手，決不容他人近身，不待對方發拳出腿，早已克敵制勝，至於高手比武，更點到即止，那有這般胡扭蠻纏之理？是以任何上乘拳術之中，均無拘摟扭打的招數。這時歐陽鋒給郭靖扼住咽喉要害，反手打出，卻爲他閃開，但覺喉中敵手越收越緊，漸感呼吸急促，疾忙又以左肘向後撞去。

郭靖斜身右避，只得放開左手，隨即使出蒙古的摔跤之技，左手搶著從敵人左腋下穿出，在他後頸猛力扳落，歐陽鋒武功雖強，在他這般狠扳之下，頸骨也甚疼痛。這一扳在摔跤術中稱為「駱駝扳」，意思說以駱駝這般龐然大物，給這麼一扳也不免頸骨斷折，其實駱駝的頭頸當然扳不斷，只這一扳手法巧妙，若非摔跤高手，極難解救。歐陽鋒不會摔跤手法，只得右手又向後揮擊。郭靖大喜，右手立時從他喉頭放下，仰身上手，右手又從他右脅下穿上，扳在他後頸，縱聲猛喝，雙手互叉，同時用勁捺落。這在摔跤術中稱為「斷山絞」，受絞者已陷絕境，不論臂力多強，摔術多巧，只要後頸為對手如此絞住，只有叫饒投降，否則對方勁力使出，頸骨立斷。

但歐陽鋒的武功畢竟非蒙古摔跤手之可比，處境雖極不利，仍能設法敗中求勝，郭靖雙手扳下，他卻以上乘輕功順勢探頭向下鑽落，一個觔斗，竟從郭靖胯下翻了出去。以他武學大宗師身分，如此從後輩胯下鑽出，簡直聲名掃地。若非身陷絕境，那是說甚麼也不幹的。他一解開這「斷山絞」，立即左手出拳，反守為攻，擊向郭靖後背，不料拳未打出，左下臂又給扭住。郭靖知武功遠非對手，幸好貼身肉搏，自己既擅於摔跤，兼且不顧死活，只要不讓敵人離身，他就傷不得師父。

這時半截船身晃動更烈，甲板傾斜，兩人再也站立不定，同時滾倒，衣髮上滿是火啖。

這時可急壞了黃蓉，眼見洪七公半身掛在船外，全然不動，不知生死，郭靖卻與歐陽鋒滾來滾去的扭打不休，兩人身上都已著火，情勢緊迫之極，當下舉槳往歐陽克頭上砸去。歐陽克右臂雖斷，武功仍強，側身避過木槳，左手倏地探出，來拿她手腕。黃蓉雙足力頓，小艇傾側。歐陽克不識水性，身子晃了幾晃，驚惶之下，便即縮手。黃蓉乘那小艇側回，借著船舷上昇之勢躍入海中。

她划得數下，已衝向大船。那半截大船已泰半入水，船面離水不高，黃蓉爬到船上，從腰間取出郭靖那柄短劍，上前相助郭靖。只見他與歐陽鋒扭成一團，翻來滾去，畢竟歐陽鋒武功強出甚多，已將郭靖按在身下，但郭靖牢牢揪住他雙臂，叫他無法伸手相擊。黃蓉穿火突煙，縱上前去，舉短劍向歐陽鋒背心插落。這短劍是丘處機所贈，上刻郭靖名子，本在穆念慈手裏，後來黃蓉以刻有楊康之名的短劍與她交換。

歐陽鋒與郭靖扭打正急，短劍剛要碰到他背心，已然驚覺，出力扳轉，反把郭靖舉在上面。黃蓉彎腰仍出短劍去刺他腦袋，可是歐陽鋒左閃右避，靈動之極，她接連三下都沒刺中，最後一刺托的一下，插上了船板。一陣黑煙隨風颳來，薰得她眼也睜不開來，忽地腿上一痛，翻身摔倒，原來給歐陽鋒反腳以腳跟踢中。黃蓉打了個滾，躍起身來，頭髮也已著火，拔起短劍正要上前再鬥，郭靖大叫：「先救師父，先救師父！」黃蓉心想不錯，奔到洪七公身旁，抱著他躍入海中，身上火燄立時熄滅。

黃蓉將洪七公負在背上，雙足踏水，游向小艇。歐陽克站在艇邊，高舉木槳，叫道：「放下老叫化，只許你一人上來！」黃蓉一揚短劍，叫道：「好，咱們水裏見眞章！」攀住艇邊，猛力搖晃。小舢舨左右擺動，眼見就要艇底向天。歐陽克大驚，牢牢抓住船舷，叫道：「別……別搖，小船要給你搞翻啦！」黃蓉一笑，說道：「快拉我師父上去，小心了，你弄一點兒鬼，我把你在水裏浸足三個時辰。」歐陽克無奈，只得伸左手抓住洪七公後心，提上艇去。黃蓉微笑讚道：「自從識得你以來，第一次見到你做件好事。」歐陽克心中一蕩，要待說話，卻無話可說，只得默然。

黃蓉正要轉身再游往大船助戰，猛聽得山崩般一聲巨響，一大堵水牆從空飛到，罩向頭頂。她大吃一驚，忙屏息閉氣，待海水落下，回過頭來，伸手將濕淋淋的頭髮往後一掠，這一下登時呆了。只見海面上一個大漩渦團團急轉，那冒煙著火的半截大船卻已不見，船上扭打纏鬥的郭靖與歐陽鋒也已無影無蹤。

在這一瞬間，她腦中空洞洞地，既不想甚麼，也不感到甚麼，似乎天地世界以及自己的身子也都驀地裏消失，變得不知去向。突然之間，一股鹹水灌向口中，自己正不斷往下沉去，她這才驚覺，雙手掀水，身子竄上來冒頭出海，四顧茫茫，除一艘小艇之外，其餘的一切都已爲大海吞沒。

黃蓉低頭又鑽入海中，急往漩渦中游去。她水性甚高，漩渦力道雖強，卻也能順著水勢游動。她來往迴游找尋郭靖，在四周打了十多個圈子，郭靖固不見蹤影，連歐陽鋒也不知到了何處，似乎兩人都爲沉船帶入了海底深處。

再游一陣，只感筋疲力盡，但仍不死心，在大海中亂游亂闖，只盼天可憐見，竟能撞到郭靖，但四下裏唯見白浪連山，絕無人影，又游了大半個時辰，當眞支持不住了，心想只好上船休息片刻，再下海找尋，便游近舢舨。

歐陽克伸手拉她上去。他見叔父失蹤，也甚惶急，連問：「見到我叔叔麼？見到我叔叔麼？」黃蓉心力交瘁，突然眼前一黑，暈了過去。

也不知過了多少時候，才慢慢回復知覺，但覺身子虛浮，似在雲端上下飄盪，耳畔風捲浪濤，澎湃作響。她定一定神，坐起身來，只見小舢舨順著海流正向前疾行。這時離沉船處已不知多遠，郭靖是再也找不到的了，她心中一陣傷痛，又暈了過去。歐陽克左手牢牢抓住船舷，雙足撐住船板，只怕舢舨起伏之際將自己拋了出船，那敢移動絲毫。

又過多時，黃蓉重又醒轉，心想靖哥哥既已葬身海底，自己活著有何意味，見歐陽克那副眼眨唇顫、臉如土色的害怕神態，只感說不出的厭憎，心想：「我豈能跟這畜生死在一起？」站起身來，喝道：「跳下海去！」歐陽克驚問：「甚麼？」黃蓉說道：「你不跳麼？我把舢舨弄翻了再說。」縱身往右舷一跳，舢舨登時側過，她跟著又往左舷一跳，船身向左側得更加厲害。

但聽歐陽克嚇得高聲大叫，黃蓉於悲傷中微覺快意，又往右舷躍去。歐陽克知道只要給她東跳西躍的來回幾次，舢舨非翻不可，見她又躍向右舷，忙縱身躍向左舷，身子落下的時刻拿揑得恰到好處，兩人同時落下，舢舨只向下一沉，卻不傾側。黃蓉連試兩次，都給他用這法子平衡了。

黃蓉叫道：「好，我在船底鑿幾個洞，瞧你有甚麼法子。」拔出短劍，躍向船心，瞥眼間只見洪七公俯伏在船底，因他始終不動，自己心中只念著郭靖，竟忘了師父，一驚之下，忙俯身探他鼻息，緩緩尚有呼吸。她心中略慰，扶起洪七公來，見他雙目緊閉，臉如白紙，再撫摸他心口，雖有跳動，卻極微弱。黃蓉救師心切，便不再去理會歐陽克，解開洪七公上衣察看傷勢。

突然舢舨猛烈震動，歐陽克歡聲大叫：「靠岸啦，靠岸啦！」黃蓉抬起頭來，只見遠處鬱鬱蔥蔥，盡是樹木，舢舨卻已不動，原來在一塊礁石上擱了淺。

這處所離岸尚遠，但水清瞧得到海底，水深不過到胸腹之間。歐陽克躍入水中，跨出幾步，回頭向黃蓉瞧瞧，重又回來。

黃蓉見洪七公背上右胛骨處有一黑色掌印，深陷入肌，似是用烙鐵烙出來一般，不禁駭然，心想：「那西毒一掌之力，怎會如此厲害？」又見他右邊後頸有兩個極細的齒痕，若非用心檢視，幾乎瞧不出來，伸手在齒痕上輕按，觸手生疼，炙熱異常，急忙縮手，問道：「師父，覺得怎樣？」

洪七公哼了一聲，並不答話。黃蓉向歐陽克道：「拿解藥來。」歐陽克雙手一攤，做了個無可奈何的姿式，說道：「解藥都在我叔叔那裏。」黃蓉道：「我不信。」歐陽克道：「你搜便是。」解開衣帶，將身上各物盡數捧在左手。黃蓉見果然並無藥瓶，道：「幫我扶師父上岸！」

兩人各自將洪七公的一臂放在肩上，黃蓉伸出右手，握住歐陽克的左手，讓洪七公坐在兩人的手臂之上，走向岸去。黃蓉感到師父身子不住顫抖，心中焦急。歐陽克卻大爲快慰，只覺一隻柔膩溫軟的小手拉著自己的手，正是近日來夢寐以求的奇遇，只可惜走不多時，便已到岸。

黃蓉蹲低身子，將洪七公放在地下，道：「快去將舢舨拉上岸來，別給潮水衝走了。」歐陽克將左手放在唇邊，兀自出神，聽黃蓉呼叫，呆呆發怔，卻沒聽淸她說些甚麼，幸好黃蓉不知他心中所思何事，只橫了他一眼，又說了一遍。

歐陽克只用左臂，拖上舢舨，見黃蓉已將洪七公身子翻轉俯伏，要設法治傷，心想：「這裏不知是何處所。」奔上一個小山峯四下眺望，不禁驚喜交集，只見東南西北盡是茫茫大海，處身所在是個小島。島上樹木茂密，不知有無人煙。他驚的是：此處若是荒島，既無衣食，又無住所，如何活命？喜的是：天緣巧合，竟得與這位天仙化身的美女同到此處，眼見老叫化重傷難愈，自己心願豈有不償之理？心想：「得與佳人同住於斯，荒島即是天堂樂土，縱然旦夕之間就要喪命，那也是天從人願了。」想到得意之處，不禁手爲之舞，足爲之蹈，突然右臂一陣劇痛，這才記得臂骨已斷，用左手折下兩根樹枝，撕下衣襟，將右臂牢牢的與樹枝綁在一起，掛在頸中。

黃蓉在師父後頸蛇咬處擠出不少毒液，不知如何再行施救，只得將他移上一塊大石，讓他躺著休息。裝盛九花玉露丸的小瓷瓶幸好旋緊了蓋子，並未入水，取出兩顆丸藥，餵師父吃了，高聲對歐陽克道：「你去瞧瞧這是甚麼所在，鄰近可有人家客店。」歐陽克笑道：「這是個海島，客店是準定沒有的。有人沒有，那得瞧咱們運氣。」

黃蓉微微一驚，道：「你瞧瞧去。」歐陽克受她差遣，極是樂意，展開輕功向東奔去，見遍地都是野樹荆棘，絕無人跡曾到的景象，路上用石子打死了兩頭野兔，折而向北，兜了個大圈子回來，對黃蓉道：「是個荒島。」

黃蓉見他嘴角間含笑，心中有氣，喝道：「荒島？那有甚麼好笑？」歐陽克不敢多話，將野兔剝了皮遞給她。黃蓉探手入懷，取出火刀火石和火絨，幸好火絨用油紙包住，有一小塊未曾浸濕，當下生起火來，將兩隻野兔烤了，擲了一隻給歐陽克，撕了一塊後腿肉餵給師父吃，再在灰中留下火種。

洪七公既中蛇毒，又受掌傷，一直神智迷糊，斗然間聞到肉香，登時精神大振，兔肉放到嘴邊，當即張口大嚼，吃了一隻兔腿，示意還要，黃蓉大喜，又撕了一隻腿餵他，洪七公吃到一半，漸感不支，嘴裏咬著一塊肉沉沉睡去。

黃蓉只吃得兩塊兔肉，想起郭靖命喪大海，心中傷痛，喉頭哽住，再也吃不下了，見天色漸黑，找到了個岩洞，將師父扶進洞去，歐陽克過來相助，幫著除穢鋪草，抱著洪七公輕輕臥下，又用乾草鋪好了兩人的睡臥之處。黃蓉冷眼旁觀，只是不理，見他整理就緒，伸了個懶腰，賊忒嘻嘻的要待睡倒，霍地拔出短劍，喝道：「滾出去！」歐陽克笑道：「我睡在這裏又不礙你事，幹麼這樣兇？」黃蓉秀眉豎起，叫道：「你滾不滾？」歐陽克笑道：「我安安靜靜的睡著就是，你放心。滾出去卻不必了。」黃蓉拿起一根燃著的樹枝，點燃了他鋪著的乾草，火頭冒起，燒成一片灰燼。

歐陽克苦笑幾聲，只得出洞，他怕島上有毒蟲猛獸，躍上一株高樹安身。這一晚他上樹下樹也不知有幾十次，但見岩洞口燒著一堆柴火，隱約見到黃蓉睡得甚是安穩，數十次想闖進洞去，總下不了這決心。他不住咒罵自己膽小無用，自忖一生之中，偷香竊玉之事不知幹了多少，何以對這小小姑娘卻如此忌憚。他雖傷臂折骨，然單憑一手之力，對付她尚自裕如，洪七公命在垂危，更可不加理會，但每次走到火堆之前，總悚然回頭。

這一晚黃蓉卻也不敢睡熟，既怕歐陽克來犯，又躭心洪七公的傷勢有變，直到次日清晨，才安心睡了一個時辰。睡夢中聽得洪七公呻吟了數聲，便即驚醒而起，問道：「師父，怎樣？」洪七公指指口，牙齒動了幾動。黃蓉一笑，把昨晚未吃完的兔肉撕了幾塊餵他。洪七公肉一下肚，元氣大增，緩緩坐起身來調勻呼吸。黃蓉不敢多言，只凝神注視他臉色，但見他臉上一陣紅潮湧上，便即褪去，又成灰白，這般紅變白，白變紅的轉了數次，不久頭頂冒出熱氣，額頭汗如雨下，全身顫抖。

忽然洞口人影一閃，歐陽克探頭探腦的要想進來。

黃蓉知道師父正以上乘內功療傷，生死懸於一線，若讓他闖進洞來一陣囉唣，擾亂心神，必然無救，低聲喝道：「快出去！」歐陽克笑道：「咱們得商量商量，在這荒島之上如何過活。今後的日子可長著呢！」說著便踱進洞來。

洪七公眼睜一線，問道：「這是個荒島？」黃蓉道：「師父您用功罷，別理他。」轉頭對歐陽克道：「跟我來，咱們外面說話去。」歐陽克大喜，隨她走出岩洞。

這一日天色晴朗，黃蓉極目望去，但見藍天與海水相接，遠處閒閒的掛著幾朵白雲，四下裏確無陸地的影子。她來到昨日上陸之處，忽然一驚，問道：「舢舨呢？」歐陽克道：「咦，那裏去了？定是給潮水沖走啦！啊喲，糟糕，糟糕！」

黃蓉瞧他臉色，料知他半夜裏將舢舨推下海去，好教自己不得泛海而去，其居心之卑鄙齷齪，不問可知。郭靖既死，自己本已不存生還之想，大海中風浪險惡，這一艘小舢舨原亦不足以載人遠涉波濤，但這樣一來，事機迫切，只怕已挨不到待師父傷愈再來制服這惡賊。她向歐陽克凝視片刻，臉上不動聲色，心中卻在思量如何殺他而相救師父。歐陽克給她瞧得低下頭去，不敢正視。黃蓉躍上海邊一塊大岩，抱膝遠望。

歐陽克心想：「此時不乘機親近，更待何時？」雙足一登，也躍上岩來，挨著她坐下，過了片刻，見她既不惱怒，也不移開身子，於是又挨近一些，低聲說道：「妹子，你我兩人終老於此，過神仙一般的日子。我前生不知是如何修得！」黃蓉格格一笑，說道：「這島上連師父也只三人，豈不寂寞？」歐陽克聽她語意溫和，心中大喜，道：「有我陪著你，有甚麼寂寞？再說，將來生下孩子，那更不寂寞了。」黃蓉笑道：「誰生孩兒呀，我可不會。」歐陽克笑道：「我會教你。」說著伸出左臂去摟抱。

只覺左掌上一暖，原來黃蓉已伸手握住了他手掌。歐陽克一顆心突突亂跳，神不守舍。黃蓉左手緩緩上移，按在他手腕上的脈門之處，低聲問道：「有人說，穆念慈姊姊的貞節給你毀了，可有這回事？」歐陽克哈哈一笑，道：「那姓穆的女子不識好歹，不肯從我，我歐陽公子是何等樣人，豈能強人所難？」黃蓉嘆道：「這麼說，旁人是冤屈她啦。穆姊姊的情郎為了這件事跟她大吵大鬧。」歐陽克笑道：「這孩子空自擔了虛名兒，可惜，可惜！」黃蓉忽向海中一指，驚道：「咦，那是甚麼？」

歐陽克順她手指往海心望去，不見有異，正要相詢，突覺左腕一緊，脈門已給她五指緊緊扣住，半身酸軟，登時動彈不得。黃蓉右手拔出短劍，反手向後，疾往他小腹刺去。兩人相距極近，歐陽克又正神魂顛倒，右臂折骨未愈，如何招架得了？總算他得過高人傳授，白駝山二十餘載寒暑的苦練沒白費，在這千鈞一髮當口，突然長身往前疾撲，胸口往黃蓉背心猛力撞去。黃蓉身子一晃，跌下岩來，那一劍卻終於刺中了他的右腿，劃了一條半寸多深、尺來長的口子。歐陽克躍下岩來，見黃蓉倒提短劍，笑吟吟的站著，但覺滿胸疼痛，低頭看時，見胸前衣襟上鮮血淋漓，才知適才這一撞雖逃得性命，但她軟蝟甲上千百條尖刺卻已刺中了自己胸肌。

黃蓉嗔道：「咱們正好好的說話兒，你怎麼平白無端的撞我一下？我不理你啦。」說著轉身便走。歐陽克心中又愛又恨，又驚又喜，百般說不出的滋味，呆在當地，做聲不得。

黃蓉回向岩洞，一路暗恨自己學藝不精，得遇如此良機仍讓他逃脫。走進洞內，見洪七公已然睡倒，地下吐了一片黑血，不禁大驚，忙俯身問道：「師父，怎樣？覺得好些麼？」洪七公微微喘息，道：「我要喝酒。」黃蓉大感為難，在這荒島之上卻那裏找酒去，口中只得答應，安慰他道：「我這就想法子去。師父，你的傷不礙事麼？」說著流下淚來。她遭此大變，一直沒哭過，這時淚水一流下，再也忍耐不住，伏在洪七公的懷裏放聲大哭。洪七公一手撫摸她頭髮，一手輕拍她背心，柔聲安慰。老叫化縱橫江湖，數十年來結交的盡是草莽豪傑，一直沒跟婦人孩子打過交道，讓她這麼一哭，登時慌了手腳，只得翻來覆去的道：「好孩子別哭，師父疼你。蓉兒好乖，乖孩子不哭。師父不要喝酒啦。」

黃蓉哭了一陣，心情略暢，抬起頭來，見洪七公胸口衣襟上給自己淚水濕了一大塊，微微一笑，掠了掠頭髮，說道：「剛才沒刺死那惡賊，眞是可惜！」於是把岩上反手出劍之事說了。洪七公低頭不語，過了半晌，說道：「師父是不中用的了。這惡賊武功遠勝於你，只有跟他鬥智不鬥力。」黃蓉急道：「師父，等您休息幾天，養好了傷，一掌取他狗命，不就完了？」洪七公慘然道：「我給毒蛇咬中，又中了西毒蛤蟆功的掌力。我拚著全身功力，才逼出了蛇毒，終究也沒乾淨，就算延得數年老命，但畢生武功已毀於一旦。你師父只是個糟老頭兒，再也沒半點功夫了。」黃蓉急道：「不，不，師父，您不會的，不會的。」洪七公笑道：「老叫化心腸雖熱，但事到臨頭，不達觀也不成了。」

他頓了一頓，臉色忽轉鄭重，說道：「孩子，師父迫不得已，想求你做一件十分艱難、大違你本性之事，你能不能擔當？」黃蓉忙道：「能，能！師父您說罷。」洪七公嘆了口氣，說道：「你我師徒一場，只可惜日子太淺，沒能傳你甚麼功夫，現下又是強人所難，要把一副千斤重擔給你挑上，做師父的心中實不自安。」

黃蓉見他平素豪邁爽快，這時說話卻如此遲疑，料知要託付的事必然極其重大艱巨，說道：「師父，您快說。您今日身受重傷，都是爲了弟子的事前赴桃花島而起，弟子粉身碎骨，也難報師父大恩。就只怕弟子年幼，有負師父囑咐。」洪七公臉現喜色，問道：「那麼你答允了？」黃蓉道：「是。請師父吩咐便是。」

洪七公顫巍巍的站起，雙手交胸，北向躬身，說道：「祖師爺，您手創丐幫，傳到弟子手裏，弟子無德無能，不能光大我幫。今日事急，弟子不得不卸此重擔。祖師爺在天之靈，要庇佑這孩子逢凶化吉，履險如夷，爲普天下我幫受苦受難的衆兄弟造福。」說罷又躬身行禮。黃蓉初時怔怔的聽著，聽到後來，不由得驚疑交集。

洪七公道：「孩子，你跪下。」黃蓉依言跪下，洪七公拿過身邊的綠竹棒，高舉過頭，拱了一拱，交在她手中。黃蓉惶惑無已，問道：「師父，您叫我做丐幫的……丐幫的……」洪七公道：「正是，我是丐幫的第十八代幫主，傳到你手裏，你是第十九代幫主。現下咱們謝過祖師爺。」黃蓉此際不敢違拗，只得學著洪七公的模樣，交手於胸，向北躬身。

洪七公突然咳嗽一聲，吐出一口濃痰，卻落在黃蓉的衣角上。黃蓉暗暗傷心：「師父傷勢當眞沉重，連吐痰也沒了力氣。」當下故作不見，更不敢拂拭。洪七公嘆道：「他日衆叫化正式向你參見，少不免尙有一件骯髒事，唉，這可難爲你了。」黃蓉微微一笑，心想：「叫化子個個污穢邋遢，髒東西還怕少了？」

洪七公吁了口長氣，臉現疲色，但心頭放下了一塊大石，神情甚是歡喜。黃蓉扶著他躺下。洪七公道：「現下你是幫主，我成了幫中的長老。長老雖受幫主崇敬，但於幫中事務，須奉幫主號令處分，這是歷代祖師爺傳下的規矩，萬萬違背不得。只要丐幫的幫主傳下令來，普天下的乞丐都得遵從。」

黃蓉又愁又急，心想：「在這荒島之上，不知何年何月方能回歸中土。靖哥哥既死，我也不想活了，師父忽然叫我做甚麼幫主，統率天下乞丐，這眞從何說起？」眼見師父傷重，不能更增他煩憂，他囑咐甚麼，只得一切答應。

洪七公又道：「今年七月十五，本幫四大長老，以及各路首領預定在洞庭湖畔岳州聚會，爲的是聽我指定幫主的繼承人。只要你持這竹棒去，衆兄弟自然明白我意思。幫內一切事務有四大長老襄助，我也不必多囑，只平白無端的，把你好好一個乾淨女娃兒送入這骯髒之極的叫化堆裏，可眞委屈了你。好在衆叫化身上骯髒，心裏乾淨。」說著哈哈大笑，這一下帶動了身上創傷，笑聲未畢，跟著不住大咳，黃蓉在他背上輕輕按摩，過了好一陣子方才止咳。

洪七公嘆道：「老叫化眞的不中用了，唉，也不知何時何刻歸位，得趕緊把打狗棒法傳你才是。」黃蓉心想這棒法名字怎地恁般難聽？又想憑他多兇猛的狗子，也必是一掌擊斃，何必學甚麼打狗棒法，但見師父說得鄭重，只得唯唯答應。

洪七公微笑道：「你雖做了幫主，也不必改變本性，你愛頑皮胡鬧，仍頑皮胡鬧便是，咱們所以要做叫化，就貪圖個無拘無束、自由自在，倘若這個也不成，那個又不行，幹麼不去做官做財主？要不然，搶個皇帝來做做！你心中瞧不起打狗棒法，就爽爽快快的說出來罷！」黃蓉笑道：「弟子心想那狗子能有多大能耐，何必另創一套棒法？」洪七公道：「現下你做了叫化兒的頭子，就得像叫化一般想事。你衣衫光鮮，一副富家小姐的模樣，那狗子瞧著你搖頭擺尾還來不及，怎用得著你去打牠？可是窮叫化撞著狗子卻就慘啦。自古道：窮人無棒被犬欺。你沒做過窮人，不知道窮人的苦處。」

黃蓉拍手笑道：「這一次師父你可說錯啦！」洪七公愕然道：「怎麼不對？」黃蓉道：「今年正月裏，我逃出桃花島到北方去玩，就扮了個小叫化兒。一路上有惡狗要來咬我，給我兜屁股一腳，就挾著尾巴逃啦。」洪七公道：「是啊，要是狗子太兇，踢牠不得，就須得用棒來打。」黃蓉尋思：「有甚麼狗子這樣兇？」突然領悟，叫道：「啊，是了，壞人也是惡狗。」洪七公微笑道：「你眞聰明。若是……」他本想說郭靖必然不懂，但心中一酸，住口不語了。

黃蓉聽他只說了半句，又見到他臉上神色，便料到他心中念頭，胸口一陣劇烈悲慟，若在平時，已放聲大哭，但此刻洪七公要憑自己照料，反而自己成了大人而師父猶似小兒一般，全副重擔都已放在自己肩頭，只得強自忍住，轉過了頭，淚水卻已撲簌簌的掉了下來。

洪七公心中和她是一般的傷痛，明知勸慰無用，只有且說正事，便道：「這三十六路打狗棒法是我幫開幫祖師爺所創，歷來是前任幫主傳後任幫主，決不傳給第二人。我幫第三任幫主的武功尤勝開幫祖師，他在這路棒法中更加入無數奧妙變化。數百年來，我幫逢到危難關頭，幫主親自出馬，往往便仗這打狗棒法除奸殺敵，鎭懾羣邪。」

黃蓉不禁神往，輕輕嘆了口氣，問道：「師父，您在船上跟西毒比武，幹麼不用出來？」洪七公道：「使這棒法是我幫的大事，況且即使不用，西毒也未必勝得了我。誰料到他如此卑鄙無恥，我兩次救他性命，他反在背後傷我。」黃蓉見師父神色黯然，要讓他分心，便道：「師父，您將棒法教會蓉兒，我去殺了西毒，給您報仇。」

洪七公淡淡一笑，撿起地下一根枯柴，身子斜倚石壁，口中傳訣，手上比劃，將三十六路棒法一路路的都教了她。她知黃蓉聰敏異常，又怕自己命不久長，是以一口氣的傳授完畢。那打狗棒法名字雖然陋俗，但變化精微，招術奇妙，實是古往今來武學中的第一等功夫，若非如此，焉能作爲丐幫幫主歷代相傳的鎭幫之寶？黃蓉雖絕頂聰明，也只記得個大要，其中玄奧之處，一時之間卻那能領會得了？

等到傳畢，洪七公嘆了一口氣，汗水涔涔而下，說道：「我教得太過簡略，到底不好，可是……可是也只能這樣了。」「啊喲」了一聲，斜身倒地，暈了過去。黃蓉大驚，連叫：「師父，師父！」搶上去扶時，只覺他手足冰冷，臉無血色，氣若遊絲，眼見不中用了。

黃蓉在數日之間迭遭變故，伏在師父胸口竟哭不出來，耳聽得他一顆心還在微微跳動，忙伸掌在他胸口用力一掀一放，以助呼吸，就在這緊急關頭，忽聽得身後有聲輕響，一隻手伸過來拿她手腕。她全神貫注的相救師父，歐陽克何時進來，竟全不知曉，這時她忘了身後站著的是一頭豺狼，卻回頭道：「師父不成啦，快想法子救他。」

歐陽克見她回眸求懇，一雙大眼中含著眼淚，神情楚楚可憐，心中不由得一蕩，俯身看洪七公時，見他臉如白紙，兩眼上翻，心下更喜。他與黃蓉相距不到半尺，只感到她吹氣如蘭，聞到的儘是她肌膚上的香氣，幾縷柔髮在他臉上掠過，心中癢癢的再也忍耐不住，伸左臂就去摟她纖腰。

黃蓉一驚，沉肘反掌，用力拍出，乘他轉頭閃避，已自躍起。歐陽克原本忌憚洪七公了得，不敢對黃蓉用強，這時見他神危力竭，十成中倒已死了九成半，再無顧忌，晃身攔在洞口，笑道：「好妹子，我對你本來決不想動蠻，但你如此美貌，我實在熬不得了，你讓我親一親。」說著張開左臂，一步步的逼來。

黃蓉嚇得心中怦怦亂跳，尋思：「今日之險，又遠過趙王府之時，看來只有自求了斷，只是不手刃此獠，總不甘心。」翻手入懷，將郭靖那柄短劍與一把鍍金鋼針都拿在手裏。歐陽克臉露微笑，脫下長衣當作兵器，又逼近了兩步。黃蓉站著不動，待他又跨出一步，足底尚未著地之際，身子倏地向左橫閃。歐陽克跟著過來，黃蓉左手空揚，見他揮起長衣抵擋鋼針，身子已如箭離弦，急向洞外奔去。

那知她身法快，歐陽克更快。黃蓉只感身後風聲勁急，敵人掌力已遞到自己背心。她身穿軟蝟甲，原不怕敵人傷害，何況早存必死之心，但求傷敵，不救自身，當下不擋不架，揮臂反刺，短劍揮向他胸膛。歐陽克本就不欲傷她，這一掌原是虛招，存心要盡情戲弄，累她個筋疲力盡，見她短劍戳來，伸臂往她腕上輕格，已將她這一劍化解了，同時身隨步轉，搶在外門，又將黃蓉逼向洞內。但洞口狹隘，轉身不開，黃蓉出手又是招招狠辣的拚命之著，她只攻不守，武功猶如增強一倍。歐陽克功夫雖高出她甚多，只因存了個捨不得傷害之心，動上手就處處掣肘。

轉眼間兩人拆了五六十招，黃蓉已迭遇凶險。她武功得自父親親傳，歐陽克則是叔父所傳。黃藥師與歐陽鋒的武功本來不相伯仲，可是黃蓉還只盈盈十五，歐陽克卻已年過三旬，兩人學藝的時日相差幾達二十年，何況男女體力終究有別，而黃蓉學武又不若歐陽克勤勉，她後來雖得洪七公教了幾套武功，但學過便算，此後也沒好好修習，是以歐陽克雖身上負傷，卻仍大佔上風。

酣鬥中黃蓉忽向前疾撲，反手擲出鋼針，歐陽克揮衣擋開，黃蓉猛然竄上，舉短劍疾刺他右肩。歐陽克右臂折斷，使不出力，左臂穿上待要招架，黃蓉的短劍在手中疾轉半圈，方向已變，噗的一聲，插入了他傷臂。

黃蓉心中正自一喜，忽感手腕酸麻，噹啷一聲，短劍掉落，原來腕上穴道已給點中。歐陽克出手迅捷之極，見她轉身欲逃，左臂連伸，已將她左足踝上三寸的「懸鍾穴」、右足內踝上七寸的「中都穴」先後點中。黃蓉又跨出兩步，俯面摔下。歐陽克縱身而上，搶先將長衣墊在地下，笑道：「啊喲，別摔痛了。」

黃蓉這一跌下去，左手鋼針反擲，以防敵人撲來，隨即躍起，那知雙腿麻木，竟自不聽使喚，身子離地尺許，又復跌下。歐陽克伸手過來相扶。黃蓉只剩了左手還能動彈，隨手出拳，但慌亂之中，這拳軟弱無力，歐陽克一笑，又點中了她左腕穴道。

黃蓉四肢酸麻，就如給繩索縛住了一般，心中自悔：「剛才我不舉劍自戕，現下可求死不得了。」霎時五內如焚，眼前一黑，暈了過去。歐陽克柔聲安慰：「別怕，別怕！」伸手便要相抱。

忽聽得頭頂有人冷冷的道：「你要死還是要活？」歐陽克大驚，急忙回頭，只見洪七公拄棒站在洞口，冷眼斜睨，這一下只嚇得魂飛魄散，叔父從前所說王重陽從棺中躍出、假死傷人的事，如電光般在腦中閃過，暗叫：「老叫化原來裝死，今日我命休矣！」洪七公的本事自己曾領教過多次，可萬萬不是他對手，驚慌之下，雙膝跪地，說道：「姪兒跟黃家妹子鬧著玩，決無歹意。洪伯父請勿生氣。」

洪七公哼了一聲罵道：「臭賊，還不把她穴道解開，難道要老叫化動手麼？」歐陽克連聲答應，忙解開黃蓉四肢穴道。洪七公沉著嗓子道：「你再踏進洞門一步，休怪老叫化無情。快給我滾出去！」說著側過身子。歐陽克如遇大赦，一溜煙的奔出岩洞。

黃蓉悠悠醒來，如在夢寐。洪七公再也支撐不住，俯身直摔下去。黃蓉忙搶上扶起，只見他滿口鮮血，吐出三顆門牙。黃蓉暗自傷神：「師父本是絕世的武功，這時一交摔倒，竟把牙齒也撞落了。」

洪七公手掌中托著三顆牙齒，笑道：「牙齒啊牙齒，你不負我，給老叫化咬過普天下的珍饈美味。看來老叫化天年已盡，你先要離我而去了！」他這次受傷，委實沉重之極，所中蛇毒既厲害，背上筋脈更爲歐陽鋒重掌震得支離破碎，幸而他武功深湛，這才不當場斃命，但全身勁力全失，比之不會武的常人尚且不如。黃蓉穴道受點，洪七公其實已無力給她解開，仗著昔時威勢，才逼著歐陽克解穴。他見黃蓉臉露哀戚之色，勸慰道：「不用擔心。老叫化餘威尚在，那臭賊再也不敢來惹你了。」

黃蓉尋思：「我在洞內，那賊子確不敢再來，但飲水食物從那兒來？」她本來滿腹智計，但適才身遭大險，心慌意亂，兀自不曾寧定。洪七公見她沉吟，問道：「你在想尋食的法門，是不是？」黃蓉點了點頭。洪七公道：「你扶我到海灘上去晒晒太陽。」黃蓉立時領悟，拍手笑道：「好啊，咱們捉魚吃。」當下讓洪七公伏在她肩頭，慢慢走到海邊。

這日天氣晴朗，海面有如一塊無邊無際的緞子，在淸風下微微顫動。黃蓉心道：「倘若這眞是一塊大藍緞子，伸手撫摸上去，定然溫軟光滑，舒服得很。」陽光照在身上，兩人都爲之精神一爽。

歐陽克站在遠處巖邊，見兩人出來，忙又逃遠十餘丈，見他們不追，這才站定，目不轉瞬的望著兩人。

洪七公和黃蓉都暗自發愁：「這賊子十分乖巧，時刻一久，必定給他瞧出破綻。」但這時也顧不得許多，洪七公倚在巖石上坐倒，黃蓉折了根樹枝作爲釣桿，剝了一長條樹皮當釣絲，囊中鋼針有的是，彎了一枚作鉤，在海灘上撿些小蟹小蝦作餌，海中水族繁多，不多時便釣到三尾斤來重的花魚。黃蓉用燒叫化鷄之法，烤熟了與師父飽餐一頓。

休息了一陣，洪七公命黃蓉把打狗棒法一路路的使將出來，自己斜倚在巖石旁指點。黃蓉於這棒法的精微變化，攻合之道，又領悟了不少。傍晚時分，她練得熱了，除去外衣，跳到海中去洗澡，在碧波中上下來去，忽發痴想：「聽說海底有個龍宮，海龍王的女兒異常美貌，靖哥哥是到了龍宮中去麼？」忽然間吃起醋來，愀然不樂。

她不住向下潛水，忽然左腳踝上一下疼痛，急忙縮腳，但左腳已讓甚麼東西牢牢夾住，竟提不起來。她自幼在海中嬉戲，心知必是大蚌，也不驚慌，彎腰伸手摸去，不由得嚇了一跳，那蚌竟有小圓桌面大小，桃花島畔海中可從沒如此大蚌，雙手伸入蚌殼，運勁兩下分劈。那大蚌的力道奇強，雙手這麼分扳，竟奈何牠不得。蚌殼反而夾得越緊，腳上更加痛了。黃蓉雙手壓水，想把那蚌帶出海面，再作計較，豈知道這蚌重達二三百斤，在海底年深日久，蚌殼已與礁石膠結牢固，那裏拖牠得動？

黃蓉幾下掙扎，腳上越痛，心下驚慌，不禁喝了兩口鹹水，心想：「我本來就不想活了，只是讓師父孤零零的在這荒島之上，受那賊子相欺，我死了也不瞑目。」危急中捧起塊大石，往蚌殼上撞去，蚌殼堅厚，在水中又使不出力，擊了數下，蚌殼竟紋絲不動。那蚌受擊，肌帶更收得緊了，黃蓉又吃了口水，驀地想起，忙拋下大石，抓起一大把海沙投入蚌殼縫中。蚌貝之類最怕細沙小石，覺有海沙進來，忙張開甲殼，要把海沙吐出殼去。黃蓉感到腳踝上鬆了，立即縮上，手足齊施，升上海面，深深吸了口氣。

洪七公見她潛水久不上來，焦急異常，料知已在海底遇險，要待入海援救，苦於步履艱難，水性又是平平，只慌得連連搓手，突見黃蓉的頭在海面鑽起，不由得喜極而呼。

黃蓉向師父揮了揮手，又再潛至海底。這次她有了提防，落足在離大蚌兩尺之處，雙手避開蚌口，拿住蚌殼左右搖晃，震鬆蚌殼與礁石間的膠結，將巨蚌托了上來。她足下踏水，將巨蚌推到海灘淺水之處。蚌身半出海面，失了浮力，重量大增，黃蓉無力舉動，上岸來搬了塊大石，在海灘上將蚌殼打得稀爛，才出了這口惡氣，只見足踝上給大蚌夾出了一條深深血痕，想起適才之險，不覺打了個寒噤。

這晚上師徒二人就以蚌肉為食，滋味甚為鮮美。

次日清晨，洪七公醒來，只覺身上疼痛大為減輕，微微運幾口氣，胸腹之間甚感受用，不禁「咦」了一聲。黃蓉翻身坐起，問道：「師父，怎地？」洪七公道：「睡了一晚，我傷勢竟大有起色。」黃蓉大喜，叫道：「必是吃了那大蚌肉能治傷。」洪七公笑道：「蚌肉治傷是不能的，不過味道鮮美，治得了你師父的口。我的口治好了，於傷勢自也不無小補。」黃蓉嘻嘻一笑，疾衝出洞，奔到海灘去割昨日剩下的蚌肉。

一時心下歡喜，卻忘了提防歐陽克，剛割下兩大塊蚌肉，忽見一個人影投在地下，正自緩緩行近。黃蓉彎腰抓起一把蚌殼碎片向後擲出，雙足一登，躍出丈餘，站在海邊。

歐陽克冷眼旁觀了一日，瞧著洪七公的動靜，越來越疑心，料定他必定傷重，行走不得，但要闖進洞去，卻也無此膽量，當下逼上前去，笑道：「好妹子，別走，我有話跟你說。」黃蓉道：「人家不理你，偏要來糾纏不清，也不怕醜。」說著伸手刮臉羞他。

歐陽克見她一副女兒情態，臉上全無懼色，不由得心癢難搔，走近兩步，笑道：「我說「都是你自己不好，誰教你生得這麼俊，引得人家非纏著你不可。」黃蓉笑道：「我說不理你就不理，你讚我討好我也沒用。」歐陽克又走近一步，笑道：「我不信，偏要試試。」黃蓉臉色一沉，說道：「你再走過來一步，我叫師父來揍你。」歐陽克笑道：「算了罷，老叫化還能走路？我去揹他出來，好不好？」黃蓉暗吃一驚，退了兩步。歐陽克笑道：「你愛跳到海裏就跳，我只在岸上等著。瞧你在海裏浸得久呢，還是我在岸上待得久？」

黃蓉叫道：「好，你欺侮我，我永遠不理睬你。」轉身就跑，只奔出幾步，忽然在石上一絆，「啊喲」一聲，摔倒在地。歐陽克料她使奸，笑道：「你越頑皮胡鬧，我越喜歡。」除下長衣拿在手中，以防她突放鋼針，緩緩走近。黃蓉叫道：「別過來。」掙扎著站起，只走得三步，又摔了下去。這一次竟摔得極重，上半身倒在海中，似乎暈了過去，半晌不動。歐陽克心道：「這丫頭詭計多端，我偏不上你當。你一身武功，好端端地怎會突然摔倒，暈了過去？」站定了觀看動靜。

過了一盞茶功夫，見她仍動也不動，自頭至胸，全都浸在水中。歐陽克躭心起來：「這可真是暈過去了，我再不救，美人兒要活生生淹死啦。」搶上前去伸手拉她的腳。

一拉之下，嚇了一跳，只感到她全身僵硬，忙俯身水面，伸左臂去抱她起來，剛將她身子抱起，黃蓉雙手急攏，已摟住他雙腿，喝道：「下去！」歐陽克站立不穩，給她一拖一摔，兩人一齊跌入海裏。

身入水中，歐陽克武功再高，也已施展不出，心想：「我雖步步提防，還是著了小丫頭的道兒，這番我命休矣！」黃蓉計謀得售，心花怒放，只把他往深水處推去，將他的頭按在水中。歐陽克但覺鹹水從口中骨都骨都的直灌進來，天旋地轉，不知身在何處，伸手亂拉亂抓，要想拉住黃蓉。但她早已留神，儘在他周身游動，那能讓他抓住？

慌亂之中，歐陽克又吃了幾口水，身往下沉，雙足踏到了海底。他武功卓絕，爲人又甚機敏，只因不識水性，身子飄在水中時一籌莫展，腳下既觸到了實地，神智頓清，只感飄飄蕩蕩的又再浮上去，忙彎腰抓住海底岩石，運起內功，閉住呼吸，睜眼找尋回歸島上的方向，但四周碧綠沉沉，不辨東西南北。他前後左右各走數步，心想往高處走總是不錯，於是左手中捧了塊大石，邁開大步，凝息往高處走去。海底礁石嶙峋，極是難行，他仗著內功深湛，一口氣向前直奔。

黃蓉見他沉下之後不再上來，忙潛下察看，見他正在海底行走，不覺一驚，悄悄游到他身後，短劍順著水勢刺了過去。歐陽克感到水勢激盪，側身避過，足下加快，全速而行。這時他已感氣悶異常，再也支持不住，放手拋去大石，要浮上水面吸幾口氣再到海底行走，探頭出水時，只見海岸已近在身旁。

黃蓉知已奈何他不得，嘆了口氣，重又潛入水中。

歐陽克大難不死，濕淋淋的爬上岸來，耳暈目眩，伏在沙灘之上，把腹中海水吐了個清光，連酸水也嘔了出來，只感全身疲軟，恍如生了一場大病，喘息良久，怒從心上起，惡向膽邊生，心一橫，說道：「我先去殺了老叫化，瞧小丫頭從不從我！」

話是這麼說，念頭是這麼轉，可是對洪七公終究十分忌憚，當下調勻呼吸，養了半日神，這才疲累盡去，折了一根短短的堅實樹枝，代替平時用慣的點穴鐵扇，放輕腳步，向岩洞走去。他避開洞口正面，從旁悄悄走近，側耳聽了一會，洞中並無聲息，又過半晌，這才探頭向洞內望去，見洪七公盤膝坐在地下，迎著日光，正自用功，臉上氣色也不甚壞，不似身受重傷模樣。

歐陽克心道：「我且試他一試，瞧他能否走動。」高聲叫道：「洪伯父，不好啦，不好啦。」洪七公睜眼問道：「怎麼？」歐陽克裝出驚惶神色，說道：「黃家妹子追捕野兔，摔在一個深谷之中，身受重傷，爬不上來啦。」洪七公吃了一驚，忙道：「快救她上來。」歐陽克聞言大喜，心道：「若非他行走不得，自己怎不飛奔出去相救？」長身走到洞口，笑道：「她千方百計的要傷我性命，我豈能救她？你去救罷。」

洪七公見了他神色，已知他是僞言相欺，心道：「賊子已看破我武功已失，老叫化大限到了！」眼下之計，只有與他拚個同歸於盡，暗暗將全身勁力運於右臂，待他走近時捨命一擊，那知微一運勁，背心創口忽爾劇痛，全身骨節猶如要紛紛散開一般，但見歐陽克臉現獰笑，一步步逼近，不禁長嘆一聲，閉目待死。

黃蓉見歐陽克逃上沙灘，心中發愁，尋思：「經此一役，這賊子必定防範更嚴，再要算計於他，可更加難了。」她向海外潛出數十丈，出水吸了口氣，折而向左，潛了一陣水，探頭看時，見島旁樹木茂盛，與那邊沙灘頗爲不同。想起桃花島的景象，不覺神傷，忽然想起：「如能找個隱蔽險要的所在，與師父倆躲將起來，那賊子一時也未必能夠找到。」明知那絕非妙計，但拖得一時好一時，說不定吉人天相，師父的傷勢竟能逐漸痊可。於是離水上岸，她不敢深入內陸，深怕遇上歐陽克時逃避不及，只在沿海處信步而行，心想：「我從前若不貪玩，學通了爹爹的奇門五行之術，也必有法子對付這賊子。唉，不成，爹爹將桃花島的總圖借了給他，這賊子心思靈敏，必能參悟領會。」正想得出神，左腳踏上了一根藤枝，腳下一絆，頭頂簌簌簌一陣響，落下無數泥石。

她急忙向旁躍開，四周都是大樹，背心撞在一株樹上，肩頭已給幾塊石子打中，幸好穿著軟蝟甲，也未受損，抬頭看時，不禁大吃一驚，只嚇得心中怦怦亂跳。

只見頭頂是座險峻之極的懸崖，崖邊頂上架著一座小山般的巨岩。那岩石恰好一半擱在崖上，一半伸出崖外，左右微微晃動，眼見時時都能掉下。崖上有無數粗藤蜿蜒盤纏，她剛才腳上所絆的藤枝，就與巨岩旁的砂石相連。倘若踏中的是與巨岩相連的藤枝，這塊不知有幾萬斤重的巨岩掉將下來，立時就給壓成一團肉漿了。

那巨岩左右擺動，可是總不跌落。黃蓉提心吊膽，揀著全無藤枝處落足，跨一步，停一步，退後了數丈，這才驚魂稍定，再抬頭瞧那懸崖與巨岩，不禁驚嘆造物之奇，心想只要以一手之力，就能拉下岩石，可是此處人跡不到，獸蹤罕至，連大鳥也沒一頭，這巨岩在懸崖上已晃動了不知幾千百年，今日仍在搖擺起伏。懸崖旁羣峯壁立，將四下裏的海風都擋住了，否則一陣疾風便能將巨岩吹動落地。看來今後千百年中，這巨岩仍將在微風中搖晃不休。

黃蓉出了一會神，不敢再向前行，轉身退回，要去服侍師父，走出半里多路，忽然心念一動：「上天要殺此賊子，故爾特地生就了這個巧機關，我怎麼如此胡塗？」想到此處，喜得躍起身來，連翻了兩個空心觔斗。

她忙回到懸崖之下，細細察看地勢，見崖旁都是參天古木，若要退避，一縱之下最多只能躍出四五尺地，那巨岩擊將下來，縱然是飛鳥松鼠，只怕也難躲閃得開。她摸出短劍，小心翼翼的走到崖下，看準了與巨岩相連的七八條藤枝不去觸動，再用短劍割切餘下的數十條藤枝。她下手時屏住呼吸，又快又穩，一割之後，這才呼吸數口，再去割第二根藤枝，只怕用力稍大，牽動與巨岩相連的藤枝，自己立即變成一團肉餅了。等到數十條藤枝盡數割斷，已累得滿身是汗，直比一場劇戰尤爲辛苦。她將斷枝仍連在一起，放幾堆乾草做了記認，又把來去的通道看得明白，記得清楚，這才回去，一路上哼著小曲，洋洋得意。

將近岩洞時仍不見歐陽克人影，忽聽洞中傳出他傲慢的笑聲，跟著說道：「你自負武功蓋世，今日栽在公子爺手裏，心裏服氣麼？好罷，我憐你老邁，讓你三招不還手如何？你把降龍十八掌一掌掌的都使出來罷！」

黃蓉低呼：「啊喲！」眼下局面已緊迫之極，當即高聲叫道：「爹爹，爹爹，你怎麼了？啊，歐陽伯父，你也來啦！」

歐陽克在洞中將洪七公盡情嘲弄了一番，正要下手，忽聽得黃蓉的高聲叫嚷，驚喜交集，心想：「怎麼叔叔和黃老邪都來啦。」轉念一想：「必是那丫頭要救老叫化，胡說八道的想騙我出去。好，反正老叫化終究逃不出我手掌，先出去瞧瞧何妨？」袍袖一揮，轉身出洞。

只見黃蓉向著海灘揚手呼叫：「爹爹，爹爹！」歐陽克注目遠望，那裏有黃藥師的人影？笑道：「妹子，你要騙我出來陪你，我可不是出來了麼？」黃蓉回眸一笑，說道：「誰愛騙你？」說著沿海灘而奔。歐陽克笑道：「這次我有了提防，你想再拉我入海，咱們就來試試。」說著發足追去。他輕功了得，片刻間已即追近。黃蓉暗叫：「不妙，到不了懸崖之下，就得給他捉住。」

又奔數十丈，歐陽克更加近了。黃蓉折而向左，離海邊已只丈許。歐陽克這次學了乖，不敢逼近，笑道：「好，咱們來玩捉迷藏。」足下不停，心下卻全神戒備，防她再使詭計。黃蓉住足笑道：「前面有頭大蟲，你再追我，牠一口吃了你。」歐陽克笑道：「我也是大蟲，我也要一口吃了你。」說著縱身撲上。黃蓉格格一笑，又向前奔。

兩人一前一後，不多時離懸崖已近。黃蓉越跑越快，一轉彎，高聲叫道：「來罷！」已竄到了懸崖之前，倏然間瞥眼見到海灘上似有兩個人影。在這當口她雖大感詫異，卻那敢有絲毫停留，看準了堆著乾草的斷藤之處落足，三起三落，已縱到了崖底，隨即急掠而過。

歐陽克笑道：「大蟲呢？」足下加快，如箭離弦般奔到崖前。黃蓉落足處的藤枝已經割斷，作了記號，歐陽克那知其中機關，自然踏中未曾割斷的藤枝，等於是以數百斤的力道去拉扯頭頂的巨岩。

喀喀兩聲響過，歐陽克猛覺頭頂一股疾風壓將下來，抬頭一瞥，只嚇得魂飛天外，但見半空中一座小山般的巨岩正對準了自己壓下。這巨岩離頭頂尚遠，但強風已逼得他喘不過氣來，危急中疾忙後躍，豈知身後都是樹木，後背重重的撞到一株樹上，這一撞力道好強，喀喇一聲，那樹立斷，碎裂的木片紛紛刺入背心。他這時只求逃命，那裏還知疼痛，奮力躍起，巨岩離頂心已只三尺。

在這一瞬間，已自嚇得木然昏迷，忽覺領口為人抓住了向外急拖，竟將他身子向後拉開數尺，但終究為時已晚，只聽得轟的一聲巨響，歐陽克長聲慘呼，眼前煙霧瀰漫，砂石橫飛，渾不知這變故如何而來，已然暈去。

黃蓉見妙計得售，驚喜無已，不提防巨岩落下時鼓動烈風，力道強勁之極，將她向外推出，一交坐在地下，頭頂砂子小石紛紛落下。她彎下腰來，雙手抱住了頭，側身臥倒，過了一陣，聽砂石落下之聲已歇，睜開眼來，煙霧中卻見巨岩之側站著兩人。

這一下宛在夢境，揉了揉眼睛，定睛看時，見站在身前的一個是西毒歐陽鋒，另一個卻是自己念茲在茲、無時忘之的郭靖。

黃蓉大叫一聲，躍起身來。郭靖也萬料不到竟在此處與她相遇，縱身向前，抱在一起。兩人驚喜之下，渾忘了大敵在旁。

那日歐陽鋒與郭靖在半截著了火的船上纏鬥，難解難分，斷船忽沉，將二人帶入了海底。深海中水力奇重，與淺海中迥不相同，兩人只覺海水從鼻中、耳中急灌進來，疼痛難當，原本互相緊纏扭打的兩隻手不由得都鬆開來去按住鼻孔耳竅。那海底卻有一股急速異常的潛流，與海面水流的方向恰恰相反，二人不由自主，轉瞬間給潛流帶出數里之外。待得郭靖竭力掙上海面來喘氣時，黑夜之中，那小舢舨已成了遠處隱隱約約的一個黑點。

郭靖高聲呼叫，其時黃蓉正潛在海中尋他，海上風濤極大，相距既遠，那裏還能相遇？郭靖又叫了幾聲，忽覺左腳一緊，接著一個人頭從水中鑽出，正是歐陽鋒。他只稍通水性，到了大海之中，雖是武學大師，卻也免不了慌張失措，亂划亂抓，居然抓到郭靖的腳，這一來自然牢牢抓住，死命不放手。郭靖用力掙扎，接著右腳也給他抓住了。

兩人在水中掙奪得幾下，又都沉下水底。二次冒上來時郭靖叫道：「放開我腳，我不離開你就是。」歐陽鋒也知兩人這般扭成一團，勢必同歸於盡，於是放開了他腳，卻隨即抓住他右臂。郭靖伸手托在他脅下，兩人這才浮在海面。就在這時，一根巨木為浪濤打了過來，撞向郭靖肩頭。歐陽鋒叫道：「小心！」郭靖反手扶住，心中大喜，叫道：「快抱住了，別放手。」這巨木原來是一根斷桅。

二人四顧茫茫，並無片帆影子。歐陽鋒的蛇杖早不知去向，暗暗發愁：「若再遇上大羣鯊魚，只有如周伯通那樣亂打一通，當時有我救他，此時更有何人前來救我？」

兩人在海中漂流，遇有海魚游過身旁，便以掌力擊暈，分食生魚渡日。古人言道：「同舟共濟」，這兩個本要拚個你死我活的人，在大海之上竟扶住半截斷桅，同桅共濟起來。漂流了數日，幸喜沒遇上凶險。海中這股水流原是流向洪七公與黃蓉所到的那座小島，是以將舢舨送到島上之後，過了兩日，又將郭靖和歐陽鋒漂送過來。

兩人上岸後躺在沙灘上喘息良久，忽聽得遠處隱隱傳來笑語之聲，歐陽鋒躍起身來，循聲尋去，也真有這麼巧，正遇上歐陽克踏中機關，懸崖上的巨岩壓將下來。歐陽鋒橫裏搶去相救，雖將姪兒拉後數尺，但歐陽克兩腿還是給巨岩壓住了，劇痛難當，登時暈去。

歐陽鋒驚疑不定，上下四周環視，見再無危險，只見黃蓉抱頭側臥，這才去察看姪兒，摸了摸他鼻息，並未斃命，運勁在巨岩上推了兩下，竟紋絲不動。他蹲下身來，運起蛤蟆神功，雙手平推，吐氣揚眉，閣閣閣三聲叫喊。論這三推之力，實乃非同小可，但那巨岩重達數萬斤，豈是一人之力所能移動？

他俯身下去，歐陽克睜開眼來，叫了聲：「叔叔！」聲音微弱。歐陽鋒道：「你忍著點兒。」抱起他上身，輕輕一扯，歐陽克大叫一聲，又暈了過去。巨岩壓住他雙腿，這一下拉扯只有令他更加疼痛難當，身子卻拉不出半分。地下是堅如金鐵的厚岩，無鏟無鋤，決計無法挖掘。歐陽鋒瞧著只是發怔。

郭靖拉著黃蓉的手，問道：「師父呢？」黃蓉伸手一指道：「在那邊。」郭靖聞道師父無恙，心中大喜，正要她領去拜見，聽得歐陽克這一聲慘叫，心下不忍，對歐陽鋒道：「我來助你。」黃蓉拉住他衣袖，說道：「咱們見師父去，別理惡人！」

歐陽鋒不知一切全是她巧布的機關，他親眼見到巨岩從空跌落，這岩石重逾萬斤，決非人力所能推上懸崖。但聽得她阻止郭靖相助，登時怒從心起，又聽洪七公在此，不由自主的吃了一驚，但隨即想起：「老叫化吃了我那一掌，又給我毒蛇咬中，居然還不死，算他了得，然而料得他這條老命十成中已贕不下一成，又懼他何來？」見黃蓉與郭靖攜手而去，又蹲下身來，裝作出力推岩，待兩人轉過彎角，對姪兒道：「放心好了，我必能想法救你。現下你緩緩運息，只護住心脈，只當兩條腿不是自己的，別去想著。」躡足遠遠跟在二人之後，見二人伸手互摟對方腰間，耳鬢廝磨，神態親熱，心下愈怒，暗道：「我若不將你這兩個小鬼折磨得死不成、活不了，可就枉稱為西毒了。」

黃蓉帶著郭靖來到岩洞前。郭靖撲進洞去，大叫：「師父。」見洪七公閉目倚著石壁，臉色焦黃，更無半分血色。適才他遭歐陽克逼迫，惱怒已極，傷勢又復轉惡。黃蓉忙俯身替他解開胸口衣服，郭靖給他按摩手足。

洪七公睜眼瞧見郭靖，大喜過望，嘴角露出微笑，低聲道：「靖兒，你也來啦！」

郭靖正要答言，忽聽背後一聲斷喝：「老叫化，我也來啦。」聲音猶似金鐵相擊，甚是刺耳。郭靖疾忙轉身，回掌護住洞門。黃蓉搶起師父身畔的竹棒，站在郭靖身旁。歐陽鋒笑道：「老叫化，出來罷，你不出來，我可要進來啦。」

郭靖與黃蓉對望了一眼，均想：「就是豁出性命，也得阻他進洞加害師父。」歐陽鋒一聲長笑，猱身而上。郭靖揮掌推出。歐陽鋒側身避過他鋒銳凌厲的掌風，搶到了他右側，斗然間迎面一棒刺來，棒身晃動，似是刺向上盤，卻又似向下三路纏打，一時竟爾難以斷定。他心中一凜，左手向上揮格，同時右足橫掃，不論對方如何變招，都可拆開。豈知黃蓉手中竹棒抖動，竟來疾打自己中盤腰眼。歐陽鋒大驚，托地向後跳出，側目斜視。

黃蓉初使打狗棒法，初出手就逼開當世第一強敵，甚是得意。歐陽鋒萬料不到這小丫頭居然不知從何處學到了一套精妙棒法，倒也前所未見，哼了一聲，縱身又上，伸手逕來硬奪她手中竹棒。黃蓉使開新學乍練的棒法，刺打盤挑，綠影飛舞，雖不能傷得對方，但歐陽鋒連出七八招，也始終抓不到她棒頭。

郭靖又驚又喜，連叫：「好蓉兒，好棒法！」左掌右拳，從旁夾擊。歐陽鋒閣閣兩聲怒吼，蹲下身來，呼的雙掌齊出。掌力未到，掌風已將地下塵土激起。郭靖見來勢猛惡，黃蓉倘若硬接，必受內傷，忙在她肩上一推，兩人同時讓開了這一招蛤蟆功之力。

歐陽鋒踏上兩步，再次雙掌推出。這蛤蟆功厲害無比，以洪七公如此功夫，當日在桃花島上也只跟他打成平手，郭黃二人功力遠爲不及，給他逼得步步後退。歐陽鋒衝進洞來，左手反掌，打得石壁上碎石簌簌而落，右手舉起，虛懸在洪七公頭頂，凝神瞧他動靜。

黃蓉叫道：「我師父救你性命，你反傷他，要不要臉？」

歐陽鋒伸手在洪七公胸口輕輕一推，只覺他胸口肌肉陷了進去，他內力外功，俱已臻爐火純青之境，本來周身筋肉一遇外力立生反彈，這時卻應手而陷，果然武功盡失，心下暗喜，抓起他身子，喝道：「你們助我去救出我姪兒，那就饒了老叫化性命。」

黃蓉道：「老天爺放下大石來壓住了他，你親眼瞧見的，誰又救得了？你再作孽，老天爺也丟塊大石下來壓死你。」

郭靖眼見歐陽鋒將洪七公高高舉起，作勢要往地下猛擲，心知他不過作爲要脅，決不致就此加害，但總是擔心，忙道：「快放下我師父，我們助你去救人便是。」

歐陽鋒掛念著姪兒，恨不得立時就去，但臉上卻神色如恆，慢慢放下洪七公。

黃蓉道：「助你救他不難，咱們可得約法三章。」歐陽鋒道：「小丫頭又有甚麼刁難？」黃蓉道：「救了你姪兒之後，咱們同住在這荒島之上，你可不得再生壞心，加害我們師徒三人。」歐陽鋒心想：「我叔姪不通水性，要回歸陸地，原須依靠兩個小鬼相助。」點頭道：「好，在這島上我不殺你們三人，離了此島，那可難說。」

黃蓉道：「那時候就算你不動手，我們可要向你動手了。第二件，我爹爹已將我許配於他，你是親耳所聞，親眼所見，此後你那姪子倘若再向我囉唣，你就是個豬狗不如的畜生。」歐陽鋒「呸」了一聲，道：「好，那也只限於在這島上，一離此島，咱們走著瞧。」

黃蓉微微一笑，道：「那第三件呢，我們盡力助你，可是我們並非神仙，倘若老天爺定要送你姪子性命，非人力能救，你卻不得另生枝節。」

歐陽鋒怪目亂轉，叫道：「若我姪兒死了，你們三個也休想活命，小丫頭別再胡言亂語，快救我姪兒去。」竄出岩洞，往懸崖急奔而去。

郭靖正要隨去，黃蓉道：「靖哥哥，待會西毒用力推那巨岩，你冷不防在他背後一掌，結果了他。」郭靖道：「背後傷人，太不光明。」黃蓉嗔道：「他傷害師父，難道光明正大麼？」郭靖道：「咱們言而有信，先救出他姪兒，再想法給師父報仇。」黃蓉微笑著嘆了口氣，知道終究難以強逼他暗算傷人。這兩日來只道他定已死於大海之中，居然得能重逢，心中直歡喜得便要炸開來一般，郭靖就有甚麼十惡不赦、荒謬透頂的言語舉動，她也決計不以為迕，自必盡皆依從，何況他不肯背後偷襲，雖然迂腐，終究也是光明磊落的大丈夫行逕，輕輕一笑，說道：「好，你是聖人，我聽你話。」

兩人奔向懸崖，遠遠便聽得歐陽克大聲呻吟，聲音中顯得極為痛楚。歐陽鋒喝道：「還不快來。」兩人縱身過去與他並肩而立，六隻手一齊按在岩上。歐陽鋒喝道：「起！」三人掌力齊發。巨岩微微前晃，便即壓回。歐陽克大聲慘呼，兩眼上翻，不知死活。

歐陽鋒大驚，急忙俯身，但見姪兒呼吸微弱，爲了忍痛，已把上下唇咬得全是鮮血。饒是歐陽鋒身負絕頂武功，到了這地步卻也束手無策，這巨岩是再也推不得的了，若不是一舉便即掀開，巨岩一起一落，只有把姪兒壓得更慘，正自徬徨，左腳忽然踏入濕沙之中，提起腳來，卻把鞋子陷在沙中。

歐陽鋒低頭去拾鞋子，不由得一驚，潮水漸漲，海水已淹至巨岩外五六丈之處。歐陽鋒急道：「小丫頭，要你師父活命，得快想法子救我姪兒。」

黃蓉早在尋思，但那岩石如此沉重，荒島上又更無別人能來援手，如何能將巨岩掀開？她片刻之間想到十幾種法子，卻沒一條頂事，聽歐陽鋒如此說，瞪眼道：「假使師父身上沒傷，他外家功夫登峯造極，加上他的掌力，咱們四人必能將這巨岩推開。現下……」雙手一攤，意思說實是沒法。

這幾句話雖是氣惱之言，歐陽鋒聽了卻也做聲不得，心想：「冥冥中實有天意，倘若老叫化並未受傷，他俠義心腸，必肯出手相救。我一掌打傷了老叫化，那知道卻是打死了我的親生兒子。」歐陽克名雖是他姪子，實則是他與嫂子私通所生，是他的嫡親骨肉。歐陽鋒向來心腸剛硬，此刻卻也不禁胸口酸楚，回過頭來，見海水又已淹近了數尺。

歐陽克叫道：「叔叔，你一掌打死我罷。我……我當眞受不住啦。」歐陽鋒從懷裏拔出一把切肉的匕首，咬牙道：「你忍著點兒，沒了雙腿也能活。」上前要將他遭巨岩壓住的雙腿割斷。歐陽克驚道：「不，不，叔叔，你還是一刀殺了我的好。」歐陽鋒怒道：「枉我教誨了這許多年，怎地如此沒骨氣？」歐陽克伸手抓胸，竭力忍痛，不敢再說。歐陽鋒見巨岩直壓到姪兒小腹腰間，割斷了他雙腿，十九也難活命，一時躊躇，不敢下手。

黃蓉見西毒叔姪無言相對，神色悽楚，不禁心腸軟了，想起父親在桃花島上運石搬木之法，叫道：「且慢！我倒有個法子，管不管事，卻是難說。」

歐陽鋒喜道：「快說，快說，好姑娘，你想出來的法子準成。」

黃蓉心想：「你救姪兒心切，不再罵我小丫頭啦，居然叫起『好姑娘』來！」微微一笑，說道：「好，那就依我吩咐，咱們快割樹皮，打一條拉得起這岩石的繩索。」歐陽鋒問道：「誰來拉啊？」黃蓉道：「像船上收錨那樣……」歐陽鋒立時領悟，叫道：「對，對，用絞盤絞！」

郭靖一聽黃蓉說要削樹皮打索，也不問如何用法，早已拔出金刀，縱身上樹切割樹皮。歐陽鋒與黃蓉也即動手，片刻之間，三人已割了數十條長條樹皮下來。歐陽鋒手中割切樹皮，雙眼只望著姪兒，忽然長嘆一聲，說道：「不用割啦！」黃蓉奇道：「怎麼？不成麼？」歐陽鋒向姪兒一指，黃蓉與郭靖低頭看時，見潮水漲得甚快，已淹沒了他大半個身子，別說打繩索、做絞盤，樹皮尙未割夠，海水早將他浸沒了。歐陽克沉在水裏，動也不動。黃蓉叫道：「別喪氣，快割！」歐陽鋒這橫行一世的大魔頭給她這麼一喝，竟又動刀切割樹皮。黃蓉躍下樹去，捧起幾塊大石，奔到歐陽克身旁，將他上半身扶起，把大石墊在背後。這樣一來，他口鼻高了數尺，海水一時就不致淹沒。

歐陽克低聲道：「黃姑娘，多謝你相救。我是活不成的了，但見到你出力救我，我就死也歡喜。」黃蓉心中忽感歉疚，說道：「你不用謝我。這是我布下的機關，你知道麼？」歐陽克低聲道：「低聲！給叔叔聽到了，他可放你不過。我一心一意對你，死在你手裏，我一點也不冤。」黃蓉嘆了口氣，心道：「這人雖討厭，對我可也眞不壞。」回到樹下，撿起樹皮條子，加快編結。

她先結成三股一條的繩索，將六根繩索結作一條粗索，然後又將數根粗索絞成一根碗口粗細的巨纜。歐陽鋒與郭靖不停手的切割樹皮，黃蓉不停手的搓索絞纜。三人手腳雖快，潮水卻漲得更快，巨纜還結不到一丈，潮水已漲到歐陽克口邊，再結了尺許，海水已浸沒他嘴唇，只露出兩個鼻孔透氣了。

歐陽鋒躍下地來，叫道：「你們走罷，我有話對我姪兒說。你們已經盡力而爲，我心領了。」他眞也沉得住氣，當此之時，仍鎭定如恆，臉上殊無異狀。

郭靖見情勢無望，只得下樹，與黃蓉並肩行開。走出十餘丈，黃蓉悄聲道：「到那巨岩後面去，且聽他說甚麼。」郭靖道：「這不關咱們的事。再說，歐陽老兒必然察覺。」黃蓉道：「他姪兒一死，多半便要來加害師父，倘能得知他心意，先可有個防備。要是給老毒物知覺了，咱們就說是回來和他姪兒訣別。」

郭靖點了點頭。兩人轉過彎角，繞到樹後，悄悄又走回來，隱在巨岩之後，只聽歐陽鋒哽咽道：「你好好去罷，我知道你心事，你一心要娶黃老邪的閨女爲妻，我必能令你如願。」黃蓉和郭靖大奇，均想：「他片刻之間就死，『我必能令你如願』這話怎生說？」再聽歐陽鋒說了幾句話，兩人又驚又怒，同時打了個寒噤。原來歐陽鋒說道：「我這就去殺了黃老邪的閨女，將她和你同穴而葬。人都有死，你和她雖生不得同室，但死能同穴，也可瞑目了。」歐陽克口在水下，已不能說話。

黃蓉捏了捏郭靖的手，兩人悄悄轉身，歐陽鋒傷痛之際，竟未察覺。走過轉角，郭靖怒道：「咱們去和老毒物拚個你死我活。」黃蓉道：「跟他鬥智不鬥力。」郭靖道：「怎生鬥智？」黃蓉道：「我正在想呢。」轉過山坳，忽然見到山腳下的一叢蘆葦。

黃蓉心念一動，說道：「他若不是恁地歹毒，我倒有個救他姪兒的法子。」郭靖忙問：「怎麼？」黃蓉拔出小刀，割了根兩尺來長的蘆管，一端放入口中咬住，抬頭豎起蘆管吸了幾下。郭靖拍手笑道：「啊，眞是妙法，好蓉兒，你怎想得出來？你說救他呢不救？」黃蓉小嘴一扁道：「自然不救。老毒物要殺我，就讓他來殺，哼，我才不怕他呢。我逃得遠遠的，讓他追不到。」但想到歐陽鋒的毒辣兇狠，不由得打了個寒噤，此人武功高強之外，比他姪兒可機警狡猾得多，要誘他上當，實非易事。郭靖不語，呆呆出神。

黃蓉拉住他手，柔聲道：「難道你要我去救那歹人？你爲我躭心是不是？咱們救了他，這兩個歹人未必就能對咱們好呢。」郭靖道：「話是不錯，可是我念著你，也念著師父。我想老毒物是一派宗師，說話總得有三分譜兒。」黃蓉說道：「好，咱們先救了他再說，行一步算一步。」

兩人回過身來，繞過巨岩，只見歐陽鋒站在水中，扶著姪兒。他見郭黃二人走近，眼露兇光，顯見就要動手殺人，喝道：「叫你們走開，又回來幹麼？」黃蓉在一塊岩石上坐下，笑吟吟的道：「我來瞧瞧他死了沒有？」歐陽鋒厲聲道：「死便怎地，活又怎地？」黃蓉嘆道：「要是死了，就沒法子啦！」

歐陽鋒立時從水中躍起，急道：「好……好姑娘，他沒死，你有法子救他，快說，快……快說。」黃蓉將手中蘆管遞了過去，道：「你把這管子插入他口中，只怕就死不了。」歐陽鋒大喜，搶過蘆管，躍到水中，急忙插在姪兒嘴裏。這時海水已淹沒歐陽克的鼻孔，他正在呼出胸中最後的幾口氣，耳朵卻尚在水面，聽得叔父與黃蓉的對答，蘆管伸到口邊，急忙啣住，猛力吸了幾口，氣息入胸，眞說不出的舒暢，這一下死裏逃生，連腿上的痛楚也忘懷了。

歐陽鋒叫道：「快，快，咱們再來結繩。」黃蓉笑道：「歐陽伯伯，你要將我殺了，給你姪兒殉葬，是不是？」歐陽鋒一驚，臉上變色，心道：「怎麼我的話給她聽去啦？」黃蓉笑道：「你殺了我，倘若你自己也遇上了甚麼三災六難，又有誰來想法子救你？」歐陽鋒這時有求於她，只得任由她奚落，只當沒聽見，又縱上樹去切割樹皮。

三人忙了一個多時辰，已結成一條三十餘丈長的巨纜，潮水也已漲到懸崖腳下，將巨岩浸沒了大半。歐陽克的頭頂淹在水面之下尺許，只露出一根蘆管透氣。歐陽鋒不放心，不時伸手到水底下去探他脈搏。

又等了良久，海水漸退，歐陽克頂上頭髮慢慢從水面現出。黃蓉比了比巨纜的長度，叫道：「夠啦，現下我要四根大木做絞盤。」歐陽鋒心下躊躇，暗想在這荒島之上，別說斧鑿鎚刨，連一把大刀也沒有，如何能做絞盤？只得問道：「怎生做法？」黃蓉道：「你別管，把木材找來便是。」

歐陽鋒生怕她使起性來，撒手不管，當下不敢再問，奔到四顆海碗口粗細的樹旁，蹲下身子，使出蛤蟆功來，每顆樹給他奮力推了幾下，登時齊腰折斷。郭靖與黃蓉見他內勁如此凌厲，不覺相顧咋舌。歐陽鋒找到一塊長長扁扁的岩石，運勁將樹幹上的枝葉削去，拖來交給黃蓉。

這時黃蓉與郭靖已將大纜的一端牢牢縛在巨岩左首三株大樹根上，將大纜繞過巨岩，拉到右首的一株大松樹邊上。那是株數百歲的古松，參天而起，三四人合抱也圍不過來。黃蓉道：「這顆松樹對付得了那塊大岩石罷？」歐陽鋒點了點頭。

黃蓉命他再結一條九股樹皮索，將四根樹幹圍著古松縛成井字之形，再將大纜繞在其上。歐陽鋒讚道：「好姑娘，你眞聰明，那才叫做家學淵源，有其父必有其女。」黃蓉笑道：「那怎及得上你家姪少爺？動手絞罷！」

三人當即動手，將古松當作支柱，推動井字形樹幹，大纜盤在古松樹幹上，慢慢縮短，巨岩就一分一分的抬了起來。

此時太陽已沉到西邊海面，半天紅霞，海上道道金光，極爲壯觀。潮水早已退落，歐陽克陷身泥漿之中，眼睜睜的望著身上的巨岩，只見它微微晃動，壓得大纜格格作響，心中又焦急，又歡喜。

那四根樹幹所作的井字形絞盤轉一個圈，巨岩只抬起半寸。古松簌簌而抖，受力極重，針葉紛紛跌落，大纜直嵌入樹身之中。歐陽鋒素來不信天道，不信鬼神，此時心中卻暗暗禱祝，豈知心願許到十七八個時，突然間嘭的一聲猛響，大纜斷爲兩截，纜上樹皮碎片四下飛舞，巨岩重又壓回，只壓得歐陽克叫也叫不出聲來。絞盤急速倒轉，將黃蓉推得直摔出去，倒在地下。郭靖忙搶上扶起。

到了這地步，歐陽鋒固沮喪已極，黃蓉也臉上難有歡容了。

郭靖道：「咱們把這條纜續起，再結一條大纜，兩條纜一起來絞。」歐陽鋒搖頭道：「那更難絞動，咱三個人幹不了。」郭靖自言自語：「有人相幫就好啦！」歐陽鋒怒目而視，斥道：「廢話！」他明知郭靖這句話出於好心，但沮喪之下，暴躁已極。

黃蓉出了一會神，忽地跳了起來，拍手笑道：「對，對，有人相幫。」郭靖喜問：「怎麼會有人來相幫？」黃蓉道：「嗯，只可惜歐陽少君要多吃一天苦，須得明兒潮水漲時才能脫身。」歐陽鋒與郭靖望著她，茫然不解，各自尋思：「豈難道明兒潮水漲時，會有人前來相助？」

黃蓉笑道：「累了一天，可餓得狠啦，找些吃的再說。」歐陽鋒道：「姑娘，你說明兒有人前來相助，此話怎樣講？」黃蓉道：「明日此時，歐陽少君身上的大石必已除去。此刻卻天機不可洩漏。」歐陽鋒見她說得著實，心中將信將疑，但若不信，也無別法，只得守在姪兒身旁。

郭靖和黃蓉打了幾隻野兔，烤熟了分一隻給歐陽叔姪，與洪七公在岩洞中吃著兔肉，互道別來之情。

郭靖聽黃蓉說那巨岩機關原來是她所布，不禁又驚又喜。三人知道歐陽鋒為了相救姪兒，這時必定不敢過來侵犯，只在洞口燒一堆枯柴阻擋野獸，當晚睡得甚是酣暢。

次日天剛黎明，郭靖睜眼即見洞口人影一閃，急忙躍起，見歐陽鋒站在洞外，低聲道：「黃姑娘醒了麼？」黃蓉在郭靖躍起時已經醒來，聽得歐陽鋒詢問，卻又閉上雙眼，呼吸沉重，裝作睡得正香。郭靖低聲道：「還沒呢。有甚麼事？」歐陽鋒道：「等她醒了，就請她過來救人。」郭靖道：「是了。」洪七公接口道：「我給她喝了『百日醉』的美酒，又點了她昏睡穴，三個月之內，只怕難醒。」歐陽鋒一怔，洪七公哈哈大笑。歐陽鋒知是說笑，含怒離開。

黃蓉坐起身來，笑道：「此時不氣氣老毒物，更待何時？」慢條斯理的梳頭洗臉，整理衣衫，又去釣魚打兔，燒烤早餐。歐陽鋒來回走了七八趟，當得猶似熱鍋上螞蟻一般。

郭靖道：「蓉兒，潮水漲時，當眞有人前來相助麼？」黃蓉道：「你相信會有人來麼？」郭靖搖頭道：「我不大信。」黃蓉笑道：「我也不信。」郭靖驚道：「你欺騙老毒物？」黃蓉道：「倒也不是騙他，潮水漲時，我自有法子救人。」郭靖知她智計極多，也不再問。兩人在海灘旁撿拾花紋斑斕的貝殼玩耍。

黃蓉自幼無伴，桃花島沙灘上、海礁間貝殼雖多，獨自撿拾，卻也索然無味，現下有郭靖相陪，自然興高采烈。兩人比賽揀貝殼，瞧誰揀得又多又美。每人衣兜裏都揀了一大堆，海灘上笑聲不絕。

玩了一陣，黃蓉道：「靖哥哥，你頭髮亂成這個樣子啦，來，我給你梳梳。」兩人並肩坐在一塊岩石上。黃蓉從懷裏取出一柄小小的鑲金玉梳，將郭靖的頭髮打散，細細梳順，嘆了口氣，道：「怎生想個法兒將西毒叔姪趕走，咱倆和師父三人就住在這島上不走了，豈不是好？」郭靖道：「我就是想媽，還有六位恩師。」黃蓉道：「嗯，還有我爹爹。」過了一陣，又道：「不知穆姊姊現下怎麼了？師父叫我做丐幫幫主，我倒有點兒想念那些小叫化了。」郭靖笑道：「看來還是想法兒回去的好。」

黃蓉將他頭髮梳好，挽了個髻子。郭靖道：「你這般給我梳頭，眞像我媽。」黃蓉笑道：「那你叫我聲媽。」郭靖笑著不語。黃蓉伸手到他胳窩裏呵癢，笑問：「你叫不叫？」郭靖笑著跳起，頭髮又弄亂了。黃蓉笑道：「不叫就不叫，誰希罕了？你道將來沒人叫我媽？快坐下。」郭靖依言坐下，黃蓉又給他挽髻，輕輕拂去他頭髮上的細沙，心中對他愛極，低下頭來在他後頸中輕輕一吻，想起昨日與歐陽鋒動手，郭靖見到自己初學乍練的打狗棒法時滿臉的歡喜讚歎，當下便想將這路棒法教他。她只要見到郭靖武功增強，可比自己學會甚麼本事還更歡喜。她既是黃藥師之女，自幼便有無窮無盡的才技擺在她眼前，再精妙的武功也不覺得希罕，猶如大富大貴人家的子弟，自不如何將金銀珠寶瞧在眼裏。但隨即想到：「這路棒法只丐幫的幫主能學，我可不能傳給他。」問道：「靖哥哥，你想不想當丐幫幫主？」

郭靖道：「師父叫你當幫主，你怎麼又來問我？」說著轉過頭來。黃蓉道：「我這樣一個年輕女孩兒，當丐幫的幫主實在不像。不如我把這幫主之位轉手傳了給你。你這麼威風凜凜的一站出來，那些大叫化、小叫化、不大不小的中叫化便都服了你啦。再說，你當了丐幫幫主，這路神妙之極的打狗棒法，就可教給你了。」郭靖連連搖頭，道：「不成，不成。我當不來幫主。我甚麼主意都想不出，別說幫中的大事，就是小事我也辦不了。」

黃蓉心想這話倒也不錯，師父臨危之際以幫主之位相傳，固是迫不得已，也定然想到自己年紀雖小，卻才智過人，處事決疑，未必便比幫中的長老們差了，否則的話，大可命自己持這棒去立旁人爲幫主，再將棒法轉授給他，當這幫主，終究不是傻裏傻氣的單憑會使降龍十八掌與打狗棒法便成，笑道：「你不當就不當。可惜這路打狗棒法你便學不到了。」郭靖道：「你會得使，跟我會使還不是一樣。」

黃蓉聽他這句話中深情流露，心下感動，過了一會，說道：「只盼師父身上的傷能好，我再把這幫主的位子傳還給他。那時……那時……」她本想說「那時我和你結成了夫妻」，但這句話終究說不出口，轉口問道：「靖哥哥，怎樣才會生孩子，你知道麼？」郭靖道：「我知道。」黃蓉道：「你倒說說看。」郭靖道：「人家結成夫妻，那就生孩子。」黃蓉道：「這個我也知道。為甚麼結了夫妻就生孩子？」郭靖道：「那我可不知道啦，蓉兒，你說給我聽。」黃蓉道：「我也說不上。我問過爹爹，他說孩子是從臂窩裏鑽出來的。」

郭靖正待再問端詳，忽聽身後一個破鈸似的聲音喝道：「生孩子的事，你們大了自然知道。潮水就快漲啦！」黃蓉「啊」的一聲，跳了起來，沒料到歐陽鋒一直悄悄的在旁窺伺，她雖不明男女之事，但也知說這種話給人聽去甚是羞恥，不禁臉蛋兒脹得飛紅，拔足便向懸崖飛奔，兩人隨後跟去。

歐陽克給巨岩壓了一日一夜，已氣若遊絲。

歐陽鋒板著臉道：「黃姑娘，你說潮水漲時有人前來相助，這可不是鬧著玩的。」黃蓉道：「我爹爹精通陰陽五行之術，他女兒自然也會三分，雖及不上黃老邪，但這一點兒未卜先知之術，又算得了甚麼？」歐陽鋒素知黃藥師之能，脫口道：「是你爹爹要來麼？那好極了。」黃蓉哼了一聲，道：「這些些小事，何必驚動我爹爹？再說，我爹爹見到你害我師父，豈肯饒你？我爹爹再加上我們兩個，你打得過嗎？你又高興些甚麼？」

歐陽鋒給她搶白得無言可對，沉吟不語。

黃蓉對郭靖道：「靖哥哥，去弄些樹幹來，越多越好，要揀大的。」郭靖應聲而去。黃蓉將昨日斷了的大纜結起，又割切樹皮結索。歐陽鋒問她到底是否黃藥師會來，還是另有旁人，連問幾次，她只昂起了頭哼曲兒，毫不理會。

歐陽鋒雖感沒趣，但見黃蓉神色輕鬆，顯是成竹在胸，心中又多了幾分指望，便去幫著折樹。他見郭靖使出降龍十八掌掌法，只幾下就把一株碗口粗細的柏樹震斷，心想：「這小子功夫著實了得，兼之又熟讀九陰眞經，留著終是禍胎。」暗暗盤算，不論姪兒能否得救，終須將他除去；當下在兩株相距約莫三尺的柏樹之間蹲下，雙手彎曲，一手撐住一株樹幹，閣的一聲大叫，雙手挺出，兩株柏樹一齊斷了。

郭靖甚是驚佩，說道：「歐陽世伯，不知幾時我才得練到您這樣的功夫。」歐陽鋒不答，臉色陰沉，臉頰上兩塊肉微微牽動，心道：「等你來世再練罷。」

兩人抱了十多條木料到懸崖之下。歐陽鋒凝目向海心張望，卻那裏有片帆孤檣的影子。黃蓉忽道：「瞧甚麼？沒人來的。」歐陽鋒又驚又怒，叫道：「你說沒人來？」黃蓉道：「這是個荒島，自然沒人來。」歐陽鋒氣塞胸臆，一時說不出話，右手蓄勁，只待殺人。

黃蓉正眼也不去瞧他，轉頭問郭靖道：「靖哥哥，你最多舉得起幾斤？」郭靖道：「四百斤上下罷。」黃蓉道：「六百斤的石頭，你準舉不起了？」郭靖道：「那一定不成。」黃蓉道：「水中一塊六百斤的石頭呢？」

歐陽鋒立時醒悟，大喜叫道：「對，對，一點兒不錯！」郭靖卻尚未領會。歐陽鋒道：「潮水漲時，把這直娘賊的大岩浸沒大半，那時岩石就輕了，咱們再來盤絞，準能成功。不過得換一根更長的蘆管，給我姪兒吸氣。」黃蓉冷冷的道：「那時潮水將松樹也浸沒大半，你在水底幹得了活麼？」歐陽鋒咬牙道：「那就拚命罷。」黃蓉道：「哼，也不用這麼蠻幹。你將這些樹幹都去縛在大岩石上。」

此言一出，居然連郭靖也明白了，高聲歡呼，與歐陽鋒一齊動手，將十多條大木用繩索縛在岩石周圍。歐陽鋒只怕浮力不足，又去折了七八條大木來縛上，然後又與郭靖合力將昨天斷了的大纜續起。黃蓉在一旁微笑不語，瞧著兩人忙碌，不到一個時辰，一切全已就緒，只待潮水上漲。黃蓉與郭靖自去陪伴師父。

等到午後，眼見太陽偏西，潮水起始上漲，歐陽鋒奔來邀了郭黃二人，再到懸崖之下。又等了許久，潮水漲至齊腹，三人站在水中，再將那大纜繞在大松樹上，推動井字形絞盤。這一次巨岩上縛了不少大木，浮力大增，每一條大木便等如是幾個大力士在水中幫同抬起巨岩，再則岩在水中，本身份量便已輕了不少，三人也沒費好大的勁，就將巨岩絞鬆動了。再絞了數轉，歐陽鋒凝住呼吸，鑽到水底下去抱住姪兒，輕輕一拉，就將他抱上水面。

郭靖見救人成功，情不自禁的喝采。黃蓉也連連拍手，渾忘了這陷人的機關原本是她親手布下的。

黃蓉躍上樹枝坐穩，叫道：「發砲！」郭靖手一放，樹枝上挺，她身子向前急彈而出，筆直飛去，在空中接連翻了兩個觔斗，在離木筏數丈處輕輕入水。

第二十二回　騎鯊遨遊

黃蓉見歐陽鋒拖泥帶水的將姪兒抱上岸來，他向來陰鷙的臉上竟也笑逐顏開，可是畢竟不向自己與郭靖說個「謝」字，當即拉拉郭靖衣袖，一同回入岩洞。

郭靖見她臉有憂色，問道：「你在想甚麼？」黃蓉道：「我在想三件事，好生爲難。」郭靖道：「你這樣聰明，總有法子。」黃蓉輕輕一笑，過了半晌，又微微的凝起了眉頭。

洪七公道：「第一件事，也就罷了。第二、第三件事，卻當眞教人束手無策。」郭靖奇道：「咦，您老人家怎知她想的是那三件事？」洪七公道：「我只是猜著蓉兒的心思。那第一件，必是怎生治好我的傷，這裏無醫無藥，更無內功卓越之人相助，老叫化聽天由命，死活走著瞧罷。」

郭靖道：「師父，那九陰眞經之中，有幾段叫作『療傷章』，似是治療內息受損的法門，但這些句子古裏古怪的，弟子不懂，我背給你聽，請你琢磨。」當下將「療傷章」緩緩背將出來，他分不清何者有關，何者無關，將「療傷章」的前後都背了一大段。

洪七公默默聽著，說道：「夠啦，可惜不成！」黃蓉問道：「怎麼？」洪七公道：「這經中說道，若受了內傷，震壞經脈，或丹田氣海受損，或內息走岔，種種內功上的損傷，均可依此法治療，即使難復舊狀，也必大有改善。我給毒蛇咬了，那是外傷中毒，倒也罷了。最厲害的是受了老毒物蛤蟆功的一掌，經脈給他打得散亂。」黃蓉喜道：「師父，好啊！九陰眞經中的法子，剛好對症。」

洪七公緩緩搖頭，說道：「那經中說道，須得找個僻靜所在，決無對頭、閒人、或者野獸打擾之處，由一懂得內息運轉之人，手掌和傷者一掌相抵，傷者以內息運行大小周天，若內息不足，助療者便從手掌將自己內息傳過去相助，共同緩緩調順岔亂的經脈，如此運轉七日七夜，大小周天順逆周行三十六轉，內傷便可大愈。但當運轉周天之時，兩人手掌決不可離，否則凶險萬分，輕則重傷不愈，重則立時斃命。因此，當此療傷期間，如不幸遇到對頭、仇寇，或猛獸、毒蟲加害，二人也只能逆來順受，聽天由命。療傷不難，難在半分不可受到打擾。咱們在這島上，老毒物叔姪窺伺在旁，別說七日七晚，便一日一晚的清靜亦不可得。老叫化若不療傷，尙可苟延殘喘，一加治療，老毒物叔姪非來打擾不可，立時便送了老命。」

郭靖道：「師父，這七日七夜之中，助療者與傷者手掌不可相離，難道大便小便也不行，這可難了。」洪七公笑道：「只是傷者大小周天順逆周行之時，兩人手掌才不可離，別的時候卻不須手掌黏貼。」黃蓉笑道：「這是以內功治傷，你道讀書麼？動不動就偷懶，跟老師說要大便小便，出去兜個圈子，玩上一陣。」郭靖笑了起來。

黃蓉道：「咱們如能儘快回歸中土，一定找得到清靜的所在，最好是去桃花島，壞人不容易進來。那時靖哥哥跟師父對掌運息，我拿著打狗棒守在門外，甚麼惡人、猛獸、惡狗、毒蟲，一古腦兒的打將出去。師父，你說的第二件、第三件是甚麼事？」

洪七公道：「第二件，是如何抵擋歐陽鋒的毒手？此人武功實在了得，你們二人萬萬不是敵手。第三件，那是怎生回歸中土了。蓉兒，你說是不是？」黃蓉道：「是啊，眼下最緊迫之事，是要想法子制服老毒物，至不濟也得叫他不敢爲惡。」

洪七公道：「照說，自當是跟他鬥智。老毒物雖然狡猾，但他十分自負。自負則不深思，要他上當本也不算極難。可是他上當之後，立即有應變脫困的本事，隨之而來的反擊，可就厲害得緊了。」兩人凝神思索。黃蓉想到西毒與爹爹、師父向來難分高下，縱令爹爹在此，也未必能夠勝他，自己如何是他對手？若不能一舉便制他死命，單是要他上幾個惡當，終究無濟於事。

洪七公心神一耗，忽然胸口作痛，大咳起來。

黃蓉忙扶他睡倒，突見洞口一個陰影遮住了射進來的日光，抬起頭來，只見歐陽鋒橫抱著姪兒，嘶聲喝道：「你們都出去，把山洞讓給我姪兒養傷。」郭靖大怒，跳了起來，道：「這裏是我師父住的！」歐陽鋒冷冷的道：「就是玉皇大帝住著，也得挪一挪。」郭靖氣憤憤的欲待分說，黃蓉一拉他衣角，俯身扶起洪七公，走出洞去。

待走到歐陽鋒身旁，洪七公睜眼笑道：「好威風，好殺氣啊！」歐陽鋒臉上微微一紅，這時一出手就可將他立斃於掌下，但不知怎地，只感到他一股正氣，凜然殊不可侮，不由自主的轉過頭去，避開他目光，說道：「回頭就給我們送吃的來！你們兩個小東西若在飲食裏弄鬼，小心三條性命。」

三人出洞走遠，郭靖不住咒罵，黃蓉卻沉吟不語。郭靖道：「師父請在這裏歇一下，我去找安身的地方。」

黃蓉扶著洪七公在一株大松樹下坐定，只見兩隻小松鼠忽溜溜的上了樹幹，隨即又奔了下來，離她數尺，睜著圓圓的小眼望著兩人。黃蓉甚覺有趣，在地上撿起一個松果，伸出手去。一隻松鼠走近在松果上嗅嗅，用前足捧住了慢慢走開，另一隻索性爬到洪七公的衣袖上。黃蓉嘆道：「這裏準定從沒人來，你瞧小松鼠毫不怕人。」

小松鼠聽到她說話聲音，又溜上了樹枝。黃蓉順眼仰望，見松樹枝葉茂密，亭亭如蓋，樹上纏滿了綠藤，心念一動，叫道：「靖哥哥，別找啦，咱們上樹。」郭靖應聲停步，朝那松樹瞧去，果然好個安身所在。兩人在另外的樹上折下樹枝，在大松樹的枝椏間紮了個平台，每人一手托在洪七公的脅下，喝一聲：「起！」同時縱起，將洪七公安安穩穩的放上了平台。黃蓉笑道：「咱們在枝上做鳥兒，讓他們在山洞裏做野獸。」

郭靖道：「蓉兒，你說給不給他們送吃的？」黃蓉道：「眼下想不出妙策，又打不過老毒物，只好聽話啦。」郭靖悶悶不已。

兩人在山後打了一頭野羊，生火烤熟了，撕成兩半。黃蓉將半片熟羊丟在地下道：「你撒泡尿在上面。」郭靖笑道：「他們會知道的。」黃蓉道：「你別管，撒罷！」郭靖紅了臉道：「不成！」黃蓉道：「幹麼？」郭靖囁嚅道：「你在旁邊，我撒不出尿。」黃蓉只笑得直打跌。洪七公在樹頂上叫道：「拋上來，我來撒！」郭靖拿了半片熟羊，笑著躍上平台，讓洪七公在羊肉上撒了一泡尿，哈哈大笑，捧著朝山洞走去。

黃蓉叫道：「不，你拿這半片去。」郭靖搔搔頭，說道：「這是乾淨的呀。」黃蓉道：「不錯，是要給他們乾淨的。」郭靖可胡塗了，但素來聽黃蓉的話，轉身換了乾淨的熟羊。黃蓉將那半片尿浸羊肉又放在火旁薰烤，自到灌木叢中去採摘野果。洪七公對此舉也是不解，老大納悶，饞涎欲滴，只想吃羊，然而那是自己撒過了尿的，只得暫且忍耐。

那野羊烤得好香，歐陽鋒不等郭靖走近，已在洞中聞到香氣，迎了出來，夾手奪過，臉露得色，突然一轉念，問道：「還有半片呢？」郭靖向後指了指。歐陽鋒大踏步奔到松樹之下，搶過髒羊，將半片乾淨的熟羊投在地下，冷笑數聲，轉身去了。

郭靖知道此時臉上決不可現出異狀，但他不會作僞，只得轉過了頭，一眼也不向歐陽鋒瞧，待他走遠，又驚又喜的奔到黃蓉身旁，笑問：「你怎知他一定來換？」黃蓉笑道：「爹爹常說：虛者實之，實者虛之。老毒物知道咱們必在食物中弄鬼，不肯上當，我可偏偏讓他上個當。」郭靖連聲稱是，將熟羊撕碎了拿上平台，三人吃了起來。

正吃得高興，郭靖忽道：「蓉兒，你剛才這一著確是妙計，但也好險。」黃蓉道：「怎麼？」郭靖道：「倘若老毒物不來掉換，咱們豈不是得吃師父的尿？」黃蓉坐在一根樹椏之上，聽了此言，笑得彎了腰，跌下樹來，隨即躍上，正色道：「很是，很是，眞的好險。」洪七公嘆道：「傻孩子，他如不來掉換，那髒羊肉你不吃不成麼？」郭靖愕然，哈的一聲大笑，一個倒栽蔥，也跌到了樹下。

歐陽叔姪吃那羊肉，只道野羊自有臊氣，竟毫不知覺，還讚黃蓉烤羊手段高明，居然略有鹹味。過不多時，天色漸黑，歐陽克傷處痛楚，大聲呻吟。

歐陽鋒走到大松樹下，叫道：「小丫頭，下來！」黃蓉吃了一驚，料不到他轉眼之間就來下手，只得問道：「幹甚麼？」歐陽鋒道：「我姪兒要茶要水，快服侍他去！」

樹上三人聽了此言，無不憤怒。歐陽鋒喝道：「快來啊，還等甚麼？」

郭靖悄聲道：「咱們這就跟他拚。」洪七公道：「你們快逃到後面山裏去，不用來管我。」這兩條路黃蓉早就仔細算過，不論拚鬥逃跑，師父必然喪命，爲今之計，唯有委曲求全，躍下樹來，說道：「好罷，我瞧瞧他的傷去。」

歐陽鋒哼了一聲，喝道：「姓郭的小子，你也給我下來，睡安穩大覺麼？好適意。」郭靖忍氣吞聲，躍下地來。歐陽鋒道：「今兒晚上，去給我弄一百根大木料，少一根打折你一條腿，少兩根打折你兩條腿！」黃蓉道：「要木料幹麼？再說，這黑地裏又到那裏弄去？」歐陽鋒罵道：「小丫頭多嘴多舌，關你甚麼事？快服侍我姪兒去，只要有絲毫不到之處，零碎苦頭少不了你的份兒！」黃蓉向郭靖打個手勢，叫他勉力照辦，不可鹵莽壞事。

眼見歐陽鋒與黃蓉的身影在黑暗之中隱沒，郭靖抱頭坐地，氣得眼淚幾欲奪目而出。洪七公忽道：「我爺爺、爹爹、我自己幼小之時，都曾在金人手下爲奴，這等苦處也算不了甚麼。」郭靖愓然驚覺：「原來恩師昔時爲奴，後來竟也練成了蓋世武功。我今日一時委屈，難道便不能忍耐？」取火點燃一棨松枝，走到後山，展開降龍十八掌手法，將碗口粗細的樹幹一根根的震倒。他知黃蓉機變無雙，當日在趙王府中爲羣魔圍困，尚且脫險，此日縱遇災厄，想來也必能自解，便專心致志的伐樹。

可是那降龍十八掌最耗勁力，使得久了，任是鐵打的身子也感不支，他不到小半個時辰，已震倒了二十一棵松樹，到第二十二棵上，運氣時已感手臂酸痛，一招「見龍在田」，雙掌齊出，那樹晃得枝葉直響，樹幹卻只擺了一擺，並未震斷，只感到胸口一麻，原來勁力未透掌心，反激上來，這等情景，正是師父曾一再告誡的大忌，降龍十八掌剛猛無儔，但必須留下極大餘力，以作後備，如使力不當，所留餘力不足，回傷自身的力道便也剛猛無儔。他吃了一驚，忙坐下凝神調氣，用了半個時辰的功，才又出招將那松樹震倒，要待再行動手時，只覺全身疲軟，臂酸腿虛。

他知若勉力而行，非但難竟事功，甚且必受內傷，荒島之上又無刀斧，如何砍伐樹木？眼見一百根之數尚差七十八根，自己這雙腿是保不住了，轉念一想：「他姪兒給壓壞了雙腿，他必恨我手足完好。縱然我今夜湊足百根，他明夜要我砍伐千根，那又如何完工？鬥既鬥他不過，荒島上又沒人援手。」嘆了口長氣，尋思：「即令此間並非荒島，世上又有誰救得了我？洪恩師武功已失，存亡難卜，蓉兒的爹爹恨透了我，全眞七子和六位恩師均非西毒敵手，除非……除非我義兄周伯通，但他早已跳在大海裏自盡了。」

一想到周伯通，對歐陽鋒更增憤慨，心想這位老義兄精通九陰眞經，創下了左右互搏的奇技，卻爲他生生逼死，「啊！九陰眞經！左右互搏？」這幾個字在他腦海中閃過，宛如在沉沉長夜之中，斗然間在天邊現出了一顆明星。

「我武功固遠不及西毒，但九陰眞經是天下武學秘要，左右互搏之術又能使人功夫陡增一倍，待我與蓉兒日夜苦練，與老毒物一拚便了。只是不論那一門武功，總非一朝一夕可成，這便如何是好？」

他站在樹林之中苦苦思索，忽想：「何不問師父去？他武功雖失，心中所知的武學卻失不了，必能指點我一條明路。」回到樹上，將心中所思各節，一一對洪七公說了。

洪七公道：「你將九陰眞經慢慢念給我聽，瞧有甚麼可以速成的厲害功夫。」郭靖將眞經一句句的背誦出來。洪七公聽到「人徒知枯坐息思爲進德之功，殊不知上達之士，圓通定慧，體用雙修，即動而靜，雖攖而寧」這幾句，身子忽然一顫，「啊」了一聲。郭靖忙問：「怎麼？」

洪七公不答，把那幾句話揣摩了良久，道：「剛才這段你再唸一遍。」郭靖甚是歡喜，心想：「師父必是在這幾句話中，想到了制服老毒物的法門。」將這幾句話又慢慢的唸了一遍。洪七公點點頭道：「是了，一路背下去罷。」

郭靖接著背誦，下卷經文將完時，他背道：「摩訶波羅，揭諦古羅，摩罕斯各兒，品特霍幾恩，金切胡斯，哥山泥克……」一路嘰哩咕嚕的背完，全然不知其義，只因讀得甚熟，倒也沒背錯。當日他遵洪七公之囑，竄改經文，因洪七公怕歐陽鋒懂得怪文含義，囑他不可更動，一直保持原型。這些怪話洪七公當時不懂，此刻仍然不懂，搖頭道：「靖兒，經文中所載的精妙厲害的功夫很多，但均非旦夕之間所能練成。」郭靖好生失望。

洪七公道：「你快去將那廿幾根木料紮一個木筏，走為上策。我和蓉兒在這裏隨機應變，跟老毒物周旋。」郭靖急道：「不，我怎能離您老人家而去。」洪七公嘆道：「西毒忌憚黃老邪，不會傷害蓉兒，老叫化反正是不成的了，你快走罷！」

郭靖悲憤交迸，舉手用力在樹幹上拍了一掌。

這一掌拍得極重，聲音傳到山谷之中，隱隱的又傳了回來。洪七公一驚，忙問：「靖兒，你剛才打這一掌，使的是甚麼手法？」郭靖道：「怎樣？」洪七公道：「怎麼你打得如此重實，樹幹卻沒絲毫震動？」郭靖甚感慚愧，道：「我適才出力震樹，手膀酸了，是以沒使勁力。也沒照師父的指教留有餘力！」洪七公搖頭道：「不是，不是，你拍這一掌的功夫有點古怪。再照樣拍一下！」

手起掌落，郭靖依言拍樹，聲震林木，那松樹仍略不顫動，這次他自己也明白了，道：「那是周大哥傳給弟子的七十二路空明拳手法。」洪七公道：「空明拳？沒聽說過。」郭靖道：「是啊，周大哥給囚在桃花島上，閒著無事，自行創了這套拳法，他教了我十六字訣，說是：『空朦洞鬆、風通容夢、沖窮中弄、童庸弓蟲』。」洪七公笑道：「甚麼東弄窟窿的？」郭靖道：「這十六字訣，每一字都有道理，『鬆』是出拳勁道要虛；『蟲』是身子柔軟如蟲；『朦』是拳招胡裏胡塗，不可太過清楚；『夢』是好像睡著了做夢一般。弟子演給您老瞧瞧好不好？」洪七公道：「黑夜之中瞧不見，聽來倒著實有點道理。這種上乘武功，也不用演，你說給我聽就是。」當下郭靖從第一路「空碗盛飯」、第二路「空屋住人」起，將拳路之變、勁力之用都說給洪七公聽了。周伯通生性頑皮，將每一路拳法都起了個滑稽淺白的名稱。

洪七公只聽到第十八路，心中已不勝欽佩，便道：「不用再說了，咱們就跟西毒鬥鬥。」郭靖道：「用這空明拳麼？只怕弟子火候還不夠。」洪七公道：「我也知道不成，但死裏求生，只好冒險，你身上帶著成吉思汗送你的金刀是麼？」

黑夜中寒光一閃，郭靖將金刀拔了出來。洪七公道：「你有空明拳的功夫，可以用這金刀去伐樹了。」郭靖拿著這柄尺來長的金刀，猶豫不語。洪七公道：「你這柄金刀本就十分鋒利，割切樹幹，那又算得了甚麼？雖然刀身太厚了些，但你手勁上只須守著『空』字訣和『鬆』字訣，刀身雖厚，卻也不妨。」

郭靖想了半晌，又經洪七公指點解說，終於領悟，縱身下樹，摸著一顆中等大小的杉樹，運起空明拳的手勁，輕輕巧巧，若有若無的舉刃一劃，金刀刃鋒果然深入樹幹。他隨力所之，轉了一圈，那杉木應手而倒。郭靖喜極，用這法子接連切斷了十多棵樹，看來不到天明，那一百棵之數就可湊滿了。

正切割間，忽聽洪七公叫道：「靖兒上來。」郭靖縱上平台，喜道：「果眞使得，好在一點兒也不費勁。」洪七公道：「費了勁反而不成，是不是？」郭靖叫道：「是啊，是啊！原來『空朦洞鬆』是這個意思，先前周大哥教了很久，我總不明白。」洪七公道：「這功夫用來斷樹是綽綽有餘了，若說與西毒拚鬥，卻尚不足，須得再練九陰眞經，方有取勝之機。咱們怎生想個法子，跟他慢慢的拖。」講到籌策設計，郭靖是幫不了忙的，只有呆在一旁，讓師父去想法子。

過了良久，洪七公搖頭道：「我也想不出來，只好明兒叫蓉兒想。靖兒，我適才聽你背誦九陰眞經，卻叫我想起了一件事，這時候我仔細捉摸，多半沒錯。你扶我下樹，我要練功夫。」郭靖嚇了一跳，道：「不，您傷勢沒好，怎麼能練？」洪七公道：「眞經上言道：圓通定慧，體用雙修，即動而靜，雖攖而寧。這四句話使我茅塞頓開，咱們下去罷。」郭靖不懂這幾句話的意思，不敢違拗，抱著他輕輕躍下樹來。

洪七公定了定神，拉開架子，發出一掌。黑暗之中，郭靖見他身形向前一撞，似要摔倒，搶上去要扶，洪七公卻已站定，呼呼喘氣，說道：「不礙事。」過了片刻，左手又發一掌。郭靖見他跌跌撞撞，腳步踉蹌，顯得辛苦異常，數次張口欲勸，豈知洪七公越練精神越旺盛，初時發一掌喘息半晌，到後來身隨掌轉，足步沉穩，竟大有進境。一套降龍十八掌打完，又練了一套「逍遙遊」。

郭靖待他抱拳收式，大喜叫道：「你傷好啦！」洪七公道：「抱我上去。」郭靖一手攬住他腰，躍上平台，心中喜不自勝，連說：「眞好，眞好！」洪七公嘆了口氣，說道：「也沒甚麼好，這些功夫是中看不中用的。」郭靖不解。洪七公道：「我受傷之後，只知運氣調養，卻沒想到我這門外家功夫，愈動得厲害，愈是有益。只可惜活動得遲了一些，現下性命雖已無礙，功夫卻難得復原了。」

郭靖欲待出言寬慰，卻不知說些甚麼話好，過了一會兒，道：「我再砍樹去。」

洪七公忽道：「靖兒，我想到了個嚇嚇老毒物的計策，你瞧能不能行？」說著將那計謀說了。郭靖喜道：「準成，準成！」當即躍下樹去安排。

次日一早，歐陽鋒來到樹下，數點郭靖堆著的木料，只有九十根，冷笑一聲，高聲喝道：「小雜種，快滾出來，還有十根呢？」

黃蓉整夜坐在歐陽克身邊照料他傷勢，聽他呻吟得痛苦，心中也不禁微感歉疚，天明後見歐陽鋒出洞，也就跟著出來，聽他如此呼喝，頗爲郭靖擔心。

歐陽鋒待了片刻，見松樹上並無動靜，卻聽得山後呼呼風響，似有人在打拳練武，忙循聲過去，轉過山坡，不禁大吃一驚。只見洪七公使開招術，正與郭靖鬥在一起，兩人掌來足往，鬥得甚爲緊湊。黃蓉見師父不但已能自行走動，甚且功力也似已恢復，更又驚又喜，只聽他叫道：「靖兒，這一招可得小心了！」推出一掌。郭靖舉掌相抵，尙未與他手掌相接，身子已斗然間往後飛出，砰的一聲，重重的撞在一株松樹之上。那樹雖不甚大，卻也有碗口粗細，喀喇一響，竟爲洪七公這一推之力撞得從中折斷，上半截飛了出去，倒在地下。

這一撞不打緊，卻把歐陽鋒驚得目瞪口呆。

黃蓉讚道：「師父，好劈空掌啊！」洪七公叫道：「靖兒，運氣護住身子，莫要給我掌力傷了。」郭靖道：「弟子知道！」一言甫畢，洪七公掌力又發，喀喇一聲，郭靖又撞倒了一株松樹。但見一個發招，一個接勁，片刻之間，洪七公以劈空掌法接連將郭靖推得撞斷了十株大樹。黃蓉叫道：「已有十株啦。」郭靖氣喘吁吁，叫道：「弟子轉不過氣來了。」洪七公一笑收掌，說道：「這九陰眞經的功夫果然神妙，我身受如此重傷，只道從此功力再難恢復，不料今晨依法修練，也居然成功。」

歐陽鋒疑心大起，俯身察看樹幹折斷之處，更是心驚，但見除了中心圓徑寸許的樹身之外，邊上一圈都斷得光滑異常，比利鋸所鋸還要整齊，心道：「那眞經上所載的武學，難道眞如斯神異？看來老叫化的功夫猶勝昔時，他們三人聯手，我豈能抵敵？事不宜遲，我也快去練那經上的功夫。」向三人橫了一眼，飛奔回洞，從懷中取出那郭靖所書、用油紙油布層層包裹、包外上蠟的經文，埋頭用心研讀。

洪七公與郭靖見歐陽鋒走得沒了蹤影，相對哈哈大笑。黃蓉喜道：「師父，這眞經眞是妙極。」洪七公笑著未答，郭靖搶著道：「蓉兒，咱們是假裝的。」於是將此中情由一五一十的對她說了。

原來郭靖事先以金刀在樹幹上劃出一圈深痕，差不多將樹切斷了，卻留出中間部分相連，洪七公的掌上其實沒半分勁道，都是郭靖背上使力，將樹撞斷。歐陽鋒萬料不到空明拳的勁力能以短刀斷樹，自瞧不破其中機關。

黃蓉本來笑逐顏開，聽了郭靖這番話後，半晌不語，眉尖微蹙。洪七公笑道：「老叫化能再走動，已徼天之倖，還管它甚麼眞功夫假功夫呢。蓉兒，你怕西毒終究能瞧出破綻，是不是？」黃蓉點了點頭。洪七公道：「老毒物何等眼力，豈能讓咱們長此欺瞞？不過世事難料，眼下空擔心也是白饒。我說，靖兒所念的經文之中，有一章叫甚麼『易筋鍛骨』的，聽來倒很有意思，左右無事，咱們這就練練。」

這幾句話說得輕描淡寫，黃蓉卻知事態緊急，師父既指出這一章，自必大有道理，當下說道：「好，師父快教。」洪七公命郭靖將那「易筋鍛骨章」唸了兩遍，依著文中所述，教兩人如法修習，他卻去獵獸釣魚，生火煮食。郭靖與黃蓉來插手相助，每次均爲他阻止。

忽忽七日，郭黃二人練功固勇猛精進，歐陽鋒在洞中也苦讀經文，潛心思索。到第八日上，洪七公笑道：「蓉兒，師父烤的野羊味兒怎麼樣？」黃蓉笑著扁扁嘴，搖搖頭。洪七公笑道：「我也是食不下咽。你倆第一段功夫已經練成啦，今兒該當舒散筋骨，否則不免窒氣傷身。這樣罷，蓉兒弄吃的，我與靖兒來紮木筏。」郭靖與黃蓉齊道：「紮木筏？」洪七公道：「是啊，難道咱們在這荒島上一輩子陪著老毒物？」

郭黃二人大喜，連聲稱好，當即動手。郭靖那日伐下的一百根木料好好堆在一旁，只消以樹皮結索，將木料牢牢縛在一起，那就成了。綑綁之際，郭靖用力一抽，一根粗索啪的一響就崩斷了。他還道繩索結得不牢，換了一條索子，微一使勁，一條又粗又韌的樹皮索又斷成兩截。郭靖呆在當地，做聲不得。

那邊廂黃蓉也是大叫著奔來，雙手捧著一頭野羊。原來她出去獵羊，拿著幾塊石子要擲打羊頭，那知奔了幾步，不知不覺間竟早已追在野羊前面，回過身來，順手就將野羊抓住，身法之快，出手之準，全然出乎自己意料之外。

洪七公笑道：「這麼說，那九陰眞經果然大有道理，這麼多英雄好漢爲它送了性命，也還不冤。」黃蓉喜道：「師父，咱們能去把老毒物痛打一頓了麼？」洪七公搖頭道：「那還差得遠，至少總還得再練上十年八年的。他的蛤蟆功非同小可，除了王重陽當年的先天功一陽指外，沒別的功夫能破它。」黃蓉撅起了嘴道：「那麼就算咱們再練十年八年，也未必能勝他啦。」洪七公道：「這也難說，說不定眞經上的功夫，比我所料的更厲害呢。」郭靖道：「蓉兒，別性急，咱們練功夫總是不錯。」

又過數日，郭靖與黃蓉練完了易筋鍛骨章上的第二段功夫，木筏也已紮成。三人用樹皮編了張小帆，清水食物也都搬上筏子。

這一晚一切整頓就緒，只待次日啓航。臨寢之時，黃蓉道：「明兒要不要跟他們道別？」郭靖道：「得跟他們訂個十年之約，咱們受了這般欺侮，豈能就此罷手？」黃蓉拍手道：「正是！求求老天爺，第一保佑兩個惡賊回歸中土，第二保佑老毒物命長，活得到十年之後。要不然，師父的功力恢復得快，一兩年內便已能料理了他，那就更好。」

次日天尚未明，洪七公年老醒得早，隱隱約約聽到海灘上有聲，忙道：「靖兒，海灘上甚麼聲音？」郭靖翻身下樹，快步奔出，向海邊望去，高聲咒罵，追了下去。此時黃蓉也已醒了，跟著追去，問道：「靖哥哥，甚麼事？」郭靖遙遙答道：「兩個惡賊上了咱們筏子。」黃蓉吃了一驚。待得兩人奔到海旁，歐陽鋒已將姪兒抱上木筏，張起輕帆，離岸已有數丈。郭靖大怒，便想躍入海中追去，黃蓉拉住他袖子，道：「趕不上啦。」只聽得歐陽鋒哈哈大笑，叫道：「多謝你們的木筏！」

郭靖暴跳如雷，發足向身旁的一株紫檀樹猛踢。黃蓉靈機一動，叫道：「有了！」郭靖捧起一塊大石，靠在紫檀樹向海的一根椏枝上，說道：「你用力扳，咱們發砲。」郭靖大喜，雙足頂住樹根，兩手握住樹枝，向後急扳。紫檀木又堅又韌，只向後彎轉，卻不折斷。郭靖雙手忽鬆，呼的一響，大石向海中飛去，落在木筏之旁，激起了丈許水花。黃蓉叫了聲：「可惜！」又裝砲彈，這一次瞄得準，正好打在筏上。只木筏紮得極爲堅牢，受石彈這麼一擊，並無大礙。兩人接著連發三砲，卻都落空跌在水中。

黃蓉見砲轟無效，忽然異想天開，叫道：「快，我來做砲彈！」郭靖一怔，不明其意。黃蓉道：「你射我入海，我去對付他們。」拔出短劍，拿在手裏。郭靖知她水性既高，輕身功夫又極了得，並無危險，道：「小心了。」又使力將樹枝扳後。

黃蓉躍上樹枝坐穩，叫道：「發砲！」郭靖手一放，樹枝急挺，她身子向前急彈而出，筆直飛去，在空中接連翻了兩個觔斗，在離木筏數丈處輕輕入水，姿式美妙異常。歐陽叔姪不禁瞧得呆了，一時不明白她此舉是何用意。

黃蓉在入水之前深深吸了口氣，入水後更不浮起，立即向筏底潛去，只見頭頂一黑，知已到了木筏之下。歐陽鋒把木槳在水中四下亂打，卻那裏打得著她。黃蓉舉起短劍，正要往結紮木筏的繩索上割去，忽然心念一動，減小手勁，只在幾條主索上輕輕劃了幾下，將繩索的三股中割斷兩股，叫木筏到了汪洋大海之中，受了巨浪衝撞，方才散開。她又復潛水，片刻間已游出了十餘丈外，這才鑽出海面，大呼大叫，假裝追趕不及。

歐陽鋒狂笑揚帆，過不多時，木筏已遠遠駛出。

待得她走上海攤，洪七公早已趕到，正與郭靖同聲痛罵，卻見黃蓉臉有得色，問知端的，不禁齊聲喝采。黃蓉道：「雖叫這兩個惡賊葬身大海，咱們可得從頭幹起。師父日後回復了功力，也不能找老毒物報仇啦！」

三人飽餐一頓，精神勃勃的即去伐木紮筏，不數日又已紮成，眼見東南風急，張起用樹皮編織的小帆，離島西去。

黃蓉望著那荒島越來越小，嘆道：「咱三個險些兒都死在這島上，可是今日離去，倒又有點教人捨不得。」郭靖道：「他日無事，咱們再來重遊可好？」黃蓉拍手道：「好，一定來，那時候你可不許賴。咱們先給這小島起個名字，師父，你說叫甚麼好？」

洪七公道：「你在島上用巨岩壓那小賊，就叫壓鬼島好啦。」黃蓉搖頭道：「那多不雅。」洪七公道：「你要雅，那乘早別問老叫化。依我說，老毒物在島上吃我的尿，不如叫作吃尿島。」黃蓉笑著連連搖手，側頭而思，只見天邊一片彩霞，璀燦華艷，正罩在小島之上，叫道：「就叫作明霞島罷。」洪七公搖頭道：「不好，不好，那太雅了。」郭靖聽著師徒二人爭辯，只是含笑不語。這島名雅也好，俗也好，他總之是想不出來的，內心深處，倒覺「壓鬼」、「吃尿」的名稱，比之「明霞」甚麼的可有趣得多。

順風航了兩日，風向仍然不變。第三日晚間，洪七公與黃蓉都已睡著，郭靖掌舵守夜，海上風聲濤聲之中，忽然傳來「救人哪，救人哪！」兩聲叫喊。叫聲如破鈸相擊，混雜在風濤呼嘯之中，仍聽得清清楚楚。洪七公翻身坐起，低聲道：「是老毒物。」只聽得叫聲又是一響。黃蓉一把抓住洪七公的手臂，顫聲道：「是鬼，是鬼！」

其時天上無月，唯有疏星數點，照著黑漆漆的一片大海，深夜中傳來這幾聲呼叫，不由得令人毛骨悚然。洪七公叫道：「是老毒物麼？」他內力已失，聲音傳送不遠。郭靖氣運丹田，叫道：「是歐陽世伯麼？」只聽得歐陽鋒在遠處叫道：「是我歐陽鋒，救人哪！」黃蓉驚懼未息，道：「不管他是人是鬼，咱們轉舵快走。」

洪七公忽道：「救他！」黃蓉急道：「不，不，我怕。」洪七公道：「不是鬼。」黃蓉道：「是人也不該救。」洪七公道：「濟人之急，是咱們丐幫的幫規。你我兩代幫主，不能壞了歷代相傳的規矩。」黃蓉道：「丐幫這條規矩就不對了，歐陽鋒明明是個大壞蛋，做了鬼也是個大壞鬼，不論是人是鬼，都不該救。」洪七公道：「幫規如此，更改不得。」黃蓉憤憤不平。

只聽歐陽鋒遠遠叫道：「七兄，你當眞見死不救嗎？」黃蓉道：「有了，靖哥哥，待會兒見到歐陽鋒，你先一棍子打死了他。你不是丐幫的，不用守這條不通的規矩。師父，丐幫規矩是濟人之急，卻沒『濟鬼之急』這一條，他變成了鬼，就不用濟他了。」洪七公怒道：「乘人之危，豈是我輩俠義道的行逕？」黃蓉兀自強辯：「乘鬼之危，那總可以吧？」

黃蓉眼巴巴的看著郭靖把著筏舵，循聲過去，心中忿忿不已。沉沉黑夜之中，依稀見到兩個人頭在水面隨著波浪起伏，人頭旁浮著一根大木，想是木筏散後，歐陽叔姪搶住一根筏材，這才支持至今。黃蓉道：「要他先發個毒誓，今後不得害人，這才救他。」洪七公嘆道：「你不知老毒物的爲人，他寧死不屈，這個誓是不肯發的。靖兒，救人罷！」

郭靖俯身出去，抓住歐陽克後領，提到筏上。洪七公急於救人，忘了自己武功已失，伸手相援。歐陽鋒抓住他手，一借力，便躍到筏上，但這一甩之下，洪七公竟爾撲通一聲，掉入了海中。郭靖與黃蓉大驚，同時躍入海中，將洪七公救起。

黃蓉怒責歐陽鋒：「我師父好心救你，你怎地反將他拉入海中？」

歐陽鋒已知洪七公身上並無功夫，否則適才這麼一拉，豈能將一個武功高明之士拉下筏來？但他在海中浸了數日，已然筋疲力盡，此時不敢強項，低頭說道：「我……我確然不是故意的，七兄，做兄弟的跟你賠不是了。」

洪七公哈哈大笑，道：「好說，好說，不過老叫化的本事，可就洩了底啦。」

歐陽鋒道：「好姑娘，你給些吃的，咱們餓了好幾天啦。」黃蓉道：「這筏上只備三人的糧食淸水，分給你們不打緊，咱們吃甚麼啊？」歐陽鋒道：「好罷，你只分一點兒給我姪兒，他腿上傷得厲害，委實頂不住。」黃蓉道：「果眞如此，咱們做個買賣，你的毒蛇傷了我師父，他至今未曾痊愈，你拿解藥出來。」

歐陽鋒從懷中摸出兩個小瓶，遞在她手裏，說道：「姑娘你瞧，瓶中進了水，解藥都給水沖光啦！」黃蓉接過瓶子，搖了幾搖，放在鼻端一嗅，果然瓶中全是海水，說道：「那麼你將解藥的方子說出來，咱們一上岸就去配藥。」

歐陽鋒道：「如要騙你糧食清水，我胡亂說個單方，諒你也不知眞假，但歐陽鋒豈是這等人？實對你說，我這怪蛇是天下一奇，厲害無比，若給咬中，縱然武功高強之人一時不死，日後也必落個大受損傷，失卻武功。解藥的單方說給你聽本亦無妨，只是各種藥料不但採集極難，更須得三載寒暑之功，方能炮製得成，終究是來不及了。這話說到此處爲止，你要我給七兄抵命，那也由你罷。」

黃蓉與郭靖聽了這番話，倒也佩服，心想：「此人雖然歹毒，但縱在死生之際，也始終不失武學大宗師身分。」洪七公道：「蓉兒，他這話不假。一個人命數有定，老叫化也不放在心上。你給他吃的罷。」黃蓉暗自神傷，知道師父畢竟好不了啦，拿出一隻烤熟的野羊腿擲給歐陽鋒。歐陽鋒先撕幾塊餵給姪兒吃了，自己才張口大嚼。黃蓉想到在島上騙得他們吃了浸尿羊腿，忍不住噗哧一笑，說道：「來不及啦！」歐陽鋒不明她意之所指，瞪目不語。

黃蓉道：「歐陽伯伯，你傷了我師父，二次華山論劍之時，恭喜你獨冠羣英啊。」

歐陽鋒道：「那也未必盡然，天下還是有一人治得了七兄的傷。」

郭靖與黃蓉同時跳起，那木筏側了一側，兩人齊聲問道：「當眞？」歐陽鋒咬著羊腿，道：「只是此人難求，你們師父自然知曉。」兩人眼望師父。洪七公笑道：「明知難求，說他作甚？」黃蓉拉著他衣袖，求道：「師父，您說，再難的事，咱們也總要辦到。我求爹爹去，他必定有法子。」

歐陽鋒輕輕哼了一聲。黃蓉道：「你哼甚麼？」歐陽鋒不答。洪七公道：「他笑你以爲自己爹爹無所不能。可是那人非同小可，就算是你爹爹，也奈何不了他。且莫說那人武功高極，即令他手無縛鷄之力，老叫化也決不做這等損人利己之事。」黃蓉沉吟道：「武功高極？啊，爹爹說過的，是南帝段皇爺。師父，求他治傷，怎麼又損人利己了？」洪七公道：「睡罷，別問啦，我不許你再提這回事，知不知道？」黃蓉不敢再說，她怕歐陽鋒偷取食物，靠在水桶與食物堆上而睡。

次晨醒來，黃蓉見到歐陽叔姪，不禁嚇了一跳，兩人臉色泛白，全身浮腫，自是在海中連浸數日之故。黃蓉心道：「師父甚麼都好，就是對『仁義』兩字想得太過迂腐，對惡人仁義，便是對良善殘暴。只盼靖哥哥不要學他這一節才好。講到對付惡人，他該學學他『岳父』才是。」想到「岳父」的稱呼，不禁臉露微笑。

木筏航到申牌時分，望見遠處有條黑線，隱隱似是陸地，郭靖首先叫了起來。再航了一頓飯時分，看得清楚，果是陸地，此時風平浪靜，只日光灼人，熱得難受。

歐陽鋒忽地站起，身形微晃，雙手齊出，一手一個，已將郭靖、黃蓉抓住，腳尖起處，又將洪七公身上穴道踢中。郭黃二人出其不意，給他抓住脈門，登時半身酥麻，齊聲驚問：「幹甚麼？」歐陽鋒一聲獰笑，卻不答話。

洪七公嘆道：「老毒物狂妄自大，一生不肯受人恩惠。咱們救了他性命，他若不把恩人殺了，心中怎能平安？唉，只怪我黑夜之中救人心切，忘了這節，倒累了兩個孩子的性命。」歐陽鋒道：「你知道就好啦。再說，九陰眞經既入我手，怎可再在這姓郭的小子心中又留下一部，遺患無窮。」洪七公聽他說到九陰眞經，心念一動，大聲道：「摩訶波羅，揭諦古羅，努爾七六，哈瓜兒，寧血契卡，平道兒……」

歐陽鋒一怔，聽來有一半似是郭靖所寫經書中百思不得其解的怪文，洪七公其實是亂背一氣，歐陽鋒如何得知，只道他懂得其中含義，心想：「經書中這一大篇怪文，必是全經關鍵。我殺了這三人，只怕世上再無人懂，那我縱得經書，也是枉然。」問道：「那是甚麼意思？」洪七公道：「混花察察，雪根許八吐，米爾米爾……」叫道：「靖兒，你接著背下去！」他雖聽郭靖背過九陰眞經中這段怪文，但如何能記得？這時信口胡謅，臉上卻神色肅然。郭靖便即唸誦：「摩訶波羅，揭諦古羅……」歐陽鋒凝神思索。

洪七公大喝：「靖兒動手。」郭靖左手反拉，右掌拍出，同時左腳也已飛起。他給歐陽鋒倏施襲擊，抓住脈門，本已無法反抗，但洪七公一番胡言亂語，瞎說八道，歐陽鋒果然中計，分神之際手上微鬆，郭靖立施反擊。他已將經中「易筋鍛骨章」練到了第二段，雖無新的招數拳法學到，原來的功力卻斗然間增強了二成，這一拉、一拍、一踢，招數平平無奇，勁力竟大得異乎尋常。歐陽鋒一驚之下，筏上狹窄，無可退避，只得舉手格擋，抓住黃蓉的手仍然不放。

郭靖拳掌齊施，攻勢猶似暴風驟雨一般，心知在這木筏之上，如讓歐陽鋒緩手運得蛤蟆功，三人抗禦無力，閃避無地。這一陣急攻，倒也把歐陽鋒逼得退了半步。

黃蓉身子微側，橫肩向他撞去。歐陽鋒暗暗好笑，心想：「小丫頭向我身上撞來，也不想想自己有多大功力？不反彈你到海中才怪。」心念甫動，黃蓉肩頭已然撞到。歐陽鋒不避不擋，並不理會，突然間胸口微感刺痛，才想到她身上穿著桃花島鎮島之寶的軟蝟甲，這時他站在筏邊，已半步都不能再退，她甲上生滿尖刺，無著手之處，急忙左手放脫她脈門，借勢外甩，將她猛推出去。黃蓉立足不定，眼見要跌入海中，郭靖右手拉住，左手繼續進攻。黃蓉拔出短劍，猱身而上。歐陽鋒穩穩站在筏邊，猶似釘住了一般，浪花不住濺上他膝彎，不論郭靖、黃蓉如何進攻，始終不能將他逼入海中。

歐陽鋒的武功原本遠勝郭黃二人聯手，但他在海中浸了數日，性命倒已去了半條；

黃蓉武功不高，但身披軟蝟甲，手持鋒銳之極的短劍，這兩件攻防利器可也令他大爲顧忌；再加上郭靖的降龍十八掌、七十二路空明拳、左右互搏、以及最近所練的九陰眞經「易筋鍛骨章」等合成一起之後，威力實也非凡，三人在筏上鬥了個難分難解。

時候一長，歐陽鋒的掌法愈厲，郭黃二人漸感不敵，洪七公只瞧得暗暗著急。掌影飛舞中歐陽鋒左腳踢出，勁風凌厲，黃蓉不敢拆解，一個觔斗翻入了海中。郭靖獨抗強敵，更加吃力。黃蓉從左邊入海，立時從筏底鑽過，從右邊躍起，揮短劍向歐陽鋒背心刺去。歐陽鋒本已得勢，這一來前後受敵，又鬥成了平手。

黃蓉奮戰之際，暗籌對策：「如此鬥將下去，我們終須落敗，不到海中，畢竟勝他不了。」心念一動，揮短劍割斷帆索，小帆便即落下，木筏在波浪上起伏搖晃，不再前行。她翻上木筏，扯著帆索在洪七公身上繞了幾轉，再在木筏的一根主材上繞了幾轉，牢牢打了兩個結。

她一退開，郭靖又感不支，勉力接了三招，第四招已招架不住，只得退了一步。歐陽鋒得理不讓人，雙掌連綿而上。郭靖一退再退，以一招「或躍在淵」接過了敵掌，下一掌卻又招架不住，再退得一步，左足便將踏空，他臨危不亂，雙足互踢，守住退路，叫敵人不能乘勢相逼，隨即撲通一聲，躍入海中。

那木筏猛晃兩晃，黃蓉借勢躍起，也跳入了海中。兩人扳住木筏，一掀一抬，眼見就要將筏子翻過身來。這一翻不打緊，歐陽克非立時淹斃不可，歐陽鋒到了水中，自然也非郭黃二人之敵。洪七公卻縛在筏上，二人儘可先結果了西毒，再救師父。

歐陽鋒識得此計，提足對準洪七公的腦袋，高聲喝道：「兩個小傢伙聽了，再晃一晃，我就是這麼一腳！」

黃蓉一計不成，二計早生，吸口氣潛入了筏底，伸短劍就割繫筏的繩索，此時離陸地不遠，算計了歐陽叔姪之後，再抱住大木浮上岸去也自無妨。只聽得喀喀數聲，木筏已分成兩半。歐陽克在左邊一半，歐陽鋒與洪七公則在右邊一半。歐陽鋒暗暗心驚，探身伸手，將姪兒提過，彎腰凝望水中，只等黃蓉浮近，伸劍再割，便一把扭住她揪上筏來。

歐陽鋒這副模樣，黃蓉在水底瞧得清楚，知他這一抓下來定然既準且狠，不敢上來再割。僵持良久，黃蓉游遠丈許，出水吸了口氣，又潛入水中候機發難。雙方凝神俟隙，傾刻間由極動轉到了極靜。海上陽光普照，一片寧定，在這半邊木筏的一上一下之間，卻蘊藏著極大殺機。黃蓉心想：「半邊木筏只要再分成兩截，在波浪中非滾轉傾覆不可。」歐陽鋒心想：「只要她一探頭，我隔浪發掌擊去，水力就能將她震死。小丫頭一除，留下姓郭的小賊一人就不足為患。」

兩人目不轉瞬，各自躍躍欲試。歐陽克忽然指著左側，叫道：「船，船！」洪七公與郭靖順著他手指望去，果見一艘龍頭大船扯足了帆，乘風破浪而來。過不多時，歐陽克看到了船首站著一人，身材高大，披著大紅袈裟，似是靈智上人，大船再駛近了些，定睛看去，果然不錯，忙對叔父說了。歐陽鋒氣運丹田，高聲叫道：「這裏是好朋友哪，快過來。」

黃蓉在水底尚未知覺，郭靖卻已知不妙，忙潛入水中，一拉黃蓉手臂，示意又來了敵人。黃蓉在水底難明他意思，料來總是事情不對，打個手勢，叫他接住歐陽鋒的掌力，自己乘機割筏。郭靖自知自己功力本就遠不及敵人，現今已身在水而敵在筏上，相差更遠，這一掌接下來大有性命之憂，但事已急迫，捨此更無別法，力運雙臂，忽地鑽上。歐陽鋒「閣」的一聲大叫，雙掌從水面上拍將下來，郭靖的雙掌也從水底擊了上去。海面上水花不起，但水中卻兩股大力相交，突然間半截木筏向上猛掀，翻起數尺，喀喀兩聲，黃蓉已將繫筏的繩索割斷。就在此時，大船也已駛到離木筏十餘丈外。

黃蓉一割之後立即潛入水底，待要去刺歐陽鋒時，卻見郭靖手足不動，身子慢慢下沉，不禁又驚又悔，忙游過去拉住他手臂，游出數丈，鑽出海面，見郭靖雙目緊閉，臉青唇白，已然暈去。

那大船放下舢舨，幾名水手扳槳划近木筏，將歐陽叔姪與洪七公都接了上去。

黃蓉連叫三聲：「靖哥哥！」郭靖只是不醒。她想來者雖是敵船，也只得上去，托住郭靖後腦，游向舢舨。艇上水手拉了郭靖上去，伸手欲再拉她，黃蓉左手在艇邊一按，身如飛魚，從水中躍入艇心，幾個水手都大吃一驚。

適才水中對掌，郭靖爲歐陽鋒掌力所激，受到極大震盪，登時昏暈，幸好身在水中，身子順水讓落，力不反座，受力反而較輕，待得醒轉，只見自己倚在黃蓉懷裏，卻是在一艘小艇之中。他呼吸了幾口，察知未受內傷，展眉向黃蓉一笑。黃蓉回報一笑，消了滿腔驚懼，這才注目去瞧那大船中是何等人物。

一瞥之下，心中不禁連珠價叫苦，只見船首高高矮矮的站了七八個人，正是幾月前在燕京趙王府裏會見過的武林高手：身矮腿短、目光如電的是千手人屠彭連虎，頭頂油光晶亮的是鬼門龍王沙通天，額角上長了三個瘤子的是三頭蛟侯通海，白髮童顏的是參仙老怪梁子翁，身披大紅袈裟的是青海手印宗靈智上人，心想：「靖哥哥與我的武功近來大有長進，若跟彭連虎等一對一的動手，我縱使仍然不敵，靖哥哥卻必操勝算。但老毒物在旁，又有這許多人聚在一起，今日再想脫險，可就難上加難了。」

大船上諸人聽到歐陽鋒在木筏上那一聲高呼，本已甚爲驚奇，及至見到郭靖等人，更大感奇怪。

歐陽鋒抱著姪兒，郭靖與黃蓉抬了洪七公，五人分作兩批，先後從小艇躍上大船。一人身穿繡花錦袍，從中艙迎了出來，與郭靖一照面，兩人都是一驚。那人頷下微鬚，面目清秀，正是大金國的六王爺趙王完顏洪烈。

完顏洪烈在寶應劉氏宗祠中逃脫之後，生怕郭靖追他尋仇，不敢北歸，逕行會合了彭連虎、沙通天等人，南下盜取岳武穆遺書。

其時蒙古大舉伐金，中都燕京大興府遭圍近月，燕雲十六州已盡屬蒙古。金國兵勢日蹙。完顏洪烈心甚憂急，眼見蒙古兵剽悍殊甚，金兵雖以十倍之衆，每次接戰，盡皆潰敗，他苦思無策，不由得將中興復國大計，全都寄託在那部武穆遺書之上，心想只要得了這部兵書，自能用兵如神，戰無不勝，就如當年岳飛一般，蒙古兵縱然精銳，也要望風披靡了。這次他率衆南來，行蹤詭秘，只怕讓南朝知覺，有了提防，是以改走海道，一心要半夜裏在浙江沿海登陸，悄悄進入臨安，將書盜來。當日他遍尋歐陽克不得，雖知他是極得力的高手，但久無消息，也不能單等他一人，只得逕自啓程，這時海上相遇，卻見他與郭靖爲伴，暗自著急，生怕他已將這大秘密洩漏了出去。

郭靖見了殺父仇人，自是心頭火起，雖在強敵環伺之際，仍對他怒目而視。這時一人從船艙中匆匆上來，只露了半面，立即縮身回入。黃蓉眼尖，已看到是楊康。

歐陽克道：「叔叔，這位就是愛賢若渴的大金國六王爺。」歐陽鋒拱了拱手。完顏洪烈不知歐陽鋒在武林中有多大威名，見他神情傲慢，但瞧在歐陽克面上，拱手爲禮。

彭連虎、沙通天等聽得此言，一齊躬身唱喏：「久仰歐陽先生是武林中泰山北斗，今日有幸拜見。」歐陽鋒微微躬身，還了半禮。靈智上人素在青海藏邊，不知西毒的名頭，只雙手合什，不作一聲。完顏洪烈知沙通天等個個極為自負，向不服人，見了歐陽鋒卻如此恭敬，顯得既敬且畏，復大有諂媚之意，這等神色從來沒在他們臉上見過，立知這個周身水腫、蓬頭赤足的老兒來頭不小，當下著實接納，說了一番敬仰的言語。

這些人中梁子翁的心情最是特異，郭靖喝了他珍貴之極的蟒蛇藥血，這時相見，如何不惱？但自己生平最怕的洪七公卻又在其旁，只有心中惱怒，臉上堆笑，上前躬身拜倒，說道：「小的梁子翁參見洪幫主，您老人家好。」

此言一出，衆人又是一驚，西毒、北丐的威名大家都是久聞的，但均未見過，想不到這當世兩大高人竟同時現身，正要上前拜見，洪七公哈哈一笑，說道：「老叫化倒了霉啦，給惡狗咬得半死不活的，還拜見甚麼？乘早拿東西來吃是正經。」衆人一怔，均想：「這洪七公躺著動彈不得，原來身受重傷，那就不足為懼。」望著歐陽鋒，要瞧他眼色行事。

歐陽鋒早已想好對付三人的毒計：洪七公必須先行除去，以免自己以怨報德的劣行給他張揚開來；郭靖則要先問出他經書上怪文的含義，再行處死；至於黃蓉，姪兒雖然愛她，留下來終是極大禍根，但如自己下手加害，黃藥師知道了豈肯干休，須得想個借刀殺人之計，假手於旁人，眼下三人上了大船，不怕他們飛上天去，向完顏洪烈道：「這三人狡猾得緊，武功也還過得去，請王爺派人好好看守。」

梁子翁聞言大喜，當即斜身向左竄出，繞過沙通天身側，反手來拉郭靖手腕。郭靖順腕翻過，啪的一聲，梁子翁已肩頭中掌，這一招「見龍在田」又快又重，梁子翁武功雖高，竟給他打得踉踉蹌蹌的倒退兩步。彭連虎等和梁子翁一直在完顏洪烈之前互爭雄長，只想壓倒對方，都是面和心不和，見他受挫，暗自得意，立時散開，將洪七公等三人圍在垓心，要待梁子翁給打倒之後，再上前動手。

梁子翁適才所以要繞過沙通天，從側來拉郭靖，爲的就是避開他那招獨一無二的「亢龍有悔」，不至受他迎面直擊，不料一別經月，他居然並不使「亢龍有悔」，只隨手一掌，自己竟爾躲避不開，這一下他臉上如何下得來？見郭靖並不追擊，當即縱身躍起，雙拳連發，使出他生平絕學「遼東野狐拳法」，立心要取郭靖性命，既要掙回適才所失的顏面，又報昔日殺蛇之恨。

當年梁子翁在長白山採參，見到獵犬與野狐在雪中相搏。那野狐狡詐多端，竄東蹦西，靈動異常，獵犬爪牙雖利，纏鬥多時，仍無法取勝。他見了野狐的縱躍，心中有悟，人參也不採了，就在深山雪地的茅廬之中，苦思數月，創出了這套「野狐拳法」。這拳法以「靈、閃、撲、跌」四字訣爲主旨，於對付較己爲強的勁敵最爲合用，首先教敵人捉摸不著自己前進後退、左趨右避的方位，然後俟機進擊。這時他不敢輕敵，使開這路拳法，未攻先閃，跌中藏撲，向郭靖打去。

這套拳法來勢怪異，郭靖從未見過，心想：「蓉兒的桃華落英掌虛招雖多，終究或五虛一實，或八虛一實，這老兒的拳法卻似全是虛招，不知鬧甚麼古怪？」依著洪七公前時所指點的方策，不論敵招如何多方變幻，只是將降龍十八掌的掌力發將出去。

兩人數招一過，衆高手都暗暗搖頭，心想：「梁老怪總算是一派掌門，與這後生小子動手，怎麼儘是閃避，不敢發一招實招？」

再拆數招，郭靖的掌力將他越迫越後，眼見就要退入海中。梁子翁見「野狐拳」不能取勝，要想另換拳法，但遭郭靖掌力籠罩住了，那裏緩得出手來？掌聲呼呼之中，只聽洪七公叫道：「下去罷！」郭靖使一招「龍戰於野」，左臂橫掃。梁子翁大聲驚呼，身不由主的往船舷外跌出。

衆人一驚之下，齊向梁子翁跌下處奔過去察看。只聽得海中有人哈哈長笑，梁子翁忽爾飛起，噠的一聲，直挺挺的跌上了甲板，再也爬不起來。

這一來衆人驚訝更甚，難道海水竟能將他身子反彈上來？爭著俯首船邊向海中觀看。只見一個長鬚長髮的老兒在海面上東奔西突，迅捷異常，再凝神看時，原來他騎在一頭大鯊魚背上，就如陸地馳馬一般縱橫自如。郭靖又驚又喜，大聲叫道：「周大哥，我在這裏啊！」

那騎鯊的老兒正是老頑童周伯通。

周伯通聽得郭靖呼叫，大聲歡呼，在鯊魚右眼旁打了一拳，鯊魚即向左轉，遊近船邊。周伯通叫道：「是郭兄弟麼？你好啊。前面有一條大鯨魚，我已追了一日一夜，現下就得再追，再見吧！」郭靖急叫：「大哥快上來，這裏有好多壞人要欺侮你把弟啦。」

周伯通怒道：「有這等事？」右手拉住鯊魚口中一根不知甚麼東西，左手在大船邊上垂下的防撞木上一掀，連人帶鯊，忽地從眾人頭頂飛過，落上甲板，喝道：「甚麼人這般大膽，竟敢欺侮我把弟？」

船上諸人那一個不是見多識廣，但這個長鬚老兒如此奇詭萬狀的出現，卻令人人驚得目瞪口呆，連洪七公與歐陽鋒也錯愕異常。

周伯通見到黃蓉，也感奇怪，問道：「怎麼你也在這裏？」黃蓉笑道：「是啊，我算到你今日會來，先在這裏等你。你快教我騎鯊魚的法兒。」周伯通笑道：「好，我來教你。」黃蓉道：「你先打發了這批壞人再教。」

周伯通目光向甲板上眾人掃過，對歐陽鋒道：「我道別人也不敢這麼猖狂，果然又是你這壞蛋。」歐陽鋒冷冷的道：「一個人言而無信，縱在世上偷生，也教天下好漢笑話。」周伯通道：「半點也不錯。做人甚麼事都可胡來，但說話放屁，總須分得清清楚楚，可別讓人聽在耳裏，不知道聲音是上面出來的呢，還是來自下盤功夫。我正要找你算帳，你在這兒眞再好也沒有。老叫化，你是公證，站起來說句公道話罷。」

洪七公臥在甲板上，笑了一笑。黃蓉道：「老毒物遇難，我師父接連九次救了他性命，那知他狼心狗肺，反過來傷害我師父，點了他穴道。」洪七公救歐陽鋒之命，前後只是三次，黃蓉將次數乘以三數，歐陽鋒自也不能對此分辯，只怒目不語。

周伯通俯身在洪七公的「曲池穴」與「湧泉穴」上揉了兩揉。洪七公道：「老頑童，那沒用。」歐陽鋒這門點穴手段甚是陰毒，除了他與黃藥師兩人之外，天下沒人解得。

歐陽鋒甚爲得意，說道：「老頑童，你有本事就將他穴道解了。」黃蓉雖不會解，卻識得這門點穴功夫，小嘴一扁，說道：「那有甚麼稀奇的？我爹爹不費吹灰之力，就能將這『透骨打穴法』解開。」歐陽鋒聽她說出這打穴法的名稱，心想這小丫頭家學淵源，倒也有些門道，不再理她，對周伯通道：「你輸了東道，怎麼說話如同放屁？」

周伯通掩鼻叫道：「放屁麼？好臭好臭！我倒要問你，咱們賭了甚麼東道？」歐陽鋒道：「這裏除了姓郭的小子與這小丫頭，都是成名的英雄豪傑，我說出來請大家評評道理。」彭連虎道：「好極，好極。歐陽先生請說。」歐陽鋒道：「這位是全眞派的周伯通周老爺子，江湖上人稱老頑童，輩份不小，是丘處機、王處一他們全眞七子的師叔。」

周伯通十餘年來一直給囚在桃花島，前此武藝未有大成，除了頑皮胡鬧，也沒做過甚麼了不起的大事，江湖上名頭不響，但衆人見他海上騎鯊、提鯊上船，神通廣大，實是非同小可，原來是全眞七子的師叔，無怪如此了得，互相低聲交談了幾句。彭連虎念到八月中秋嘉興煙雨樓之約，心想全眞七子若有這怪人相助，可就更加不易對付了，不禁暗暗擔憂。

歐陽鋒道：「這位周兄在海中爲鯊羣所困，兄弟將他救了起來。我說鯊羣何足道哉，只消舉手之勞，就能將羣鯊盡數殺滅。周兄不信，我們兩人就打了一賭。周兄，這話對麼？」周伯通連連點頭，說道：「這幾句話全對。賭點甚麼，也得給大夥兒說說。」歐陽鋒道：「正是！我說如是我輸了，不論你叫我幹甚麼，我就得幹甚麼。如不肯幹，就得跳到海中餵魚。你輸了也是一樣。這話對麼？」周伯通又連連點頭，說道：「對，對，半點不錯。後來怎樣了？」歐陽鋒道：「怎樣？後來是你輸了。」

這一次周伯通卻連連搖頭，說道：「錯了，錯了，輸的是你，不是我。」歐陽鋒怒道：「男子漢大丈夫，說話豈能顚倒是非，胡混奸賴？若是我輸，你怎肯跳入海中自盡？」周伯通嘆道：「是啊，原本我也道老頑童運氣不好，輸在你手，那知到了海中，老天爺教我遇上一件巧事，才知是你老毒物輸了，我老頑童贏了。」

歐陽鋒、洪七公、黃蓉齊聲問道：「甚麼巧事？」

周伯通一彎腰，左手抓住撐在鯊魚口中的一根木棒，將鯊魚提了起來，道：「就是遇見了我這頭坐騎啊，老毒物你瞧明白了，這是你寶貝姪兒將木棍撐在牠口中的，是不是？」當日歐陽克行使毒計，用木棍撐在鯊魚口中，要叫這海中第一貪吃的傢伙活生生餓死，那是歐陽鋒親眼所見。這時見了巨鯊和木棍的形狀，以及魚口邊被鈎鉤破的傷痕，記得果然便是那天放還海中的鯊魚，便道：「是又怎樣？」

周伯通拍手笑道：「那便是你輸了啊。咱們賭的是將鯊羣盡數殺滅，可是這頭好傢伙託了你姪兒的福，吃不得死鯊，中不了毒，既留下了一條，豈不是我老頑童贏了？」說罷哈哈大笑。歐陽鋒臉上變色，做聲不得。

郭靖喜道：「大哥，這些日子你在那裏？我想得你好苦。」

周伯通笑道：「我才玩得有趣呢。我跳到海裏，不久就見到這傢伙在海面上喘氣，好似大爲煩惱。我道：『老鯊啊老鯊，你我今日可算同病相憐了！』我一下子跳上了魚背。牠猛地就鑽進了海底，我只好閉住氣，雙手牢牢抱住了牠頭頸，舉足亂踢牠肚皮，好容易牠才鑽上水面，沒等我透得兩口氣，這傢伙又鑽到了水下。咱哥兒倆鬥了這麼半天，牠才認輸，乖乖的聽了話，我要牠往東，牠就往東，要牠出水，牠可不敢鑽入海底。」說著輕輕拍著鯊魚的腦袋，甚是得意。

這些人中最感艷羨的自是黃蓉，只聽得兩眼發光，說道：「我在海中玩了這麼些年，怎麼沒想到這玩意兒，眞傻！」周伯通道：「你瞧牠滿口牙齒，便如是一把把的利刀，若不是口中撐了這根硬木棍，你敢騎牠嗎？」黃蓉道：「這些日子你一直都騎在魚背上？」周伯通道：「可不是麼？咱哥兒倆捉魚的本事可大啦。咱們一見到魚，牠就追，我就來這麼一拳一掌，將魚打死，一條魚十份中我吃不上一份，這傢伙可得吃九份半。」黃蓉摸了摸鯊魚的肚皮，又問：「你把死魚塞入牠肚子裏麼？牠不用牙齒會吃麼？」周伯通道：「牠不用咬，吞下去就是。只因牠貪我餵魚，這才乖乖的聽我駕御。有一次咱哥兒倆窮追一條大烏賊……」

這一老一小談得興高采烈，旁若無人，歐陽鋒卻暗暗叫苦，籌思應付之策。周伯通忽道：「喂，老毒物，你認不認輸？」

歐陽鋒先前把話說得滿了，在衆人之前怎能食言？只得道：「輸了又怎地？難道我還賴不成？」周伯通道：「嗯，我得想想叫你做件甚麼難事。好，你適才罵我放屁，我就叫你馬上放一個屁！讓大夥兒聞聞。」

黃蓉聽周伯通叫歐陽鋒放屁，平白無端的放一個屁，在常人自然極難，但內功精湛之輩，一生習練的就是將氣息在周身運轉，這件事卻殊不足道，只怕歐陽鋒老奸巨猾，打蛇隨棍上，抓住這個機會，輕輕易易的放一個屁，就將這件事矇混過去，忙搶著道：

「不好，不好，你要他把我師父的穴道解開再說。」

周伯通道：「你瞧，人家小姑娘怕你的臭屁，那就免了罷。我也不要你做甚麼爲難之事，快把老叫化的傷治了。老叫化的本事決不在你之下，你若非行奸弄鬼，決計傷他不了。待他傷好之後，你倆公公平平的再打一架，那時候讓老頑童來做個公證。」

歐陽鋒情知洪七公的傷已沒法治愈，不怕他將來報復，倒怕周伯通忽然異想天開，出個古怪難題，在衆目睽睽之下，可教人下不了台，當下也不打話，俯身運勁於掌，將洪七公的穴道解了。黃蓉與郭靖上前搶著扶起。

周伯通向甲板上衆人橫掃了一眼，說道：「老頑童最怕聞的，就是金人韃子的羊臊味。快放下小艇，送我們四人上岸。」

歐陽鋒見周伯通與黃藥師動過手，知道這人武功極怪，若跟他說翻了臉動武，自己縱不落敗，取勝之機卻也頗爲渺茫，目下只得暫且忍耐，待練成《九陰眞經》上的武功後，再來跟他算帳，好在今日儘可藉口輸了打賭，一切依從，早早將這瘟神送走爲是，算計已定，便道：「好罷，誰教你運道好呢！這場打賭既是你贏了，你說怎麼就怎麼著。」轉頭向完顏洪烈道：「王爺，就放下舢舨，送這四人上岸罷。」

完顏洪烈不答，心想：「這四人上了岸，只怕洩漏了我此番南來的機密。」

靈智上人一直冷眼旁觀，見著歐陽鋒大剌剌的神情早就心中大是不忿，暗想瞧你這副落湯鷄般的狼狽模樣，聽周伯通那儍賴老兒說甚麼便依從甚麼，不敢駁回半句，多半是個浪得虛名之徒，就算眞的武功高強，未必就敵得過我們這裏的許多高手，眼見完顏洪烈有躊躇之色，走上兩步，說道：「如在木筏之上，歐陽先生愛怎麼就怎麼，旁人豈敢多口？既上了大船，就得聽王爺吩咐。」

此言一出，衆人聳然動容，都望著歐陽鋒的臉色。

歐陽鋒冷冷的上下打量靈智上人，隨即抬頭望天，淡淡的道：「這位大和尚是存心要跟老朽爲難了？」靈智上人道：「不敢。小僧少來中原，孤陋寡聞，今日初會高人，也是第一次聽到歐陽先生的威名，跟先生能有甚麼樑子過節……」

話猶未了，歐陽鋒踏上一步，左手虛晃，右手已抓起靈智上人魁梧雄偉的身軀，順勢迴轉，將他頭下腳上的舉了起來。

這一下快得出奇，衆人但見靈智上人大紅的袈裟一陣晃動，一個肥肥的身體已給舉在半空，卻未看淸歐陽鋒使的是甚麼手法。靈智上人本比常人要高出一個頭，歐陽鋒這一把是抓住了他後頸隆起的一塊肥肉，倘若挺臂上舉，他雙腳未必就能離地，但歐陽鋒將他身子倒了轉來，頭頂離甲板約有四尺。他雙腳在空中亂踢，口中連連怒吼。那日靈智上人在趙王府與王處一過招，衆人都見到他手上功夫極爲了得，但給歐陽鋒這麼倒轉提起，雙臂軟軟的垂在兩耳之旁，宛似斷折了一般，全無反抗之能。

歐陽鋒仍兩眼向天，輕描淡寫的道：「你今日第一次聽到我名字，就瞧不起老朽，是不是？」靈智上人又驚又怒，連運了幾次氣，出力掙扎，卻那裏掙扎得脫？彭連虎等見了這般情景，無不駭然失色。

歐陽鋒又道：「你瞧不起老朽，那也罷了，瞧在王爺的面上，我也不來跟你一般見識。但你想留下老頑童周老爺子、九指神丐洪老爺子，嘿嘿，憑你這點微末道行也配？你既孤陋寡聞，又沒自知之明，吃點虧是免不了的啦。老頑童，接著了！」

也不見他手臂後縮前揮，只掌心勁力外吐，靈智上人就如一團紅雲般從甲板的左端飛向右端，他一離歐陽鋒的掌力，立時自由，身子一挺，一個鯉魚翻身，要待直立，突覺頸後肥肉一痛，暗叫不妙，左掌揑了個祕刀手印忙要拍出，忽感手臂酸麻，不由自主的垂了下去，身子又給倒提在空中，原來已讓周伯通如法炮製的拿住了。

完顏洪烈見他狼狽不堪，心知莫說歐陽鋒有言在先，單憑周伯通一人，自己手下這些人就留他不住，忙道：「周老先生莫作耍了，小王派船送四位上岸就是。」

周伯通道：「好呀，你也來試試，接著了！」學著歐陽鋒的樣，掌心吐勁，將靈智上人肥大的身軀向他飛擲過去。

完顏洪烈雖識武藝，但只會些刀槍弓馬的功夫，周伯通這一下將這胖大和尚急擲過來，勁道凌厲，他那裏能接，撞上了非死必傷，急忙閃避。

沙通天見情勢不妙，使出移形換位功夫，晃身攔在完顏洪烈面前，眼見靈智上人衝來的勢道極爲沉猛，如出掌相推，只怕傷了他，看來只有學歐陽鋒、周伯通的樣，先抓住他後頸，再將他倒轉過來，好好放下。

可是武功之道，差不得厘毫，他眼看歐陽鋒與周伯通一抓一擲，全然不費力氣，只道靈智上人只掌力厲害，縱躍變招的本事卻甚平常，滿擬將他抓住，先消來勢，再放正他身子，那知道一抓下去，剛碰到靈智上人的後頸，突感火辣辣的一股力道從腕底猛衝上來，若不抵擋，右腕立時折斷，危急中忙撤右掌，左拳一招「破甲錐」擊了下去。

原來靈智上人接連給歐陽鋒與周伯通倒轉提起，熱血逆流，只感頭昏腦脹，心中怒火如焚，聽得周伯通叫人接住自己，只道出手的又是敵人，人在空中時已運好了氣，一覺沙通天的手碰到他頸後，立時一個手印拍出。

兩人本來功力悉敵，沙通天身子直立，佔了便宜，靈智上人卻有備而發，打了他一個措手不及。這一來仍是半斤八兩，只聽得啪的一響，沙通天退後三步，一交坐倒，靈智上人也爲他拳力震開，横臥在地。靈智上人翻身躍起，才看清適才打他的原來是沙通天，心想：「連你這臭賊也來揀便宜！」虎吼一聲，又要撲上。

彭連虎知他誤會，忙攔在中間，叫道：「大師莫動怒，沙大哥是好意！」

這時大船上已放下舢舨。周伯通提起鯊魚口中的木棒，將巨鯊向船外揮出，同時手掌使力，將木棍震爲兩截。那鯊魚飛身入海，忽覺口中棍斷，自是欣喜異常，潛入深海吃魚去了。黃蓉笑道：「靖哥哥，下次咱倆和周大哥各騎一條鯊魚，比賽誰游得快。」郭靖尚未回答，周伯通已自拍手叫好，說道：「還是請老叫化做公證。」

完顏洪烈見周伯通等四人坐了舢舨划開，心想歐陽鋒如此功夫，如肯出手相助，盜書之事成算更增，牽了靈智上人的手，走到歐陽鋒面前，說道：「大家都是好朋友，先生不可見怪，上人也莫當眞，都瞧在小王臉上，只當是戲耍一場。」

歐陽鋒一笑，伸出手去。靈智上人心猶未服，暗想：「你不過擒拿法了得，乘我不備，忽施襲擊，我數十年苦練的祕刀手印掌力，難道當眞不及你？」伸出手去，勁從臂發，力揑歐陽鋒的手掌，力道剛施上，忽然身不由主的跳起，猶似揑上一塊燒得通紅的鋼塊，手掌只燒得火辣辣地疼痛，放手不迭。歐陽鋒不爲已甚，只微微一笑。靈智上人看自己手心時，卻了無異狀，心道：「他奶奶的，這老賊定是會使邪術。」

歐陽鋒見梁子翁躺在甲板之上，兀自動彈不得，上前看時，知他爲郭靖打下海時恰好給周伯通接住，點了他穴道又擲上船來，便解開他受封穴道。這樣一來，歐陽鋒自然而然做了這羣武人的首領。完顏洪烈吩咐整治酒席，爲歐陽叔姪接風。

飲酒中間，完顏洪烈把要到臨安去盜武穆遺書的事對歐陽鋒說了，請他鼎力相助。

歐陽鋒早聽姪兒說過，這時心中一動，忽然另有一番主意：「我歐陽鋒是何等樣人，豈能供你驅策？但向聞岳飛不僅用兵如神，武功也極了得，他傳下來的岳家散手乃武學中一絕，這遺書中除韜略兵學之外，說不定另行錄下武功。我且答應助他取書，要是瞧得好了，難道老毒物不會據爲己有？」

正是：爾虞我詐，各懷機心。完顏洪烈一心要去盜取大宋名將的遺書，卻不料螳螂捕蟬，黃雀在後，歐陽鋒另在打他自己的主意。當下一個著意奉承，一個滿口應允，再加上梁子翁在旁極力助興，席上酒到杯乾，賓主盡歡。只歐陽克身受重傷，吃不得酒，用了一點菜，就由人扶到後艙休息去了。

正吃得熱鬧間，歐陽鋒忽爾臉上變色，停杯不飲，衆人俱各一怔，不知有甚麼事得罪他了。完顏洪烈要待出言相詢，歐陽鋒道：「聽！」衆人側耳傾聽，除了海上風濤之外，卻聽不見甚麼。過了一陣，歐陽鋒道：「現今聽見了麼？簫聲。」衆人凝神傾聽，果聽得浪聲之外，隱隱似乎夾著忽斷忽續的洞簫之聲，若不是他點破，誰也聽不出來。

歐陽鋒走到船頭，縱聲長嘯，聲音遠遠傳了出去。衆人也都跟到船頭。

這時天色已黑，月亮初升，朦朧中遙遙望見海面遠處扯起三道青帆，一艘快船破浪而來。衆人暗暗詫異：「難道簫聲是從這船中發出？相距如是之遠，怎能送到此處？」

歐陽鋒命水手轉舵，向那快船迎去。兩船漸漸駛近。來船船首站著一人，身穿青布長袍，手中果然執著一枝洞簫，高聲叫道：「鋒兄，可見到小女麼？」歐陽鋒道：「令愛好大的架子，我敢招惹麼？」兩船相距尚有數丈，也不見那人縱身奔躍，衆人只覺眼前一花，那人已上了大船甲板。

完顏洪烈見他本領了得，又起了招攬之心，迎將上去，說道：「這位先生貴姓？有幸拜見，幸何如之。」以他大金國王爺身分，如此謙下，可說是十分難得的了。但那人見他穿著金國官服，只白了他一眼，並不理睬。

歐陽鋒見王爺討了個老大沒趣，說道：「藥兄，我給您引見。這位是大金國的趙王六王爺。」向完顏洪烈道：「這位是桃花島黃島主，武功天下第一，藝業並世無雙。」彭連虎等嚇了一跳，不由自主的退了數步。他們後來查知，在中都趙王府相遇的那個小姑娘名叫黃蓉，是桃花島黃藥師的女兒，黃島主厲害之極，黑風雙煞只不過是他破門的弟子，已如此威震江湖。他這一上來果然聲威奪人，人人想起曾得罪過他女兒，都心存疑懼，不敢作聲。

黃藥師自女兒走後，知她必是出海找尋郭靖，初時心中有氣，也不理會，過得數日，越想越放心不下，只怕她在郭靖沉船之前與他相會，上了自己特製的怪船，那可有性命之憂，當即出海找尋。料想此船難以遠涉重洋，便一路向西追索。但在茫茫大海中尋一艘船，談何容易？縱令黃藥師身懷異術，但來來去去的找尋，竟一無眉目。這日在船頭運起內力吹簫，盼望女兒聽見，出聲呼應，豈知卻遇上了歐陽鋒。

黃藥師與彭連虎等均不相識，聽歐陽鋒說這身穿金國服色之人是個王爺，更向他瞧也不瞧，只向歐陽鋒拱拱手道：「兄弟趕著去找尋小女，失陪了。」轉身就走。

靈智上人適才讓歐陽鋒、周伯通擺布得滿腹怒火，這時見上船來的又是個十分傲慢無禮之人，聽了歐陽鋒的話，心想：「難道天下高手竟如此之多？這些人多半會一點邪法，裝神弄鬼，嚇唬別人。我且騙他一騙。」見黃藥師要走，朗聲說道：「你找的可是個十五六歲的小姑娘麼？」

黃藥師停步轉身，臉現喜色，道：「是啊，大師可曾見到？」靈智上人冷冷的道：「見倒是見過的，只不過是死的，不是活的。」黃藥師心中一寒，忙道：「甚麼？」這兩個字說得聲音也顫了。靈智上人道：「三天之前，我曾在海面上見到一個小姑娘的浮屍，身穿白衫，頭髮上束了個金環，相貌本來倒也挺標致。唉，可惜，可惜！可惜全身給海水浸得腫脹了。」他說的正是黃蓉的衣飾打扮，一絲不差。

黃藥師心神大亂，身子一晃，臉色登時蒼白，過了一陣，方問：「這話當真？」眾人明明見到黃蓉離船不久，卻聽靈智上人如此相欺，各自起了幸災樂禍之心，要瞧黃藥師的傷心模樣，都不作聲。靈智上人冷冷的道：「那女孩的屍身之旁還有三個死人，一個是年輕後生，濃眉大眼，一個是老叫化子，背著個大紅葫蘆，另一個是長鬚長髮的傢伙。」他說的正是郭靖、洪七公、周伯通三人。到此地步，黃藥師那裏還有絲毫疑心，斜眼瞧著歐陽鋒，心道：「你識得我女兒，何不早說？」

歐陽鋒見他神色，眼見是傷心到了極處，一出手就要殺人，自己雖不致吃虧，可是這股來勢也不易抵擋，便道：「兄弟方上此船不久，跟這幾位都是初會。這位大師所見到的浮屍，也未必就是令愛罷。」接著嘆了口氣道：「令愛這樣一個好姑娘，倘若當眞少年夭折，可教人遺憾之極了。我姪兒得知，定然傷心欲絕。」這幾句話把自己的擔子推卸掉了，雙方均不得罪。

黃藥師聽來，卻似更敲實了一層，剎那間萬念俱灰。他性子本愛遷怒旁人，否則當年黑風雙煞偷他經書，何以陸乘風等人毫無過失，卻都遭打斷雙腿、逐出師門？這時候他胸中一陣冰涼，一陣沸熱，就如當日愛妻逝世時一般。但見他雙手發抖，臉上忽而雪白，忽而緋紅。人人默不作聲的望著他，心中都充滿了畏懼之意，即令是歐陽鋒，也感到惴惴不安，氣凝丹田，全神戒備，甲板上一時寂靜異常。突然聽他哈哈長笑，聲若龍吟，悠然不絕。

這一來出其不意，眾人都是一驚，只見他仰天狂笑，越笑越響。笑聲之中卻隱隱然有一陣寒意，眾人越聽越感淒涼，不知不覺之間，笑聲竟已變成了哭聲，但聽他放聲大哭，悲切異常。眾人情不自禁，似乎都要隨著他傷心落淚。

這些人中只歐陽鋒知他素來放誕，歌哭無常，倒並不覺得怎麼奇怪，但聽他哭得天愁地慘，心想：「黃老邪如此哭法，必然傷身。昔時阮籍喪母，一哭嘔血斗餘，這黃老邪正有晉人遺風。只可惜我那鐵箏在覆舟時失去，不然彈將起來，助他哀哭之興，此人縱情率性，多半會一發不可收拾，身受劇烈內傷，他日華山二次論劍，倒又少了一個大敵。唉，良機坐失，可惜啊，可惜！」

黃藥師哭了一陣，舉起玉簫擊打船舷，唱了起來，只聽他唱道：「伊上帝之降命，何修短之難裁？或華髮以終年，或懷妊而逢災。感前哀之未闋，復新殃之重來。方朝華而晚敷，比晨露而先晞。感逝者之不追，情忽忽而失度，天蓋高而無階，懷此恨其誰訴？」啪的一聲，玉簫折為兩截。黃藥師頭也不回，走向船頭。

靈智上人搶上前去，雙手一攔，冷笑道：「你又哭又笑、瘋瘋顛顛的鬧些甚麼？」完顏洪烈叫道：「上人，且莫……」一言未畢，只見黃藥師右手伸出，又已抓住了靈智上人頸後的那塊肥肉，轉了半個圈子，將他頭下腳上的倒轉了過來，運勁向下擲落，噗的一聲，他一個肥肥的光腦袋已插入船板之中，直沒至肩。

原來靈智上人所練武功，頸後是破綻所在，他身形一動，歐陽鋒、周伯通、黃藥師等大高手立時瞧出，是以三人一出手便都攻擊他這弱點，都是一抓即中。

黃藥師唱道：「天長地久，人生幾時？先後無覺，從爾有期。」青影一晃，已自躍入來船，轉舵揚帆去了。

眾人正要相救靈智上人，看他生死如何，忽聽得格的一聲，船板掀開，艙底出來一個少年，唇紅齒白，面如冠玉，正是完顏洪烈的世子、原名完顏康的楊康。

他與穆念慈翻臉之後，只念著完顏洪烈「富貴不可限量」那句話，在淮北和金國官府通上消息，不久就找到了父王，隨同南下。郭靖、黃蓉上船時，他一眼瞥見，立即躲在艙底不敢出來，卻在船板縫中偷看，把甲板上的動靜都瞧了個淸楚。眾人飲酒談笑之時，他怕歐陽鋒與郭靖一路同來，難保沒異心，並不赴席，在艙底竊聽眾人說話，直至黃藥師走了，才知無礙，掀開船板出來。

靈智上人這一下給摔得著實不輕，總算硬功了得，腦袋又生得堅實，船板給他光頭鑽了個窟窿，頭上卻無損傷，只感到一陣暈眩，定了定神，雙手使勁，在船板上一按，身子已自躍起。

眾人見甲板上平白多了一個圓圓的窟窿，不禁相顧駭然，隨即又感好笑，卻又不便發笑，人人強行忍住，神色甚是尷尬。

完顏洪烈剛說得一句：「孩子，來見過歐陽先生。」楊康已向歐陽鋒拜了下去，恭恭敬敬的磕了四個頭。他忽然行此大禮，眾人無不詫異。

楊康在趙王府時，即已十分欽佩靈智上人之能，今日卻見歐陽鋒、周伯通、黃藥師三人接連將他抓拿投擲，宛若戲弄嬰兒。他想起在太湖歸雲莊遭擒受辱，在寶應劉氏宗祠中給郭黃二人嚇得心驚膽戰，皆由自己藝不如人，眼前有這樣一位大高手，正可拜他爲師，跟歐陽鋒行了大禮後，對完顏洪烈道：「爹爹，孩兒想拜這位先生爲師。」

完顏洪烈大喜，站起身來，向歐陽鋒作了一揖，說道：「小兒生性愛武，只是未遇明師，若蒙先生不棄，肯賜教誨，小王父子同感大德。」別人心想，能做小王爺的師父，實是求之不得的妙事，豈知歐陽鋒還了一揖，說道：「老朽門中向來有個規矩，本門武功只一脈單傳，決無旁枝。老朽已傳了舍姪，不能破例再收弟子，請王爺見諒。」

完顏洪烈見他不允，只索罷了，命人重整杯盤。楊康好生失望。

歐陽鋒笑道：「小王爺拜師是不敢當，但要老朽指點幾樣功夫，卻是不難。咱們慢慢兒的切磋罷。」楊康見過歐陽克的許多姬妾，知道她們都曾得歐陽克指點功夫，但因並非眞正弟子，本事均極平常，聽歐陽鋒如此說，心中毫不起勁，口頭只得稱謝。殊不知歐陽鋒的武功豈是他姪兒可比，能得他指點一二，亦大足以在武林中稱雄逞威了。歐陽鋒鑒貌辨色，知他並無向自己請教之意，也就不提。

酒席之間，說起黃藥師的傲慢無禮，衆人都讚靈智上人騙得他好。侯通海道：「這人的武功當眞是高的，那臭小子原來是他的女兒，怪不得很有些鬼門道。」說著凝目瞧著靈智上人的光頭，看了一會，側過頭來瞪視他後頭的那塊肥肉，彎過右手，抓住自己後頸，嘿嘿一笑，問道：「師哥，他們三人都這麼一抓，那是甚麼功夫？」沙通天斥道：「別胡說。」靈智上人再也忍耐不住，突伸左手，抓住了侯通海額頭的三個肉瘤。侯通海痛得大叫，急忙縮身，溜到了桌底。衆人哈哈大笑，同聲出言相勸。

侯通海鑽上來坐入椅中，向歐陽鋒道：「歐陽老爺子，你武功高得很哪！你教了我抓人後頸肥肉這手本事，成不成？」歐陽鋒微笑不答。靈智上人怒目而視。侯通海轉頭又問：「師哥，那黃藥師又哭又叫的唱些甚麼？」沙通天瞪目不知所對，說道：「誰理會得他瘋瘋顛顛的胡叫。」

楊康道：「他唱的是三國時候曹子建所做的詩，那曹子建死了女兒，做了兩首哀辭。詩中說，有的人活到頭髮白，有的嬰兒在娘肚裏沒出世就夭折了，上帝爲甚麼這樣不公平？只恨天高沒有梯階，滿心悲恨卻不能上去向上帝哭訴。他最後說，我十分傷心，跟著你來的日子也不遠了。」衆武師都讚：「小王爺是讀書人，學問眞好，咱們粗人那裏懂得？」

黃藥師滿腔悲憤，指天罵地，咒鬼斥神，痛責命運對他不公，命舟子將船駛往大陸，上岸後怒火愈熾，仰天大叫：「誰害死了我的蓉兒？誰害死了我的蓉兒？」忽想：「是姓郭的那小子，不錯，正是這小子，若不是他，蓉兒怎會到那船上？只是這小子已陪著蓉兒死了，我這口惡氣卻去出在誰身上？」

他生性素喜遷怒，立時便想到了郭靖的師父江南六怪，叫道：「這六怪正是害我蓉兒的罪魁禍首！他們若不教那姓郭的小子武藝，他又怎能識得蓉兒？不把六怪一一斬手斷足，難消我心頭之恨。」

惱怒之心激增，悲痛之情稍減，他到了市鎮，用過飯食，思索如何找尋江南六怪：「六怪武藝不高，名頭卻倒不小，想來也必有甚麼過人之處，多半是詭計多端。我若登門造訪，必定見他們不著，須得黑夜之中，闖上門去，將他們六家滿門老幼良賤，殺個一乾二淨。」當下邁開大步，向北往嘉興而去。

說話之間，來到西湖邊的斷橋。這時正當盛暑，但見橋下盡是荷花。黃蓉見橋邊一家小酒店甚是雅潔，說道：「咱們去喝杯酒看荷花。」郭靖道：「甚好。」

第二十三回　大鬧禁宮

洪七公、周伯通、郭靖、黃蓉四人乘了小船，向西駛往陸地。郭靖坐在船尾扳槳，黃蓉不住向周伯通詳問騎鯊游海之事，周伯通興起，當場就要設法捕捉鯊魚，與黃蓉大玩一場。

郭靖見師父臉色不對，問道：「你老人家覺得怎樣？」洪七公不答，氣喘連連，聲息粗重。他遭歐陽鋒以「透骨打穴法」點中之後，穴道雖已解開，內傷卻又加深了一層。黃蓉餵他服了幾顆九花玉露丸，痛楚稍減，但氣喘仍急。黃蓉這些九花玉露丸乃師兄陸乘風所贈，陸乘風甚爲珍視，盛入瓷瓶，蓋子牢牢旋緊，外包錫紙，是以入海不濕，未遭浸壞。

老頑童不顧別人死活，仍嚷著要下海捉魚，黃蓉卻已知不妥，向他連使眼色，要他安安靜靜的，別吵得洪七公心煩。周伯通並不理會，只鬧個不休。黃蓉皺眉道：「你要捉鯊魚，又沒餌引得魚來，吵些甚麼？」

老頑童爲老不尊，小輩對他喝罵，他也毫不在意，想了一會，忽道：「有了。郭兄弟，我拉著你手，你把下半身浸在水中。」郭靖尊敬義兄，雖不知他用意，卻就要依言而行。黃蓉叫道：「靖哥哥，別理他，他要你當魚餌來引鯊魚。」周伯通拍掌叫道：「是啊，鯊魚一到，我就打暈了提上來，決傷你不了。要不然，你拉住我手，我去浸在海裏引鯊魚。」黃蓉道：「這樣一艘小船，你兩個如此胡鬧，不掀翻了才怪。」周伯通道：「小船翻了正好，咱們就下海玩。」黃蓉道：「那我們師父呢？你要他活不成麼？」

周伯通扒耳抓腮，無話可答，過了一會，卻怪洪七公不該給歐陽鋒打傷，說道：「老毒物也不見得有甚麼了不起，你年紀也不小了，做人這麼不小心，胡裏胡塗的就給他打傷了。」黃蓉喝道：「你再胡說八道，咱們三個就三天三夜不跟你說話。」周伯通伸伸舌頭，不敢再開口，接過郭靖手中雙槳用力划了起來。

陸地望著不遠，但直划到天色昏黑，才得上岸。四人在沙灘上睡了一晚，次日清晨，洪七公病勢愈重，郭靖急得流下淚來。洪七公笑道：「就算再活一百年，到頭來還是得死。好孩子，我只賸下一個心願，趁著老叫化還有一口氣在，你們去給我辦了罷。」黃蓉含淚道：「師父請說。」周伯通插口道：「那老毒物我向來就瞧著不順眼，我師哥臨死之時，爲了老毒物還得先裝一次假死。一個人死兩次，你道好開心嗎？老叫化，你死只管死你的，放心好啦，只要你挺住了不復活，那就只死一次。我給你報仇，先弄死老毒物，再弄他活轉，再弄死他，叫他死兩次。」

洪七公笑道：「報仇雪恨麼，也算不得是甚麼心願，我是想吃一碗大內御廚做的鴛鴦五珍膾。」三人只道他有甚麼大事，那知只是吃一碗菜肴。黃蓉道：「師父，那容易，這兒離臨安不遠，我到皇宮去偷他幾大鍋出來，讓你吃個痛快。」周伯通又插口道：「我也要吃。」黃蓉白了他一眼道：「你又懂得甚麼好不好吃了？」

洪七公道：「這鴛鴦五珍膾，御廚是不輕易做的。當年我在皇宮內躲了三個月，也只吃到兩回，這味兒可眞教人想起來饞涎欲滴。」周伯通道：「我倒有個主意，咱們去把皇帝老兒的廚子揪出來，要他好好的做就是。」黃蓉道：「老頑童這主意兒不壞。」周伯通聽黃蓉讚他，甚是得意。

洪七公卻搖頭道：「不成，做這味鴛鴦五珍膾，廚房裏的家生、炭火、碗盞都是成套特製的，只要一件不合，味道就不免差了點兒。咱們還是到皇宮裏去吃的好。」

那三人對皇宮還有甚麼忌憚，齊道：「那當眞妙，咱們這就去，大家見識見識。」

當下郭靖揹了洪七公，向北進發。來到市鎮後，黃蓉兌了首飾，買了一輛騾車，讓洪七公在車中安臥養傷。

黃蓉與郭靖商議，最好是將師父立即送上桃花島，由靖蓉甚或黃藥師相助，在五行八卦密密封閉的地窨中療傷，但怕黃藥師見到郭靖後追究九陰眞經之事，大動干戈，洪七公反不得安靜，還是在臨安鄉下另覓靜地治傷較妥。郭靖又記掛著六位師父，與黃藥師有桃花島之約，須得儘早與他們會齊，帶同黃蓉去見她父親，最好能邀得周伯通同上桃花島，說明九陰眞經的先前頑笑，以釋誤會芥蒂，則洪七公便可安然在桃花島療傷。但周伯通纏夾不清，只怕弄得黃藥師更加生氣，要跟他安排計議，委實極難。

不一日過了錢塘江，來到臨安郊外，但見暮靄蒼茫，歸鴉陣陣，天黑之前是趕不進城的了，要待尋個小鎭宿歇，放眼但見江邊遠處一彎流水，繞著十七八家人家。

黃蓉叫道：「這村子好，咱們就在這裏歇了。」周伯通瞪眼道：「好甚麼？」黃蓉道：「你瞧，這風景不像圖畫一般？」周伯通道：「似圖畫一般便怎地？」黃蓉一征，倒難回答。周伯通道：「圖畫有好有不好，風景若似了老頑童所畫的圖畫，只怕也好不到那裏。」黃蓉笑道：「要老天爺造出一片景致來，有如老頑童亂塗的圖畫，老天爺也沒這本事。」周伯通甚是得意，道：「可不是嗎？你若不信，我便畫一幅圖，你倒叫老天爺造造看。」黃蓉道：「我自然信。你既說這裏不好，便別在這裏歇，我們三個可不走啦。」周伯通道：「你們三個不走，我幹麼要走？」說話之間，到了村裏。

村中盡是斷垣殘壁，甚為破敗，只見村東頭挑出一個破酒帘，似是酒店模樣。三人來到店前，見簷下擺著兩張板桌，桌上罩著厚厚一層灰塵。周伯通大聲「喂」了幾下，內堂走出個二十來歲的姑娘來，蓬頭亂服，髮上插著一枝荊釵，睜著一對大眼呆望三人。

黃蓉要酒要飯，那姑娘不住搖頭。周伯通氣道：「你這裏酒也沒有，飯也沒有，開甚麼店子？」那姑娘搖頭道：「我不知道。」周伯通道：「唉，你眞是個傻姑娘。」那姑娘咧嘴歡笑，說道：「是啊，我叫傻姑。」三人一聽可都樂了。

黃蓉走到內堂與廚房瞧時，但見到處是塵土蛛網，鑊中有些冷飯，床上一張破蓆，不禁心生淒涼之感，回出來問道：「你家裏就只你一人？」傻姑微笑點頭。黃蓉又問：「你媽呢？」傻姑道：「死啦！」伸手抹抹眼睛，裝做哭泣模樣。黃蓉再問：「你爹呢？」傻姑搖頭不知。只見她臉上手上都是污垢，長長的指甲中塞滿了黑泥，也不知有幾個月沒洗臉洗手了，黃蓉心道：「就算她做了飯，也不能吃。」問道：「有米沒有？」傻姑微笑點頭，捧出一隻米缸來，倒有半缸糙米。

當下黃蓉淘米做飯，郭靖到村西人家去買了兩尾魚，一隻雞。待得整治停當，天已全黑，黃蓉將飯菜搬到桌上，要討個油燈點火，傻姑又是搖頭。

黃蓉拿了一枝松柴，在灶膛點燃了，到櫥裏找尋碗筷。打開櫥門，只覺塵氣沖鼻，舉松柴照時，見櫥板上擱著七八隻破爛青花碗，碗中碗旁死了十多隻灶雞蟲兒。

郭靖幫著取碗。黃蓉道：「你去洗洗，再折幾根樹枝作筷。」郭靖應了，拿了幾隻碗走開。黃蓉伸手去拿最後一隻碗，忽覺異樣，那碗涼冰冰的似與尋常瓷碗不同，朝上一提，這隻碗竟似釘在板架上一般，拿之不動。黃蓉微感詫異，只怕把碗捏破，不敢用勁，又拿了一次，仍提不起來，心道：「難道年深日久，污垢將碗底結住了？」凝目細瞧，碗上生著厚厚一層焦鏽，這碗竟是鐵鑄的。

黃蓉噗哧一笑，心道：「金飯碗、銀飯碗、玉飯碗全都見過，卻沒聽說過飯碗有用鐵鑄的。」用力一提，那鐵碗竟紋絲不動，黃蓉大奇，心想這碗就算釘在架板之上，我這一提之力，架板也得裂了，轉念一想：「莫非架板也是鐵鑄的？」伸中指往板上彈去，只聽得錚的一聲，果然是塊鐵板。她好奇心起，再使勁上提，鐵碗仍然不動。她向左旋轉，鐵碗全無動靜，向右旋轉時，卻覺有些鬆動，當下手上加勁，碗隨手轉，忽聽得喀喇喇一聲響，櫥壁向兩旁分開，露出黑黝黝的一個洞來。洞中一股臭氣衝出，中人欲嘔。黃蓉「啊」了一聲，忙不迭的向旁躍開。

郭靖與周伯通聞聲走近，齊向櫥內觀看。黃蓉心念一動：「這莫非是家黑店？那傻姑只怕是裝痴喬獃。」將手中點燃了的松柴交給郭靖，縱向傻姑身旁，伸手去拿她手腕。傻姑揮手格開黃蓉擒拿，回掌拍向她肩膀。黃蓉雖猜她不懷善意，但覺她這掌來勢竟似是本門手法，不由得微微一驚，左手勾打，右手盤拿，連發兩招。她練了「易筋鍛骨章」後，功力大進，出手勁急，只聽啪的一響，傻姑大聲叫痛，右臂已給打中，但她手上絲毫不緩，接連拍出兩掌。

只拆得數招，黃蓉暗暗驚異，這傻姑所使的果然便是桃花島武學的入門功夫「碧波掌法」。這路掌法雖然淺近，卻已含桃花島武學的基本道理，本門家數一見即知。當下手上並不使勁，要誘她盡量施展，以便瞧明她武功門派。但傻姑來來去去的就只會得六七招，比之郭靖當日對付梁子翁時只有一招「亢龍有悔」，似乎略見體面，但她這六七招的威力，卻大大不如郭靖那一招了，連掌法中最簡易的變化也全然不知。

這荒村野店中居然有黑店機關，而這滿身污垢的貧女竟能與黃蓉連拆得十來招，各人都大感詫異。周伯通喜愛新奇好玩之事，見黃蓉掌風凌厲，傻姑連聲：「哎唷！」抵擋不住，叫道：「喂，蓉兒，別傷她性命，讓我來跟她比武。」他聽洪七公、郭靖叫她「蓉兒」，一路上早就「蓉兒、蓉兒」的照叫不誤，也不用費事客氣，叫甚麼「黃姑娘、黃小姐」了。郭靖卻怕傻姑另有黨羽伏在暗中暴起傷人，緊緊站在洪七公身旁，不敢離開。

再拆數招，傻姑左肩又中一掌，左臂登時軟垂，不能再動，此時黃蓉若要傷她，只須平掌推出就是，但她手下留情，叫道：「快快跪下，饒你性命。」傻姑叫道：「那麼你也跪下！」突然間唰唰兩掌，正是「碧波掌法」中起手的兩招，只不過手法笨拙，殊無半分這路掌法中必不可缺的靈動之致；然掌勢如波，方位姿勢卻確確實實是桃花島的武功。黃蓉更沒絲毫懷疑，伸手格開來掌，叫道：「你這『碧波掌法』從那裏學來？你師父是誰？」傻姑笑道：「你打我不過了，哈哈！」

黃蓉左手上揚，右手橫劃，左肘佯撞，右肩斜引，連使四下虛招，第五招雙手彎拿，這一下仍是虛招，腳下一鉤卻是實了。傻姑站立不穩，撲地摔倒，大叫：「你使奸，這不算，咱們再打過。」叫著就要爬起。黃蓉那容她起身，撲上去按住，撕下她身上衣襟，將她反手綁住，問道：「我的功夫豈不是強過你的？」傻姑只反來覆去的叫嚷：「你使奸，我不來。你使奸，我不來。」

郭靖見黃蓉已將傻姑制伏，出門竄上屋頂，四下眺望，並沒人影，又下來繞著屋子走了一圈，見這野店是座單門獨戶的房屋，數丈外才另有房舍，店周並無藏人之處，這才放心。回進店來，見黃蓉將短劍指在傻姑兩眼之間，威嚇她道：「誰教你武功的？快說，你不說，我殺了你。」說著將短劍虛刺了兩下。火光下只見傻姑咧嘴嘻笑，瞧她神情，卻非勇怒狂悍，只痴痴呆呆的不知危險，還道黃蓉與她鬧著玩。黃蓉又問一遍，傻姑笑道：「你殺了我，我也殺了你。」

黃蓉皺眉道：「這丫頭不知是眞傻假傻，咱們進洞去瞧瞧，周大哥，你守著師父和這丫頭，靖哥哥和我進去……」周伯通雙手亂搖，叫道：「不，我和你一起去。」黃蓉道：「我偏不要你同去。」周伯通央求道：「好姑娘，以後我聽你話就是。」黃蓉微微一笑，點了點頭。

周伯通大喜，找了兩根大松柴，點燃了伸入洞口，薰了良久，薰出洞中穢臭。黃蓉將一根松柴從洞口拋了進去，只聽嗒的一聲，在對面壁上一撞，掉在地下，原來那洞並不甚深。借著松柴的火光往內瞧去，洞內既無人影，又無聲息。周伯通迫不及待，搶先鑽進。黃蓉隨後入內，原來只是一間小室。周伯通叫了出來：「上當，上當，不好玩。」

黃蓉突然「啊」的一聲，見地下整整齊齊的擺著一副死人骸骨，仰天躺著，衣褲都已腐朽。東邊室角裏又有一副骸骨，卻是伏在一隻大鐵箱上，一柄長長的尖刀穿過骸骨的肋骨之間，揷在鐵箱蓋上。

周伯通見這室既小又髒，兩堆死人骸骨又無新奇有趣之處，見黃蓉仔仔細細的察看骸骨，耐著性子等了一會，只怕她生氣，卻不敢說要走，再過一陣，實在不耐煩了，試探著問道：「蓉兒好姑娘，我出去了，成不成？」黃蓉道：「好罷，你去替靖哥哥進來。」周伯通大喜，縱身而出，對郭靖道：「快進去，裏面挺好玩的。」生怕黃蓉又叫他去相陪，須得找個「替死鬼」。郭靖便鑽進室去。

黃蓉舉起松柴，讓郭靖瞧清楚了兩具骸骨，問道：「你瞧這兩人是怎生死的？」郭靖指著伏在鐵箱上的骸骨道：「這人好像是要去開啓鐵箱，卻有人從背後偷襲，一刀刺死他。地下這人胸口兩排肋骨齊齊折斷，看來是給人用掌力震死的。」黃蓉道：「我也這麼想。可是有幾件事好生費解。」郭靖道：「甚麼？」

黃蓉道：「這儍姑使的明明是我桃花島的碧波掌法，雖只會六七招，也沒到家，但招術路子完全不錯。這兩人爲甚麼死在這裏？跟儍姑又有甚麼關連？」郭靖道：「咱們再問那姑娘去。」他自己常給人叫「儍孩子」，是以不肯叫那姑娘作「儍姑」。

黃蓉道：「我瞧那丫頭當眞是儍的，問也枉然。在這裏細細的查察一番，或許會有點眉目。」舉起松柴又去看那兩堆骸骨，見鐵箱腳邊有物閃閃發光，拾起一看，卻是塊黃金牌子，牌子正中鑲著一塊拇指大的瑪瑙，翻過金牌，見牌上刻著一行字：「欽賜武功大夫忠州防禦使帶御器械石彥明。」黃蓉道：「這牌子倘若是這死鬼的，他官職倒不小啊。」郭靖道：「一個大官死在這裏，可眞奇了。」

黃蓉再去察看躺在地下的那具骸骨，見背心肋骨有物隆起。她用松柴的一端去撥了幾下，塵土散開，露出一塊鐵盤。黃蓉低聲驚呼，搶在手中。

郭靖見了她手中之物，也是「啊」了一聲。黃蓉道：「你識得麼？」郭靖道：「是啊，這是歸雲莊上陸莊主的鐵八卦。」黃蓉道：「這是鐵八卦，可未必是陸師哥的。」郭靖道：「對！當然不是。這兩人衣服肌肉爛得乾乾淨淨，少說也有十年啦。」

黃蓉呆了半晌，心念一動，搶過去拔起鐵箱上的尖刀，湊近火光時，只見刀刃上刻著一個「曲」字，不由得衝口而出：「躺在地下的是我師哥，是曲師哥。」郭靖「啊」

了一聲，不知如何接口。黃蓉道：「陸師哥說，曲師哥還在人世，豈知早死在這兒……靖哥哥，你瞧瞧他的腿骨。」郭靖俯身一看，道：「他兩根腿骨都是斷的。啊，是給你爹爹打折的。」黃蓉點頭道：「他叫曲靈風。我爹爹曾說，他六個弟子之中，曲師哥武功最強，也有文才，爹爹的各種本事，他學得最多……」說到這裏，忽地搶出洞去，郭靖也跟了出來。黃蓉奔到傻姑身前，問道：「你姓曲，是不是？」傻姑嘻嘻一笑，卻不回答。郭靖柔聲道：「姑娘，您尊姓？」傻姑道：「尊姓？嘻嘻，尊姓！」

兩人待要再問，周伯通叫了起來：「餓死啦，餓死啦。」黃蓉答道：「是，咱們先吃飯。」解開傻姑的綑縛，邀她一起吃飯，傻姑也不謙讓，笑了笑，捧起碗就吃。

黃蓉將密室中的事對洪七公說了。洪七公也覺奇怪，道：「看來那姓石的大官打死了你曲師哥，豈知你曲師哥尚未氣絕，扔刀子戳死了他。」黃蓉道：「情形多半如此。」拿了尖刀與鐵八卦給傻姑瞧，問道：「這是誰的？」

傻姑臉色忽變，側過了頭細細思索，似乎記起了甚麼，但過了好一陣，終於現出了茫然之色，搖了搖頭，拿著尖刀卻不肯放手。黃蓉道：「她似乎見過這把刀子，只是時日久了，卻記不起了。」飯畢，服侍了洪七公睡下，又與郭靖到室中察看。

兩人料想關鍵必在鐵箱之中，搬開伏在箱上的骸骨，一揭箱蓋，應手而起，並未上鎖，火光下耀眼生花，箱中竟全是珠玉珍玩。郭靖倒還罷了，黃蓉卻識得件件是貴重之極的珍寶。她抓了一把珠寶，鬆開手指，一件件的輕輕溜入箱中，只聽得珠玉相撞，丁丁然清脆悅耳，嘆道：「這些珠寶大有來歷，爹爹倘若在此，定能說出本源出處。」她一一的說給郭靖聽，這是玉帶環，這是犀皮盒，那是瑪瑙杯，那又是翡翠盤。郭靖長於荒漠，這般寶物不但從所未見，聽也沒聽過，心想：「費那麼大的勁搞這些玩意兒，不知有甚麼用？」

黃蓉又伸手到箱中掏摸，觸手碰到一塊硬板，知道尚有夾層。撥開珠寶，果見內壁左右各有個圓環，雙手小指勾在環內，提起上面一層，見下層盡是些銅綠斑斕的古物。她曾聽父親解說過古物銅器的形狀，認得似是龍文鼎、商彝、周盤、周敦、周舉罍等物，但到底是甚麼，卻也辨不明白，若說珠玉珍寶價值連城，這些青銅器更是無價之寶了。黃蓉愈看愈奇，又揭起一層，見下面是一軸軸的書畫卷軸。

她要郭靖相幫，展開一軸看時，吃了一驚，原來是吳道子畫的一幅「送子天王圖」，另一軸是韓幹畫的「牧馬圖」，又一軸是南唐李後主繪的「林泉渡水人物」。只見箱內長長短短共有二十餘軸，展將開來，無一不是大名家大手筆，有幾軸是徽宗的書法和丹青，另有幾軸是時人的書畫，也盡是精品，其中畫院待詔梁楷的兩幅潑墨減筆人物，神態生動，幾乎便有幾分像是周伯通。黃蓉看了一半卷軸，便不再看，將各物放回箱內，蓋上箱蓋，坐在箱上抱膝沉思，心想：「爹爹積儲一生，所得古物書畫雖多，珍品恐怕還不及此箱中之物，曲師哥怎麼有如此本領，得到這許多異寶珍品？又怎麼放在這裏？」其中原因說甚麼也想不通。

每當黃蓉沉思之時，郭靖從來不敢打擾她思路，卻聽周伯通在外面叫道：「喂，你們快出來，到皇帝老兒家去吃鴛鴦五珍膾去也！」郭靖問道：「今晚就去？」只聽洪七公道：「早去一日好一日，去得晚了，只怕我熬不上啦。」黃蓉道：「師父，您別聽老頑童胡說八道。今晚說甚麼也不能去了，咱們明兒一早進城。老頑童再瞎出歪主意，明兒不許他進皇宮。」周伯通道：「哼，又是我不好。」賭氣不言語了。

當晚四人在地下鋪些稻草，胡亂睡了。次日清晨，黃蓉與郭靖做了早飯，四人與傻姑一齊吃了。黃蓉旋轉鐵碗，合上櫥壁，仍將破碗等物放在櫥內。傻姑視若無睹，渾不在意，只拿著那把尖刀把玩。黃蓉取出一小錠銀子給她，傻姑接了，隨手在桌上一丟。黃蓉道：「你如餓了，就拿銀子去買米買肉吃。」傻姑似懂非懂的嘻嘻一笑。

黃蓉心中一陣淒涼，料知這姑娘必與曲靈風頗有淵源，若非親人，便是弟子，她這六七招「碧波掌法」自是曲靈風所傳，但徒具外形，並非眞正本門功夫，料想曲師哥未得爹爹允可，不敢將本門眞功夫傳授於人。傻姑學得傻裏傻氣的掌如其人，只不知她是從小痴呆，還是後來受了甚麼驚嚇損傷，壞了腦子，有心要在村中打聽打聽，周伯通卻不住聲的催促要走，只索罷了。當下四人一車，往臨安城而去。

臨安原是天下形勝繁華之地，這時宋室南渡，建都於此，人物輻輳，更增山川風流。四人自東面候潮門進城，逕自來到皇城的正門麗正門前。

這時洪七公坐在騾車之中，周伯通等三人放眼望去，但見金釘朱戶，畫棟彫樑，屋頂盡覆銅瓦，鐫鏤龍鳳飛驤之狀，巍峨壯麗，光耀溢目。周伯通大叫：「好玩！」拔步就要入內。宮門前禁衛軍見一老二少擁著一輛騾車，在宮門外大聲喧嚷，早有四人手持斧鉞，氣勢洶洶的上來拿捕。周伯通最愛熱鬧起哄，見衆禁軍衣甲鮮明，身材魁梧，更覺有趣，晃身就要上前放對。黃蓉叫道：「快走！」周伯通瞪眼道：「怕甚麼？憑這些娃娃，就能把老頑童吃了？」黃蓉急道：「靖哥哥，咱們自去玩耍。老頑童不聽話，以後別理他。」揚鞭趕著大車向西急馳，郭靖隨後跟去。周伯通怕他們撇下了他到甚麼好地方去玩，當下也不理會禁軍，叫嚷著趕去。衆禁軍只道是些不識事的鄉人，估足不追，哈哈大笑。

黃蓉將車子趕到冷僻之處，見無人追來，這才停住。周伯通問道：「幹麼不闖進宮去？這些酒囊飯袋，能擋得住咱們麼？」黃蓉道：「闖進去自然不難，可是我問你，咱們是要去打架呢，還是去御廚房吃東西？你這麼一闖，宮裏大亂，還有人好好做鴛鴦五珍膾給師父吃麼？」周伯通道：「打架拿人，是衛兵們的事，跟廚子可不相干。」這句話倒頗有理，黃蓉一時難以辯駁，便跟他蠻來，說道：「皇宮裏的廚子，偏偏又管打架，又管拿人。」

周伯通覺得不通，卻瞪目不知所對，隔了半晌，才道：「好罷，又算是我錯啦。」黃蓉道：「甚麼算不算的，壓根兒就是你錯。」周伯通道：「好，好，不算，不算。」轉頭向郭靖道：「兄弟，天下的婆娘都兇得緊，因此老頑童說甚麼也不娶老婆。」黃蓉笑道：「靖哥哥人好，人家就不會對他兇。」周伯通道：「難道我就不好？」黃蓉笑道：「你還好得了麼？你娶不到老婆，定是人家嫌你行事胡鬧，淨愛闖禍。你說，到底爲甚麼你娶不到老婆？」

周伯通側頭尋思，答不上來，臉上紅一陣，白一陣，突然間竟似滿腹心事。黃蓉難得見他如此一本正經的模樣，心下倒感詫異。

郭靖道：「咱們先找客店住下，晚上再進宮去。」黃蓉道：「是啊！師父，住了店後，我先做兩味小菜給你提神開胃，晚上再放懷大吃。」洪七公大喜，連聲叫好。

當下四人在御街西首一家大客店「錦華居」住了。黃蓉打疊精神，做了三菜一湯給洪七公吃，果眞香溢四鄰。店中住客紛紛詢問店伴，何處名廚燒得這般好菜。周伯通惱了黃蓉說他娶不到老婆，賭氣不來吃飯。三人知他小孩脾氣，付之一笑，也不以爲意。

飯罷，洪七公安睡休息。天時正早，郭靖邀周伯通到外面遊玩，他仍賭氣不理。黃蓉笑道：「那麼你乖乖的陪著師父，回頭我買件好玩的物事給你。」周伯通喜道：「你不騙人？」黃蓉笑道：「一言既出，駟馬難追。」

是年春間黃蓉離家北上，曾在臨安城玩了一日，只是該處距桃花島甚近，生怕父親尋來，不敢多留，未曾玩得暢快，這時日長無事，當下與郭靖攜手同到西湖邊來。

她見郭靖鬱鬱無歡，知他掛懷師父之傷，說道：「師父說世上有人能治得好他，只是不許我問，聽口氣似乎便是那位段皇爺，但段皇爺在大理國做皇帝，萬里迢迢，咱們總得想法子求他救治師父。」郭靖喜道：「蓉兒，那眞好，能求到麼？」黃蓉道：「今天吃飯時我繞圈子探師父口風，他正要說，可惜便知覺了，立時住口。我終究要探他出來。」郭靖知她之能，大爲寬懷。黃蓉又道：「要不然，咱們就去桃花島，照著眞經中『療傷章』所說的法兒，以內力助師父調息，周行經脈，多半也能治好。」

說話之間，來到湖邊的斷橋。那「斷橋殘雪」本是西湖名勝之一，這時卻當盛暑，但見橋下盡是荷花。黃蓉見橋邊一家小酒家甚是雅潔，道：「去喝杯酒看荷花。」郭靖道：「甚好。」兩人入內坐定，酒保送上酒菜，肴精釀佳，兩人飲酒賞荷，心情暢快。黃蓉見東首窗邊放著一架屏風，上用碧紗罩住，顯見酒店主人甚爲珍視，好奇心起，過去察看，只見碧紗下的素屏上題著一首〈風入松〉，詞云：

「一春長費買花錢，日日醉湖邊。玉驄慣識西湖路，驕嘶過沽酒樓前。紅杏香中歌舞，綠楊影裏秋千。　暖風十里麗人天，花壓鬢雲偏，畫船載取香歸去，餘情付湖水湖煙。明日重扶殘醉，來尋陌上花鈿。」

黃蓉道：「詞倒是好詞。」郭靖求她將詞中之意解釋了一遍，越聽越覺不是味兒，說道：「這是大宋京師之地，這些讀書做官的人整日價只是喝酒賞花，難道光復中原之事，就再也不理會了嗎？」黃蓉道：「正是。這些人可說是全無心肝。」

忽聽身後有人說道：「哼！兩位知道甚麼，卻在這裏亂說。」兩人一齊轉身，只見一人文士打扮，約莫四十上下年紀，不住冷笑。郭靖作個揖，說道：「小可不解，請先生指教。」那人道：「這是淳熙年間太學生俞國寶的得意之作。當年高宗太上皇到這兒來吃酒，見了這詞，大大稱許，即日就賞了俞國寶一個功名。這是讀書人的不世奇遇，兩位焉得妄加譏彈！」黃蓉道：「這屏風皇帝瞧過，是以酒店主人用碧紗籠了起來？」那人冷笑道：「豈但如此？你們瞧，屏風上『明日重扶殘醉』這一句，曾有兩個字改過的不是？」郭黃二人細看，果見「扶」字原是個「攜」字，「醉」字原是個「酒」字。那人道：「俞國寶原本寫的是『明日重攜殘酒』。太上皇笑道：『詞雖好，這一句卻小家氣，未免寒酸。』於是提筆改了兩字。那眞是天縱睿智，方能這般點鐵成金呀。」說著搖頭晃腦，嘆賞不已。

郭靖聽了大怒，喝道：「這高宗皇帝，便是重用秦檜、害死岳爺爺的昏君！」飛起一腳將屏風踢得粉碎，反手抓起那酸儒向前送出，撲通一聲，酒香四溢，那人頭上腳下的栽入了酒缸。黃蓉大聲喝采，笑道：「我也將這兩句改上一改，叫作『今日端正殘酒，憑君入缸沉醉！』」那文士正從酒缸中酒水淋漓的探起頭來，聽到最後一句，說道：「『醉』字仄聲，押不上韻。」黃蓉道：「『風入松』便押不上，我這首『人入缸』卻押得！」伸手將他的頭又捺入酒中，跟著掀翻桌子，一陣亂打。衆酒客與店主人不知何故，紛紛逃出店外。

兩人打得興起，將酒缸鍋鑊盡皆搗爛，最後郭靖使出降龍十八掌手段，奮力幾下推震，打斷了店中大柱，屋頂塌將下來，一座酒家剎時化爲斷木殘垣。兩人哈哈大笑，攜手向北。衆人不知兩個少年是何方來的瘋子，那敢追趕？

郭靖笑道：「適才這一陣好打，方消了胸中惡氣。」黃蓉笑道：「咱們看到甚麼不順眼的處所，再去大打一陣。」郭靖道：「好！」兩人自離桃花島後，諸事不順，雖得相聚，但師父重傷難愈，一直心頭鬱鬱，此刻亂打酒家，卻也得聊以遣懷洩鬱。

兩人沿湖信步而行，但見石上樹上、亭間壁間到處題滿了詩詞，若非遊春之辭，就是贈妓之什。郭靖雖看不懂，但見都是些「風花雪月」的字眼，嘆道：「咱倆就是有一千雙拳頭，也打不完呢。蓉兒，你花功夫學這些勞什子來幹麼？」黃蓉笑道：「詩詞中也有好的。」郭靖搖頭道：「我瞧還是拳腳有用些。」

談談說說，來到飛來峯前。峯前建有一亭，亭額書著「翠微亭」三字，題額的是韓世忠。郭靖知道韓世忠的名頭，見了這位抗金名將的手跡，心中歡喜，快步入亭。

亭中有塊石碑，刻著一首詩云：「**經年塵土滿征衣，特特尋芳上翠微，好山好水看不足，馬蹄催趁月明歸。**」看筆跡也是韓世忠所書。

郭靖讚道：「這首詩好。」他原不辨詩好詩壞，但想既是韓世忠所書，又有「征衣」、「馬蹄」字樣，自然是好的了。黃蓉道：「那是岳爺爺岳飛做的。」郭靖一怔，道：「你怎知道？」黃蓉道：「我聽爹爹說過這故事。紹興十一年冬天，岳爺爺給秦檜害死，第二年春間，韓世忠想念他，特地建了此亭，將這首詩刻在碑上。只是其時秦檜權勢薰天，因此不便書明是岳爺爺所作。」郭靖追思前朝名將，伸手指順著碑上石刻的筆劃模寫。

正自悠然神往，黃蓉忽地一扯他衣袖，躍到亭後花木叢中，在他肩頭按了按，兩人蹲下身來，只聽腳步聲響，有人走入亭中。過了一會，聽得一人說道：「韓世忠自然是英雄了。他夫人梁紅玉雖出身娼妓，後來擂鼓督戰，助夫制勝，也算得是女中人傑。」郭靖聽這聲音有些耳熟，一時卻想不起是誰。又聽一人道：「岳飛與韓世忠雖說是英雄，但皇帝要他死，要奪他的兵權，韓岳二人也只好聽命，可見帝皇之威，是任何英雄違抗不來的。」郭靖聽這人的口音正是楊康，不覺一怔，心想他怎麼會在此處？

正感詫異，另一個破鈸似的聲音更令他大感驚訝，只聽那人道：「不錯，只教昏君在位，權相當朝，任令多大的英雄都是無用。」說話的卻是西毒歐陽鋒。又聽先前一人道：「但若明君當國，如歐陽先生這等大英雄大豪傑，就可大展抱負了。」郭靖聽了這兩句話，猛地想起，那正是自己的殺父仇人、大金國六王爺完顏洪烈。郭靖雖與他見過幾面，但只聽他說了寥寥數語，是以一時想不起來。那三人說笑了幾句，出亭去了。

郭靖待他們走遠，問道：「他們到臨安來幹甚麼？康弟怎麼又跟他們在一起？」黃蓉道：「哼，我早就瞧你這把弟不是好東西，你卻說他是英雄後裔，甚麼只不過一時胡塗，後來已經深明大義。他若眞是好人，又怎會跟兩個壞蛋在一起鬼混？」郭靖甚感迷惘，道：「我這可給弄胡塗了。」

黃蓉提到當日在趙王府香雪廳中所聽到之事，道：「完顏洪烈邀集彭連虎這批傢伙，爲的是要盜岳武穆的遺書，他們忽然到這裏來，說不定這遺書便在臨安城中。若給他得了去，我大宋百姓定要受他大害。」郭靖凜然道：「咱們決不能讓他成功。」黃蓉道：「難就難在西毒跟他做了一路。」郭靖道：「你怕麼？」黃蓉反問：「難道你就不怕？」郭靖道：「西毒我自然是怕的。可是眼前這件事非同小可，咱們……咱們心中就算害怕，也不能瞧著不理。」黃蓉笑道：「你要幹，我自然跟著。」郭靖道：「好，咱們追。」

出得亭來，已不見完顏洪烈三人的影蹤，只得在城中到處亂找。那臨安城好大的去處，一時之間那裏尋找得著？走了半天，天色漸晚，兩人來到中瓦子武林園前。黃蓉見一家店舖門口掛著許多面具，繪得眉目生動，甚是好玩，想起曾答應買玩物給周伯通，於是花了五錢銀子，買了鍾馗、判官、灶君、土地、神兵、鬼使等十多個面具。

那店伴用紙包裹面具時，旁邊酒樓中酒香陣陣送來。兩人走了半日，早已餓了，黃蓉問道：「那是甚麼酒樓？」那店伴笑道：「原來兩位初到京師，是以不知。這三元樓在我們臨安城裏大大有名，酒菜器皿，天下第一，兩位不可不去試試。」黃蓉爲他說得心動，接過面具，拉了郭靖來到三元樓前。

只見樓前綵畫歡門，一排的紅綠叉子，樓頭高高掛著梔子花燈，裏面花木森茂，亭台瀟洒，果然好一座酒樓。兩人進得樓去，早有酒家過來含笑相迎，領著經過一道走廊，揀了個齊楚的閣兒布上杯筷。黃蓉點了酒菜，酒家自行下去吩咐。

燈燭之下，郭靖望見廊邊數十個靚妝女子坐成一排，暗暗納罕，正要詢問，忽聽得隔壁閣子中完顏洪烈的聲音說道：「也好！這就叫人來唱曲下酒。」郭靖與黃蓉對望一眼，均想：正是踏破鐵鞋無覓處，得來全不費功夫。店小二叫了一聲，衆女中便有一人娉娉婷婷的站起身來，手持牙板，走進隔壁閣子。

過不多時，那歌妓唱了起來，黃蓉側耳靜聽，但聽她唱道：

「東南形勝，三吳都會，錢塘自古繁華。煙柳畫橋，風簾翠幙，參差十萬人家。雲樹繞堤沙，怒濤捲霜雪，天塹無涯。市列珠璣，户盈羅綺競豪奢。重湖疊巘清嘉，有三秋桂子，十里荷花。羌管弄晴，菱歌泛夜，嬉嬉釣叟蓮娃。千騎擁高牙，乘醉聽簫鼓，吟賞煙霞。異日圖將好景，歸去鳳池誇。」

郭靖自不懂她咿咿啊啊的唱些甚麼，但覺牙板輕擊，簫聲悠揚，甚是動聽。一曲已畢，完顏洪烈和楊康齊聲讚道：「唱得好。」接著那歌妓連聲道謝，喜氣洋洋的與樂師出來，想是完顏洪烈賞得不少。

只聽得完顏洪烈道：「孩兒，柳永這一首〈望海潮〉詞，跟咱們大金國卻有一段因緣，你可知道麼？」楊康道：「孩兒不知，請爹爹說。」

郭靖與黃蓉聽他叫完顏洪烈作「爹爹」，語氣間好不親熱，相互望了一眼。郭靖又氣惱，又難受，恨不得立時過去揪住他問個明白。

只聽完顏洪烈道：「我大金正隆年間，我大金主上金主亮見到柳永這首詞，對西湖風景欣然有慕，於是在派遣使者南下之時，同時派了一個著名畫工，摹寫一幅臨安城的山水，並圖畫金主的狀貌，策馬立在臨安城內的吳山之頂。金主在畫上題詩道：『萬里車書盡混同，江南豈有別疆封？提兵百萬西湖上，立馬吳山第一峯！』」楊康讚道：

「好豪壯的氣概！」郭靖聽得惱怒之極，只捏得手指格格直響。

完顏洪烈嘆道：「金主亮提兵南征，立馬吳山之志雖然不酬，但他這番投鞭渡江的豪氣，卻是咱們做子孫的人所當效法的。他曾在扇子上題詩道：『大柄若在手，清風滿天下』，這是何等的志向！」楊康連聲吟道：「大柄若在手，清風滿天下。」言下甚是神往。歐陽鋒乾笑數聲，說道：「他日王爺大柄在手，立馬吳山之志定然可酬了。」

完顏洪烈悄聲道：「但願如先生所說，這裏耳目衆多，咱們且只飲酒。」當下三人轉過話題，只說些景物見聞，風土人情。

黃蓉在郭靖耳邊道：「他們喝得好自在的酒兒，我偏不叫他們自在。」兩人溜出閣子，來到後園。黃蓉晃動火摺，點燃了柴房中的柴草，四下放起火來。

不一刻，火頭竄起，剎那間人聲鼎沸，大叫：「走水啦！」「救火！」只聽得銅鑼噹噹亂敲。黃蓉道：「快到前面去，莫再給他們走得不知去向。」郭靖恨恨的道：「今晚必當刺殺完顏洪烈這奸賊！」黃蓉道：「得先陪師父進宮去大吃一頓，然後約老頑童來敵住西毒，咱們才好對付另外兩個奸賊。」郭靖道：「不錯。」兩人從人叢中擠到樓前，恰見完顏洪烈、歐陽鋒、楊康三人從酒樓中出來。兩人遠隨在後，見他們穿街過巷，進了西市場的「冠蓋居」客店。

兩人在客店外等了良久，見完顏洪烈等不再出來，料知必是住在這家店中。黃蓉道：「回去罷，待會約了老頑童來找他們晦氣。」當下回到錦華居。

未到店前，已聽得周伯通的聲音在大聲喧嚷。郭靖嚇了一跳，怕師父傷勢有變，急步上前，見周伯通蹲在地下，正與六七個孩童拌嘴。原來他與店門前的孩童擲錢，使出發暗器的手法，大贏特贏，有的孩兒耍賴，不肯賠錢，他說甚麼也不依，是以吵鬧。他見黃蓉回來，怕她責罵，掉頭進店。黃蓉取出面具，周伯通甚是歡喜，戴上了做一陣判官，又做一陣小鬼。

黃蓉要他待會相助去打西毒，周伯通一口答應，說道：「你放心，我兩隻手使兩種拳法鬥他。」黃蓉想起當日在桃花島上，他怕無意中使出九陰眞經的功夫，自行縛住了雙手，因而爲她爹爹所傷，說道：「這西毒壞得很，當年你師哥就曾打過他。你就是用眞經上的功夫傷他，也不算違了你師哥遺訓。」周伯通瞪眼道：「那不成，不過我已練好了不用眞經功夫的法子。」

這一日中，洪七公的心早已到了御廚之內。好容易挨到二更時分，郭靖負起洪七公，四人上屋逕往大內而來。皇宮高出民居，屋瓦金光燦爛，極易辨認，過不多時，四人已悄沒聲的躍進宮牆。

宮內帶刀護衛巡邏嚴緊，但周、郭、黃輕身功夫何等了得，豈能讓護衛發見？洪七公識得御廚房的所在，低聲指路，片刻間來到了六部山後的御廚。那御廚屬展中省該管，在嘉明殿之東。嘉明殿乃供進御膳的所在，與寢宮所在的勤政殿相鄰，四周禁衛親從、近侍中貴，提警得甚是森嚴。但這時皇帝已經安寢，御廚中祗應人員也各散班。四人來到御廚，見燭火點得輝煌，幾名守候的小太監正各自瞌睡。

郭靖扶著洪七公坐在樑上，黃蓉與周伯通到食櫥中找了些現成食物，四人大嚼一頓。周伯通搖頭道：「老叫化，這裏的食物，那及得上蓉兒烹調的？你巴巴的趕來，甚是無聊。」洪七公道：「我也只想吃鴛鴦五珍膾一味。那廚子不知到了何處，明兒抓到他，叫他做來你嚐嚐就知道啦。」周伯通道：「我不信就及得上蓉兒的手段。」黃蓉一笑，知他感謝相贈面具之情，是以連聲誇讚。

洪七公道：「我要在這兒等那廚子，你既沒興頭，就和靖兒倆先出宮去罷，只蓉兒在這裏陪我，明晚你們再來接我就是。」周伯通戴上城隍菩薩的面具，笑道：「不，我在這兒陪你。明日我還要戴了這傢伙去嚇皇帝老兒。郭兄弟，蓉兒，你們去瞧著老毒物，別讓他偷偷去盜了岳飛的遺書。」洪七公道：「老頑童這話有理。你們快去，可要小心。」兩人同聲答應。周伯通道：「今晚別跟老毒物打架，明日瞧我的。」

黃蓉道：「我們打他不贏，自然不打。」與郭靖溜出御廚，要出宮往冠蓋居去察看完顏洪烈等人動靜，黑暗中躡足繞過兩處宮殿，陡覺涼風拂體，隱隱又聽得水聲，靜夜中送來陣陣幽香，深宮庭院，竟忽有山林野處之意。

黃蓉聞到這股香氣，知道近處必有大片花叢，心想禁宮內苑必多奇花嘉卉，倒不可不開開眼界，拉了郭靖的手，循花香找去。漸漸的水聲愈喧，兩人繞過一條花徑，只見喬松修竹，蒼翠蔽天，層巒奇岫，靜窈縈深。黃蓉暗暗讚賞，心想這裏布置之奇雖不如桃花島，花木之美卻頗有過之。再走數丈，只見一道片練也似的銀瀑從山邊瀉將下來，注入一座大池塘中，池塘底下想是另有洩水通道，是以塘水並不滿溢。

池塘中紅荷不計其數，池前是一座森森華堂，額上寫著「翠寒堂」三字。黃蓉走到堂前，只見廊下階上擺滿了茉莉、素馨、麝香籐、朱槿、玉桂、紅蕉、闍婆，都是夏日盛開的香花，堂後又掛了伽蘭木、眞臘龍涎等香珠，但覺馨意襲人，清芬滿殿。堂中桌上放著幾盆新藕、甜瓜、枇杷、林擒等鮮果，椅上丟著幾柄團扇，看來皇上臨睡之前曾在這裏乘涼。

郭靖嘆道：「這皇帝好會享福。」黃蓉笑道：「你也來做一下皇帝罷。」拉著郭靖坐在正中涼床上，捧上水果，屈膝說道：「萬歲爺請用鮮果。」郭靖笑著拈起一枚枇杷，笑道：「請起。」黃蓉笑道：「皇帝不會說請起的，太客氣啦。」

兩人正低聲說笑，忽聽得遠處一人大聲喝道：「甚麼人？」兩人一驚，躍起身來，躲在假山之後，只聽腳步沉重，兩個人大聲吆喝，趕了過來。兩人一聽，便知來人武藝低微，不以爲意。只見兩名護衛各舉單刀，奔到堂前。

那兩人四下張望，不見有異。一人笑道：「你見鬼啦。」另一人笑道：「這幾日老是眼花。」說著退了出去。黃蓉暗暗好笑，一拉郭靖，正要出來，忽聽那兩名護衛「嘿、嘿」兩聲，聲音雖甚低沉，但聽得出是給點中穴道後的吐氣之聲，兩人均想：「是周大哥膩煩了，出來玩耍？」只聽得一人低聲道：「按著皇宮地圖中所示，瀑布邊上的屋子就是翠寒堂，咱們到那邊去。」這聲音正是完顏洪烈。

郭靖和黃蓉一驚非小，互相握著的手各自一捏，藏身假山之後，一動也不敢動，在疏星微光下向堂前望去，依稀瞧出來人身影，除完顏洪烈外，歐陽鋒、彭連虎、沙通天、靈智上人、梁子翁、侯通海等人一齊到了。兩人均感大惑不解：「這批人到皇宮來幹甚麼？總不成也是來偷御廚的菜肴吃？」

只聽完顏洪烈抑低了嗓子說道：「小王仔細參詳岳飛遺下來的密函，又查考了高宗、孝宗兩朝的文獻，斷得定那部武穆遺書，乃是藏在大內翠寒堂之東十五步的處所。」衆人的眼光一齊順著他的手指望去，只見堂東十五步之處明明是一片瀑布，再無別物。完顏洪烈道：「瀑布之下如何藏書，小王也難以猜測，但照文書推究，必是在這個所在。」

沙通天號稱「鬼門龍王」，水性極佳，說道：「待我鑽進瀑布去瞧個明白。」語聲甫畢，兩伏三縱，已鑽入了瀑布之中，片刻之間，又復竄出。衆人迎上前去，只聽他道：「王爺果眞明見，這瀑布後面有個山洞，洞口有鐵門關著。」

完顏洪烈大喜，道：「武穆遺書必在洞內，就煩各位打開鐵門進去。」隨來衆人有的攜有寶刀利刃，聽得此言，都想立功，當即湧到瀑布之前。只歐陽鋒微微冷笑，站在完顏洪烈身旁，他身分不同，不肯隨衆取書。

沙通天搶在最前，低頭穿過急流，突覺勁風撲面，他適才曾過來察看，一無動靜，怎想得到忽有敵人？急忙閃避，左腕已爲人刁住，只覺一股大力推至，身不由主的倒飛出來，剛好撞在梁子翁身上，總算兩人武功都高，遇力卸避，均未受傷。

衆人盡皆差愕之間，沙通天又已穿入瀑布，這次他有了提防，雙掌先護面門，果然瀑布後又是一拳飛出。他舉左手擋格，右手還了一拳，還未看清敵人是何身影，梁子翁也已躍入了水簾之後。驀地裏一棒橫掃而至，來勢奇刁，梁子翁退避不及，給棒端掃中腳脛，立足不定，登時跌入瀑布，他身子本向後仰，給水力在胸上沖落，腳下再給棒一勾，身不由主的摔出瀑布之外。就在此時，沙通天也給一股淩厲掌力逼出了水簾。

三頭蛟侯通海也不想想師兄是何等功夫，自己是何等功夫，師兄既然失利，自己豈能成功？仗著水性精熟，圓睜雙眼，從瀑布中強衝進去。

彭連虎知道不妙，待要上前接應，突見黑黝黝的一個身影從頭頂飛過，砰的一聲，跌在地下。但聽得侯通海在地下大聲呼痛。彭連虎奔上前去，低聲道：「侯兄，噤聲，怎麼啦？」侯通海道：「操他奶奶，我屁股給摔成四塊啦。」彭連虎又驚訝，又好笑，輕聲道：「豈有此理？」一摸他的屁股，似乎仍是兩塊，但也不便細摸深究，眼見情狀有異，不肯貿然入內冒險，問道：「裏面是些甚麼人？」侯通海痛得沒好氣，怒道：「我怎知道？一進去就給人打了出來，混帳王八蛋！」

靈智上人紅袍飄動，大踏步走進瀑布，嘩嘩水聲中，但聽得他又叫又喝，已與人鬥得甚是激烈。衆人面面相覷，盡皆愕然。沙通天與梁子翁給人逼了出來，黑暗之中，也只依稀辨出水簾之後是一男一女，男的使掌，女的則使一根桿棒。這時聽得靈智上人大聲吼叫，似乎吃到了苦頭。完顏洪烈皺眉道：「這位上人好沒分曉，叫得這般驚天動地，皇宮中警衛轉眼便來，咱們還盜甚麼書？」

說話甫畢，衆人眼前紅光閃動，靈智上人身上那件大紅袈裟順著瀑布流到了荷花池中，又聽得噹一聲響，他用作兵器的兩塊鋼鈸從水簾中飛將出來。彭連虎怕鋼鈸落地作聲，驚動宮衛，忙伸手抄住。只聽得瀑布聲中夾著一片咒罵聲，一個肥大的身軀衝水飛出。但靈智上人與侯通海功夫畢竟不同，落地後穩穩站住，屁股安然無恙，料來仍是兩爿，罵道：「是咱們在船上遇到的那小子和丫頭。」

郭靖與黃蓉在假山後聽到完顏洪烈命人進洞盜書，心想武穆遺書若爲他得去，金兵即能以岳武穆的遺法南下侵犯，這件事牽涉非小，明知歐陽鋒在此，決然敵他不過，但若不挺身而出，豈可令天下蒼生遭劫？黃蓉本來想使個計策將衆人驚走，但郭靖見事態已急，不容稍有躊躇，當下牽了黃蓉的手，從假山背面溜入瀑布之後，只盼能俟機伏擊，打歐陽鋒一個出其不意。瀑布水聲隆隆，衆人均未發覺。

兩人奮力將沙通天等打退，又驚又喜，眞想不到眞經中的「易筋鍛骨章」有這等神效，黃蓉的打狗棒法變化奇幻，妙用無窮，只纏得沙通天、靈智上人手忙腳亂，不知所措，郭靖乘虛而上，掌劲發處，都將他們推了出去。

兩人知道沙通天等一敗，歐陽鋒立時就會出手，那可萬萬敵他不過。黃蓉道：「咱們快出去大叫大嚷，大隊宮衛趕來，他們就動不了手。」郭靖道：「不錯，你出去叫喊，我在這裏守著。」黃蓉道：「千萬不可跟老毒物硬拚。」郭靖道：「是了，快去，快去。」

黃蓉正要從瀑布後鑽出，卻聽得「閣」的一聲叫喊，一股巨力已從瀑布外橫衝直撞的推將進來。兩人那敢抵擋，分向左右躍開，騰的一下巨響，瀑布爲歐陽鋒的蛤蟆功猛劲激得向內横飛，打正鐵門，水花四濺，聲勢驚人。

黃蓉雖已躍開，後心還是受到他蛤蟆功力道的側擊，只感呼吸急促，眼花頭暈，她微一凝神，猛地竄出，大叫：「拿刺客啊！拿刺客啊！」高聲叫喊，向前飛奔。

她這麼一叫，翠寒堂四周的護衛立時驚覺，只聽得四下裏都是傳令吆喝之聲。黃蓉躍上屋頂，揀起屋瓦，乒乒乓乓的亂拋。彭連虎罵道：「先打死這丫頭再說。」展開輕身功夫，隨後趕去。梁子翁自左包抄，快步逼近。

完顏洪烈甚是鎮定，對楊康道：「康兒，你隨歐陽先生進去取書。」這時歐陽鋒已進了水簾，蹲在地下，又是「閣」的一聲大叫，發勁急推，洞口的兩扇鐵門向內飛了進去。

他正要舉步入內，忽見一條人影從旁撲來，人未到，掌先至，使的是式險招「飛龍在天」。歐陽鋒昏暗中雖瞧不清來人面目，一見招式，立知便是郭靖，心念一動：「那九陰眞經的經文奧妙異常，十句裏懂不到兩句，今日正好擒這小子回去，逼他解說明白。」側身避開他這一擊，倏地探手，抓向他後心。

郭靖心想無論如何要守住洞門，不讓敵人入內，只要挨得片刻，宮衛大至，這羣奸徒武功再高，終究也非逃走不可，見歐陽鋒不使殺手，卻來擒拿，微感詫異，左手揮格，右手以空明拳法還擊，勁力雖遠不如降龍十八掌，但掌影飄忽，手法精奇。歐陽鋒叫聲：「好！」沉肩回手，拿向他右臂，手上卻未帶有風疾雷迅的猛勁。

原來歐陽鋒在荒島上起始修練郭靖所書的經文，越練越不對勁。他那知經文已給改得顛三倒四，不知所云，只道經義精深，一時不能索解。後來聽洪七公在木筏上嘰嘰咕咕的大唸怪文，更以爲這是修習眞經的關鍵。他每與郭靖交一次手，便見他功夫進了一層，自不免又驚又喜：驚的是這小子如此進境，自是靠了眞經之力，委實可畏；喜的是眞經已然到手，以自己根柢之厚，他日更加不可限量。上次在木筏上搏鬥是以一敵二，性命相撲，這次穩佔上風，卻可從容推究，以爲修習經文之助，當下與他一招一式的拆解。武穆遺書能否到手，他也不怎麼關懷，心中唯一大事只是眞經中的武學。

這時翠寒堂四周燈籠火把已照得與白晝相似，宮監護衛一批批的擁來。完顏洪烈見歐陽鋒與楊康進了水簾久久不出，而宮中侍衛雲集，眼見要糟，幸好衆護衛都仰頭瞧著屋頂上黃蓉與彭連虎、梁子翁追奔相鬥，不知水簾之後更有大事，但料想片刻之間終究不免給人知覺，只急得連連搓手頓足，不住口的叫道：「快，快！」

靈智上人道：「王爺莫慌，小僧再進去。」搖動左掌擋在身前，又鑽進了水簾。這時火光照過瀑布，只見歐陽鋒正與郭靖在洞口拆招換式，楊康數次要搶進洞去，卻那裏通得過兩人的拳勢掌風？靈智上人只看了數招，心中老大不耐，暗想眼下局面何等緊急，這歐陽鋒卻在這裏慢條斯理的跟人練武，當眞混蛋之至，大叫：「歐陽先生，我來助你！」歐陽鋒喝道：「給我走得遠遠的。」靈智上人心想：「這當口你還逞甚麼英雄好漢，擺甚麼大宗師的架子？」矮身搶向郭靖左側，一個祕刀手印就往郭靖太陽穴拍去。歐陽鋒大怒，右手伸出，一把又已抓住他的後頸肥肉，向外直甩出去。

靈智上人又給抓住，心中怒極，最惡毒的話都罵了出來，但他剛「巴呢米哄……」的罵得半句，一股激流已從嘴裏直灌進去，登時教他將罵聲和水吞服。原來這次他給擲出時臉孔朝天，瀑布沖下，灌滿了他一嘴水。

完顏洪烈見靈智上人騰雲駕霧般直摔出來，噹啷啷、忽喇喇幾聲響過，將翠寒堂前的花盆壓碎了一大片，暗叫不妙，又見宮中衛士紛紛趕來，忙撩起袍角，也衝進了瀑布之內。他雖也會些武功，究不甚高，給瀑布一衝，腳底滑溜，登時向前直跌進去。楊康忙搶上扶住。完顏洪烈微一凝神，看清楚了周遭形勢，叫道：「歐陽先生，你能把這小子趕開麼？」

他知不論向歐陽鋒懇求或是呼喝，對方都未必理會，這般輕描淡寫的問一句，他卻非出全力將郭靖趕開不可，正所謂「遣將不如激將」，果然歐陽鋒一聽，答道：「那有甚麼不能？」蹲下身來，「閣」的一聲大叫，運起蛤蟆功勁力，雙掌齊發，向前推出。

蛤蟆之為物，出生後長期在土中蟄伏，積蓄養分，培厚氣力，出土之後飲食反少。歐陽鋒的蛤蟆功也是先行長期厚積功力，臨時使出來時勢不可當，並非臨時發力，因此縱然內力強於他甚多之人，也不能與之以力硬拚。這一推是他畢生功力之所聚，縱令洪七公、黃藥師在此，也不能正面對他這一推強擋力拚，郭靖如何抵擋得了？

歐陽鋒適才與他拆招，逼他將空明拳一招招的使將出來，但見招數精微，變化奇妙，不由得暗暗稱賞，只道是九陰眞經上所載的武功，滿心要引他將這套拳法使完，以便觀摩印證，完顏洪烈卻闖了進來，只一句話，便叫歐陽鋒不得不立逞全力。但他尚有用得著郭靖之處，倒也不想就此加害，只叫他知道厲害，自行退開便是。

豈知郭靖已發了狠勁，決意保住武穆遺書，知道只要自己側身避過，此際洞門大開，遺書必落敵手。外面衛士雖多，又怎攔得住歐陽鋒這等人？眼見這一推來勢兇猛，擋既不能，避又不可，便雙足一點，躍高四尺，躲開了這一推，落下時卻仍擋在洞口。只聽身後騰的一聲大響，泥沙紛落，歐陽鋒這一推的勁力都撞上了山洞石壁。歐陽鋒叫聲：「好！」第二推又已迅速異常的趕到，前勁未衰，後勁繼至。郭靖猛覺得勁風罩上身來，心知不妙，一招「震驚百里」，也是雙掌向前平推，這是降龍十八掌中威力極大的一招。這一下是以硬接硬，剎那之間，兩下裏竟凝住不動。郭靖明知己力不敵，非敗不可，但實逼處此，別無他途。

完顏洪烈見兩人本是忽縱忽竄、大起大落的搏擊，突然間變得兩具殭屍相似，連手指也不動一下，似乎氣也不喘一口，不禁大感詫異。

稍過片刻，郭靖已全身大汗淋漓。歐陽鋒知道再拚下去，對方必受重傷，有心要讓他半招，當下勁力微收，不料郭靖掌力中留有餘力，前力再加後力，歐陽鋒胸口突然一緊，對方的勁力直逼過來，若不是他功力深厚，這一下已吃了大虧。歐陽鋒吃了一驚，想不到他小小年紀，掌力竟如此厲害，立時吸一口氣，運勁反擊，當即將來力擋了回去。倘若他勁力再發，已可將郭靖推倒，只是此時雙方掌力均極強勁，欲分勝負，非令對方重創不可，要打死他倒也未必難能，然而這小子是眞經武學的總樞，豈能毀於己手？心想只有再耗一陣，待他勁力衰退，再行手到擒來。

不多時，兩人勁力已現一消一長，完顏洪烈與楊康站著旁觀，不知這局面要到何時方有變化，不禁焦急異常。其實兩人相持，也只頃刻間之事，只因水簾外火光大盛，喧聲加響，在完顏洪烈、楊康心中，卻似不知已過了多少時刻。

猛聽得忽喇一響，瀑布中衝進來兩名衛士。楊康撲上前去，嗒嗒兩聲，雙手分別插入了兩名衛士的頂門，「九陰白骨爪」一舉奏功，一股血腥氣衝向鼻端，登時殺心大盛，從靴筒間拔出匕首，猱身而上，疾向郭靖腰間刺去。

郭靖正全力抵禦歐陽鋒的掌力，那有餘暇閃避這刺來的一刀？他知只要身子稍動，勁力略鬆，立時就斃於西毒的蛤蟆功之下，明明覺得尖利的鋒刃刺到身上，仍只置之不理，突覺腰間劇痛，呼吸登時閉住，不由自主的握拳擊下，正中楊康手腕。

此時兩人武功相差已遠，郭靖這一拳下來，只擊得楊康骨痛欲裂，急忙縮手，那匕首已有一半刃鋒插在郭靖腰裏。就在此時，郭靖前胸也已受到蛤蟆功之力，哼也哼不出一聲，俯身跌倒。

歐陽鋒見畢竟傷了他，揮手搖頭，連叫：「可惜！可惜！」大是懊喪，但想這小子已無法救活，不必再理，只好去搶武穆遺書，向楊康怒瞪一眼，心道：「你這小子壞我大事。」轉身跨進洞內，完顏洪烈與楊康跟了進去。

此時宮中衛士紛紛擁進，歐陽鋒卻不回身，反手抓起，一個個的隨手擲出。他背著身子隨抓隨擲，竟沒一個衛士進得了洞。

楊康晃亮火摺察看洞中情狀，地下塵土堆積，顯是長時沒人來到，正中孤另另的擺著一張石几，几上有一隻兩尺見方的石盒，盒口貼了封條，此外更無別物。

楊康將火摺湊近看時，封條上的字跡因年深日久，已不可辨。完顏洪烈叫道：「那書就在這盒子裏。」楊康大喜，伸手去捧。歐陽鋒左臂在他肩頭輕輕一推，楊康站立不住，踉踉蹌蹌的跌開幾步，錯愕之下，見歐陽鋒已將石盒挾在脅下。完顏洪烈叫道：「大功告成，大夥兒退！」歐陽鋒在前開路，三人退了出去。

楊康見郭靖滿身鮮血，一動不動的與幾名衛士一起倒在洞口，心中微感歉疚，低聲道：「你就不識好歹，愛管閒事，可別怪我不顧結義之情。」想起自己的匕首還留在他身上，俯身正要去拔，水簾外一個人影竄了進來，叫道：「靖哥哥，你在那裏？」

楊康識得是黃蓉聲音，心中一驚，顧不得去拔匕首，躍過郭靖身子，急急鑽出水簾，隨著歐陽鋒等去了。

黃蓉東奔西竄，與彭連虎、粱子翁兩人在屋頂大捉迷藏。不久宮衛愈聚愈多，喊聲震天，彭、粱二人身在禁宮，究竟心驚，不敢久追，與沙通天等退到瀑布之旁，只等完顏洪烈出來。衆人在洞口殺了幾名護衛，歐陽鋒已得手出洞。

黃蓉掛念郭靖，鑽進水簾，叫了幾聲不聽得應聲，慌了起來，亮火摺照著，驀見他渾身是血，正伏在自己腳邊。這一下嚇得她六神無主，手一顫，火摺落在地上熄了。只聽得洞外衆護衛高聲吶喊，直嚷捉拿刺客。十多名護衛爲歐陽鋒擲得頸斷骨折，無人再敢進來動手。但身負宮衛重任，眼下刺客闖宮，如不大聲叫嚷，又何以顯得忠字當頭、奮不顧身？

黃蓉俯身抱起郭靖，摸到他手上溫暖，略感放心，叫了他幾聲，不聞應聲，當即負起他身子，從瀑布邊悄悄溜出，躲到假山之後。此時翠寒堂一帶，燈籠火把照耀已如白晝，別處殿所的護衛得到訊息，也都紛紛趕到。黃蓉身法雖快，逃不過人多眼雜，早有數人發見，高聲叫喊，追將過來。她心中暗罵：「你們這批膿包，不追奸徒，卻追好人。」負着郭靖咬牙拔足飛奔，幾名武功較高的護衛追得近了，她發出一把鋼針，後面「啊喲」連聲，倒了數人。餘人不敢追近，眼睜睜的瞧她躍出宮牆，逃得不知去向。

眾人這麼一鬧，宮中上下驚惶，黑夜之中也不知是皇族圖謀篡位，還是臣民反叛作亂。宮衛、御林軍、禁軍無不驚起，統軍將領沒一人知道亂從何來，空自擾了一夜，直到天明，這才鐵騎齊出，九城大索。「叛逆」「刺客」倒也捉了不少，審到後來，才知不是地痞流氓，便是穿窬小偷，只得揑造口供，胡亂殺卻一批，既報君恩，又保祿位。

當晚黃蓉負著郭靖逃出皇宮，慌不擇路，亂奔了一陣，見無人追來，才放慢腳步，躲入一條小巷，伸指去探郭靖鼻息，幸喜尚有呼吸，火摺已在宮中失落，黑暗中也瞧不出他身上何處受傷。此時城門尚閉，生怕郭靖傷重，不能躭擱，幸好繞著城牆急奔，找到個缺口，立即衝出，趕到傻姑店中。

饒是黃蓉一身武功，但背負了郭靖奔馳半夜，心中又擔驚吃慌，待得推開傻姑那酒店店門坐定，氣喘難當，全身似欲虛脫。她坐下微微定了定神，不待喘過氣來，即自掙扎著過去點燃一根松柴，往郭靖臉上照去，只嚇得她比在宮中時更加厲害。但見他雙眼緊閉，臉如白紙，端的生死難料。黃蓉曾見他受過數次傷，但從未有如這次險惡，只覺得自己一顆心似乎要從口腔中跳出來，執著松柴呆呆站著，忽然一隻手從旁伸過來將松柴接去。黃蓉緩緩轉過頭去，見是傻姑。

黃蓉深深吸了口氣，此時身旁多了一人，膽子大了些，正想檢視郭靖身上何處受傷，火光下忽見他腰間黑黝黝地一截，是個匕首的烏木刀柄，低頭看時，一把匕首端端正正的插在他左腰之中。

黃蓉的驚慌到此際已至極處，心中反而較先寧定，輕輕撕開他腰間中衣，露出肌膚，見血漬凝在匕首兩旁，刃鋒深入肉裏約有數寸。她心想，如將匕首拔出，只怕當場就送了他性命，但若遷延不拔，時刻久了，更加難救，咬緊牙關，伸手握住了匕首柄，欲待要拔，忽然心中慌亂，不由自主的又將手縮回，接連幾次，總下不了決心。

傻姑看得老大不耐，見黃蓉第四次又再縮手，突然伸手抓住刀柄，猛力拔出。郭靖與黃蓉齊聲大叫，傻姑卻似做了一件好玩之事，哈哈大笑。

黃蓉只見郭靖傷口中鮮血如泉水般往外噴湧，傻姑卻尚在獃笑，驚怒之下，反手一掌，將傻姑打了個觔斗，隨即俯身用力將手帕按住傷口。傻姑一交摔倒，松柴熄滅，堂中登時一片黑暗。傻姑大怒，搶上去猛踢一腳，黃蓉也不閃避，這一腳正好踢在她腿上。傻姑怕黃蓉起身打她，踢了一腳後立即逃開，過了一會，卻聽得黃蓉在輕輕哭泣，大感奇怪，忙又去點燃了一根松柴，問道：「我踢痛了你麼？」

匕首拔出時一陣劇痛，將郭靖從昏迷中痛醒過來，火光下見黃蓉跪在身旁，忙問：「岳爺爺的書……給……給盜去了嗎？」黃蓉聽他說話，心中大喜，聽他念念不忘於這件事，心想這時不可再增他的煩憂，說道：「你放心，奸賊得不了手的……」欲待問他傷勢，只感手上熱熱的全是鮮血。郭靖低聲道：「你幹麼哭了？」黃蓉悽然一笑，道：

「我沒哭。」傻姑忽然插口：「她哭了，還賴呢，不？你瞧，她臉上還有眼淚。」

郭靖道：「蓉兒，妳放心，九陰眞經中載得有療傷之法，我不會死的。」斗聞此言，黃蓉登時如黑暗中見到一盞明燈，點漆般的雙眼中亮光閃閃，喜悅之情，莫可名狀，轉身拉住傻姑的手，笑問：「姊姊，剛才我打痛了妳麼？」傻姑心中卻還是記著她哭了沒有，說道：「我見你哭過的，你賴不掉。」黃蓉微笑道：「好罷，我哭過了。你沒哭，你很好。」傻姑聽她稱讚自己，大爲高興。

郭靖緩緩運氣，劇痛難當。這時黃蓉心神已定，取出一枚鋼針，去刺他左腰傷口上下穴道，旣緩血流，又減痛楚，然後給他洗淨傷口，敷上金創藥，包紮了起來，再給他服下幾顆九花玉露丸止痛。郭靖道：「這一刀雖刺得不淺，但……但沒中在要害，不……不要緊的。難當的是中了老毒物的蛤蟆功，幸好他似乎未用全力，看來還有可救，只是須得辛苦你七日七晚。」黃蓉嘆道：「就是爲你辛苦七十年，你知道我也樂意。」

郭靖心中一甜，登感一陣暈眩，過了一會，心神才又寧定，道：「只可惜師父受傷之後，老毒物和他姪兒同在島上糾纏不清，以致沒法靜下來治傷。否則縱然蛇毒厲害，內傷也能治好。」

黃蓉道：「治你傷勢的法門，就跟那日在島上所說那樣，是嗎？」郭靖道：「是啊，得找處清靜的地方，咱倆依著眞經上的法門，同時運氣用功。兩人各出一掌相抵，以你的內力，助我治傷。」他說到這裏，閉目喘了幾口氣，才接著道：「難就難在七日七夜之間，當內息運轉大小周天之時，兩人手掌不可離開，兩人內息合而爲一，氣息相通，雖可互相說話，但決不可跟第三人說一句話，更不可起立行走。若有人前來打擾，那可……」

黃蓉知道這療傷之法與一般打坐修練練到要緊關頭時道理相同，在功行圓滿之前，只要有片時半刻受到外來侵襲，或內心魔障干撓，稍有把持不定，不但全功盡棄，而且小則受傷，大則喪生，最是凶險不過。是以學武之士練氣行功，往往是在荒山野嶺人跡不到之處，或閉關不出，又或有武功高強的師友在旁護持。她想：「清靜之處一時難找，治傷要我相助，靠這儍姑抵禦外來侵擾自然萬萬不能，她只有反來滋擾不休。就算周大哥回來，他也決計難以定心給我們守上七日七夜。老頑童成事不足，敗事有餘，這便如何是好？」沉吟多時，轉眼見到那個碗櫥，心念一動：「有了，我們就躲在這個秘室裏治傷。當日梅超風練功時沒人護持，她不是鑽在地窖之中麼？」

這時天已微明，儍姑到廚下去煮粥給兩人吃。黃蓉道：「靖哥哥，你養一會兒神，我去買些吃的，我們馬上就練。」心想眼下天時炎熱，飯菜之類若放上七日七夜，必然腐臭，於是到村中去買了一擔西瓜。

那賣瓜的村民將瓜挑進店內，堆在地下，收了錢出去時，說道：「我們牛家村的西瓜又甜又脆，姑娘你一嚐就知道。」黃蓉聽了「牛家村」三字，心中一凜，暗道：「原來此處就是牛家村，這是靖哥哥的故居啊。」她怕郭靖聽到後觸動心事，當下敷衍幾句，待那村民出去，到內堂去看時，見郭靖已沉沉睡去，腰間包紮傷口的布帶上也沒鮮血滲出。

她打開碗櫥，旋轉鐵碗，開了密門，將一擔西瓜一個個搬進去，最後一個留下了給傻姑，叮囑她萬萬不可對人說他們住在裏面，不論有天大的事，也不得在外招呼叫喚。傻姑雖不懂她用意，但見她神色鄭重，話又說得明白，便點頭答應，說道：「你們要躲在裏面吃西瓜，不給人知道，怕人搶西瓜，吃完了西瓜才出來。傻姑不說。」黃蓉喜道：「是啊，傻姑不說，傻姑是好姑娘。傻姑說了，傻姑就是壞姑娘。」傻姑連聲道：「傻姑不說，傻姑是好姑娘。」

黃蓉餵郭靖喝了一大碗粥，自己也吃了一碗，於是扶他進了密室，當從內關上櫥門時，見傻姑純樸的臉上露出微笑，說道：「傻姑不說。」黃蓉心念忽動：「這姑娘如此獃呆，只怕逢人便道：『他兩個躲在櫥裏吃西瓜，傻姑不說。』只有殺了她，方無後患。」

她自小受父親薰陶，甚麼仁義慈悲，正邪是非，全不當一回事，雖知傻姑必與曲靈風淵源甚深，但此人既危及郭靖性命，再有十個傻姑也得殺了，拿起從郭靖腰間拔出的匕首，便要出櫥動手。

傻姑走到梁子翁面前，說道：「你打我鼻子，我也打你鼻子。一拳還三拳。」舉手對準他鼻子就是一拳。

第二十四回　密室療傷

黃蓉向外走了兩步，回過頭來，見郭靖眼光中露出懷疑神色，料想是自己臉上的殺氣給他瞧了出來，心想：「我殺傻姑不打緊，靖哥哥好了之後，定要跟我吵鬧一場。」又想：「跟我吵鬧倒也罷了，我認錯、賠不是就是了，最怕他終身不提這事，今後幾十年，心中卻老是放著這件事，那可無味得很了。罷罷罷，咱們冒上這個大險就是。」

關上櫥門，在室中四下察看。那小室屋頂西角開著個一尺見方的天窗，日光透過天窗的蛤殼片，白天勉強可見到室中情狀，天窗旁通風的氣孔卻已給塵土閉塞。她拿匕首穿通了氣孔，室中穢氣兀自甚重，卻也無法可想，回思適才憂急欲死的情景，此刻在這塵土充塞的小室之中，便似置身天堂。

郭靖倚在壁上，微笑道：「在這裏養傷眞再好也沒有。就是要陪著兩個死人，你不害怕嗎？」黃蓉心中害怕，但強作毫不在乎，笑道：「一個是我師哥，他決不能害我；另一個是飯桶將官，活的我尚不怕，死鬼更加嚇唬不了人。」將兩具骸骨搬到小室北邊角落堆起，在地下鋪上原來墊西瓜的稻草，再將十幾個西瓜團團圍在身周，伸手可及，問道：「這樣好不好？」

郭靖道：「好，咱們就來練吧。」黃蓉扶著他坐在稻草上，自己盤膝坐在他左側，一抬頭，見面前壁上有個錢眼般的小孔，俯眼上去一張，不禁大喜，原來牆壁裏嵌著一面小鏡，外面堂上的事物盡都映入鏡中，當年建造這秘室的人心思周密，躲在室中避敵之時，仍可在鏡中察看外面動靜。只時日久了，鏡上積滿灰塵。她摸出手帕裹上食指，探指入孔，將小鏡拂拭乾淨。

只見傻姑坐在地下拋石子，嘴巴一張一合，不知在說些甚麼。黃蓉湊耳到小孔之上，聽得清清楚楚，原來她是在低唱哄小孩睡覺的兒歌：「搖搖搖，搖到外婆橋，外婆叫我好寶寶……」黃蓉初覺好笑，聽了一陣，只覺她歌聲中情致纏綿，愛憐橫溢，不覺痴了：「這是她媽媽當日唱給她聽的麼？……我媽媽若不早死，也會這樣唱著哄我。」想到此處，眼眶竟自濕了。

郭靖見到她臉上酸楚神色，說道：「你在想甚麼？我的傷不打緊，你別難過。」黃蓉伸手擦了擦眼睛，道：「快教我練功治傷的法兒。」郭靖將九陰眞經中的「療傷章」

緩緩背了一遍。

武術中有言道：「未學打人，先學挨打。」初練粗淺功夫，即須由師父傳授怎生挨打而受傷不重，到了武功精深之時，就得研習護身保命、解穴救傷、接骨療毒諸般法門。須知強中更有強中手，任你武功蓋世，也難保沒失手的日子。這九陰眞經中的「療傷章」，講的是若爲高手氣功擊傷，如何以氣功調理眞元，治療內傷。至於折骨、金創等外傷的治療，只對初入門者有用，研習眞經之人自也不用再學。

黃蓉只聽了一遍，便已記住，經文中有數處不甚了了，兩人共同推究參詳，一個對全眞派內功素有根柢，一個聰敏過人，稍加研討，也即通曉。當下黃蓉伸出右掌，與郭靖左掌相抵，各自運氣用功，依法練了起來。傷者自以內息周行經脈，以通窒滯，助功者加上內力相助，傷者內息受到推催，通行更順。

練了兩個時辰後，息行數周，兩人手掌分離，休息片刻。黃蓉剖一個西瓜與郭靖分食，然後再練到未牌時分。郭靖漸覺壓在胸口的悶塞微有鬆動，從黃蓉掌心中傳過來的熱氣緩緩散入自己周身百穴，腰間疼痛竟也稍減，心想這眞經上所載的法門確然靈異無比，不敢絲毫怠懈，繼續用功。

到第三次休息時，天窗中射進來的日光已漸黯淡，時近黃昏，不但郭靖胸口舒暢得多，連黃蓉也大感神清氣爽。

兩人閒談了幾句，正待起始練功，忽聽得一陣急促奔跑之聲，來到店前，戛然而止，接著幾個人走入店堂。一個粗野的聲音喝道：「快拿飯菜來，爺們餓死啦！」聽聲音卻是三頭蛟侯通海，郭靖與黃蓉面面相覷，錯愕異常。

黃蓉忙湊眼到小孔中張望，眞乃不是冤家不聚頭，小鏡中現出的人形赫然是完顏洪烈、歐陽鋒叔姪、楊康、彭連虎等人。這時傻姑不知到那裏玩去了，侯通海雖把桌子打得震天價響，始終沒人出來。梁子翁在店中轉了個圈，皺眉道：「這裏沒人住的。」侯通海自告奮勇，到村中去購買酒飯。歐陽鋒在內堂風吹不到處鋪下稻草，抱起斷腿未愈的姪兒放在草上，讓他靜臥養傷。

彭連虎笑道：「這些御林軍、禁軍雖膿包沒用，可是到處鑽來鑽去，陰魂不散，累得咱們一天沒好好吃飯。王爺您是北方人，卻知道這裏錢塘江邊有個荒僻村子，領著大夥兒過來，眞是能者無所不能。」

完顏洪烈聽他奉承，卻無絲毫得意神情，輕輕嘆息一聲，說道：「十九年之前，我來過這裏的。」衆人見他大有傷感之色，都微感奇怪，卻不知他正在想著當年包惜弱在此村中救他性命之事。荒村依然，那個荊釵青衫、餵他鷄湯的溫婉女子卻再也不可得見了。

說話之間，侯通海已向村民買了些酒飯回來。彭連虎給衆人斟了酒，向完顏洪烈道：「王爺今日得獲兵法奇書，行見大金國威振天下，平定萬方，咱們大夥向王爺恭賀。」舉起酒碗，一飲而盡。

他話聲響亮，郭靖雖隔了一道牆，仍聽得淸淸楚楚，不由得大吃一驚：「岳爺爺的書還是給他得去了！」心下著急，胸口之氣忽爾逆轉。黃蓉掌心中連連震動，知他聽到噩耗，牽動了丹田內息，倘若把持不定，立時有性命之憂，忙將嘴湊在他耳邊，悄聲道：「他能將書盜去，難道咱們就不能盜回來麼？只要你二師父妙手書生出馬，十部書也盜回來啦。」郭靖心想不錯，忙閉目鎭懾心神，不再聽隔牆之言。

黃蓉又湊眼到小孔上去，見完顏洪烈正舉碗飲酒，飲乾後歡然說道：「這次全仗各位出力襄助。歐陽先生更居首功，若不是他將那姓郭的小子趕走，咱們還得多費手腳。」歐陽鋒乾笑了幾聲，響若破鈸。郭靖聽了，心頭又是一震。黃蓉暗道：「老天爺保佑，這老毒物別在這裏彈他的鬼箏，否則靖哥哥性命難保。」

歐陽鋒道：「此處甚是偏僻，宋兵定然搜尋不到。那岳飛的遺書到底是個甚麼樣兒，大夥兒都來見識見識。」從懷中取出石盒，放在桌上，他要瞧瞧武穆遺書的內文，如載得有精妙的武功法門，自然老實不客氣的就據爲己有，倘若只是行軍打仗的兵法韜略，自己無用，樂得做個人情，就讓完顏洪烈拿去。

一時之間，眾人目光都集於石盒之上。黃蓉心道：「怎生想個法兒將那書毀了，也勝似落入這奸賊之手。」只聽完顏洪烈道：「小王參詳岳飛所留幾首啞謎般的詩詞，又推究趙官兒歷代營造修建皇宮的史錄，料得這部遺書必是藏在翠寒堂東十五步之處。今日瞧來，這推斷僥倖沒錯。宋朝也眞無人，沒一人知道深宮之中藏著這樣的寶物。咱們昨晚這一番大鬧，只怕無人得知所爲何來呢。」言下甚是得意，眾人又乘機稱頌一番。

完顏洪烈撚鬚笑道：「康兒，你將石盒打開吧。」楊康應聲上前，揭去封條，掀開盒蓋。眾人目光一齊射入盒內，突然之間，人人臉色大變，無不驚訝異常，做聲不得。

盒內空空如也，那裏有甚麼兵書，連白紙也沒一張。

黃蓉瞧不見盒中情狀，但見眾人臉上模樣，已知盒中無物，既歡喜，又覺有趣。

完顏洪烈沮喪萬分，扶桌坐下，伸手支頤，苦苦思索，心想：「我千推萬算，那岳飛的遺書非在這盒中不可，怎麼會忽然沒了影兒？」突然間臉露喜色，搶起石盒，走到天井之中，猛力往石板上摔落。

砰的一聲響，石盒已碎成數塊。黃蓉聽得碎石之聲，立時想到：「啊，石盒有夾層。」急著要想瞧那遺書是否在夾層之中，苦於不能出去，但過不片刻，便見完顏洪烈廢然回座，說道：「我本來猜想石盒另有夾層，豈知卻又沒有。」

眾人紛紛議論，胡思亂想。黃蓉聽各人怪論連篇，不禁暗笑，當即告知郭靖。他聽說武穆遺書沒給盜去，心中大慰。黃蓉尋思：「這些奸賊豈肯就此罷手，定要再度入宮。」又想師父尚在宮中，只怕受到牽累，雖有周伯通保護，但老頑童瘋瘋顛顛，擔當不了正事，不禁頗爲擔心，果然聽得歐陽鋒道：「那也沒甚麼大不了，咱們今晚再去宮中搜尋便是。」

完顏洪烈道：「今晚是去不得了，昨晚咱們這麼一鬧，宮裏必嚴加防範。」歐陽鋒道：「防範自然免不了，可是那有甚麼打緊？王爺與世子今晚不用去，就與舍姪在此處休息便是。」完顏洪烈拱手道：「卻又要先生辛苦，小王靜候好音。」衆人在堂上鋪了稻草，躺下養神。睡了一個多時辰，歐陽鋒領了衆武人又進城去。

完顏洪烈翻來覆去的睡不著，子夜時分，江中隱隱傳來潮聲，又聽得村子盡頭一隻老狗嗚嗚吠叫，時斷時續的始終不停，似是哭泣，靜夜聲哀，更增煩憂。過了良久，忽聽得門外腳步聲響，有人過來，忙翻身坐起，拔劍在手。楊康早已躍到門後埋伏，月光下只見一個蓬頭女子哼著兒歌，推門而入。

這女子正是傻姑，她在林中玩得興盡回家，見店堂中睡得有人，也不以爲意，摸到睡慣了的亂柴堆裏，躺下片刻，便已鼾聲大作。

楊康見是個鄉下蠢女，一笑而睡。完顏洪烈卻思潮起伏，久久不能成眠，起來從囊中取出一根蠟燭點燃了，拿出一本書來翻閱。黃蓉見光亮從小孔中透進來，湊眼去看，只見一隻飛蛾繞燭飛舞，猛地向火撲去，翅兒當即燒焦，跌在桌上。完顏洪烈拿起飛蛾，不禁黯然，心想：「倘若我那包氏夫人在此，定會好好的給你醫治。」從懷裏取出一把小銀刀、一個小藥瓶，拿在手裏撫摸把玩。

黃蓉在郭靖肩上輕輕一拍，讓開小孔，要他來看。郭靖眼見之下，勃然大怒，依稀認得這銀刀與藥瓶是楊康之母包惜弱的物事，當日在趙王府中見她曾以此爲小兔治傷。只聽完顏洪烈輕輕的道：「十九年前，就在這村子之中，我初次和你相見……唉，不知現下你的故居是怎樣了……」說著站起身來，拿了蠟燭，開門走出。

郭靖愕然：「難道此處就是我父母的故居牛家村？」湊到黃蓉耳邊悄聲詢問。黃蓉點了點頭。郭靖胸間熱血上湧，身子搖盪。黃蓉右掌與他左掌相抵，察覺他內息斗急，自是心情激動，怕有凶險，又伸左掌與他右掌相抵，兩人同時用功，郭靖這才慢慢寧定。過了良久，火光閃動，只聽得完顏洪烈長聲嘆息，走進店來。

郭靖此時已制住了心猿意馬，湊眼小鏡察看。

只見完顏洪烈拿著幾塊殘磚破瓦，坐在燭火之旁發獃。郭靖心想：「這奸賊與我相距不到十步，我只消將短刀擲去，立時可取他性命。」伸右手在腰間拔出成吉思汗所賜金刀，低聲向黃蓉道：「你把門旋開了。」黃蓉忙道：「不成！刺殺他雖輕而易舉，但咱們藏身的所在定會給人發見。」郭靖顫聲道：「再過六天六晚，不知他又到了那裏。」

黃蓉知道此刻不易勸說，在他耳邊低聲道：「你媽媽和蓉兒要你好好活著。」

郭靖心中一凜，點了點頭，將金刀插回腰間刀鞘，再湊眼到小孔上，見完顏洪烈已伏在桌上睡著了。忽見稻草堆中一人坐起身來。那人的臉在燭火光圈之外，在鏡中瞧不清是何人。只見他悄悄站起，走到完顏洪烈身後，拿起桌上的小銀刀與藥瓶看了一會，輕輕放下，回過頭來，卻是楊康。

郭靖心想：「是啊，你要報父母大仇，此刻正是良機，一刀刺去，你不共戴天的大仇人那裏還有性命？要是老毒物他們回來，可又下不了手啦。」心下焦急，只盼他立即動手。卻見他瞧著桌上的銀刀與藥瓶出了一會神，一陣風來，吹得燭火乍明乍暗，又見他脫下身上長袍，輕輕披在完顏洪烈身上，防他夜寒著涼。郭靖氣極，不願再看，渾不解楊康對這害死他父母的大仇人何以如此關懷體貼。

黃蓉安慰他道：「別心急，養好傷後，這奸賊就逃到天邊，咱們也能追得到。他又不是歐陽鋒，要殺他還不容易？」郭靖點點頭，又用起功來。

到破曉天明，村中幾隻公鷄遠遠近近的此啼彼和，兩人體內之氣已在小周天轉了七轉，俱感舒暢寧定。黃蓉豎起食指，笑道：「過了一天啦。」郭靖低聲道：「好險！若不是你阻攔，我沉不住氣，差點兒就壞了事。」黃蓉道：「還有六日六夜，你答應要聽我話。」郭靖笑道：「我那一次不聽你的話了？」黃蓉微微一笑，側過了頭道：「待我想想。」此時一縷日光從天窗中射進來，照得她白中泛紅的臉美若朝霞。郭靖突然覺得她的手掌溫軟異常，胸中微微一盪，急忙鎮懾心神，但已滿臉通紅。

自兩人相處以來，郭靖對她從未有過如此心念，不由得暗中自驚自責。黃蓉見他忽然面紅耳赤，很是奇怪，問道：「靖哥哥，你怎麼啦？」郭靖低頭道：「我眞不好，我忽然想……想……」黃蓉問道：「想甚麼？」郭靖道：「現下我不想啦。」黃蓉道：「那麼先前你想甚麼呢？」郭靖無法躲閃，只得道：「我想抱著你，親親你。」黃蓉心中溫馨，臉上也是一紅，嬌美中略帶靦覥，更增風致。

郭靖見她垂首不語，問道：「蓉兒，你生氣了麼？我這麼想，眞像歐陽克一樣壞啦。」黃蓉嫣然一笑，柔聲道：「我不生氣。我在想，將來你總會抱我親我的，我是要做你妻子的啊。」郭靖大喜，吶吶的說不出話來。黃蓉低聲問：「你想親親我，想得厲害麼？」

郭靖正待回答，突然門外腳步聲急，兩個人衝進店來，只聽侯通海的聲音說道：「操他奶奶雄，我早說世上眞的有鬼，師哥你就不信。」語調氣極敗壞，顯是說不出的焦躁。又聽沙通天的聲音道：「甚麼鬼不鬼的？我跟你說，咱們是撞到了高手。」黃蓉在小孔中瞧去，見侯通海滿臉是血，沙通天身上的衣服也撕成一片片的，師兄弟倆狼狽不堪。完顏洪烈與楊康見了，大爲驚訝，忙問端的。

侯通海道：「我們運氣不好，昨晚在皇宮裏撞到了鬼，他媽的，老侯一雙耳朵給鬼割去啦。」完顏洪烈見他兩邊臉旁血肉模糊，果眞沒了耳朵的影蹤，更爲駭然。沙通天斥道：「兀自說鬼道怪，你還嫌丟的人不夠麼？」侯通海雖懼怕師兄，卻仍辯道：「我瞧得淸淸楚楚，一個藍靛眼、硃砂鬍子的判官哇哇大叫向我撲來。我只一回頭，那判官就揪住我頭頸，跟著一對耳朵就沒啦。這判官跟廟裏的神像一模一樣，怎會不是？」沙通天和那判官拆了三招，給他將自己衣服撕得粉碎，這人的出手明明是武林高人，決非神道鬼怪，只是怎麼竟會生成判官模樣，卻大惑不解。

四人紛紛議論猜測，又去詢問躺著養傷的歐陽克，也不得要領。

說話之間，靈智上人、彭連虎、梁子翁三人先後逃回。靈智上人雙手給鐵鍊反縛在背後，彭連虎雙頰給打得紅腫高脹，梁子翁更加可笑，滿頭白髮給拔得精光，變成了個和尙，單以頭頂而論，倒與沙通天的禿頭互相輝映，一時瑜亮。

原來三人進宮後分道搜尋武穆遺書，卻都遇上了鬼怪。只三人所遇到的對手各不相同，一個是無常鬼，一個是黃靈官，另一個卻是土地菩薩。梁子翁摸著自己的光頭，破口大罵，污言所至，連普天下的土地婆婆都倒了大霉。彭連虎隱忍不語，要爲靈智上人解開手上的鐵鍊。那鐵鍊深陷肉裏，相互又勾得極緊，彭連虎費了好大的勁，將他手腕上擦得全是鮮血，這才解開。眾人面面相覷，作聲不得，心中都知昨晚遇上了大高手，但如此受辱，說起來大是臉上無光。侯通海一口咬定是遇鬼，眾人也不跟他多辯。

隔了良久，完顏洪烈道：「歐陽先生怎麼還不回來？不知他是否也遇到了鬼怪。」楊康道：「歐陽先生武功蓋世，就算遇上了鬼怪，想來也不致吃虧。」彭連虎等聽了更加沒趣。黃蓉見眾人狼狽不堪，說鬼道怪，心中得意之極，暗想：「我買給周大哥的面具竟然大顯威風，倒始料所不及，但不知老毒物是否與他遇上了交過手。」掌心感到郭靖內息開始緩緩流動，便也調息運功相應和。

彭連虎等折騰了一夜，腹中早已飢了，各人劈柴的劈柴，買米的買米，動手做飯。待得飯熟，侯通海打開櫥門，見到了鐵碗，一拿之下，自難移動，不禁失聲怪叫，又大叫：「有鬼！」使出蠻力，運勁硬拔，那裏拔得起來？

黃蓉聽到他怪叫，心中大驚，知道這機關免不得給他們瞧破，別說動起手來無法取勝，此刻正當運息通行周天之際，只要兩人給迫得稍移身子，郭靖立有性命之憂，這便如何是好？

她在密室中惶急無計，外面沙通天聽到師弟高聲呼叫，卻在斥他大驚小怪。侯通海不忿，道：「好罷，那麼你把這碗拿起來罷。」沙通天伸手去提，也沒拿起，口中「咦」的一聲。彭連虎聞聲過來，察看了一陣，道：「這中間有機關。沙大哥，你把這鐵碗左右旋轉著瞧瞧。」

黃蓉見情勢緊迫，只好一拚，將短劍遞在郭靖手裏，再去拿洪七公所授的竹棒，低聲囑咐郭靖，此刻暫停催動內息運轉周天，俾得兩人手掌可以鬆開。但郭靖內傷未愈，較之常人更爲衰弱，一觸即斃，自己又不能孤身逐去這羣高手，郭靖既死，自己絕不能獨活，心下淒然，兩人畢命於斯，已是頃刻間之事。轉頭見到屋角裏兩具骸骨，靈機一動，忙用竹棒將兩個骷髏頭骨撥了過來，用力在一個大西瓜上撳了幾下，分別嵌了進去。

只聽得軋軋幾聲響，密室鐵門已旋開了一道縫。黃蓉將西瓜頂在頭頂，拉開一頭長髮披在臉上。剛好沙通天將門旋開，只見櫥裏突然鑽出一個雙頭怪物，哇哇鬼叫。那怪物兩個頭並排而生，都是骷髏頭骨，下面是個一條青一條綠的圓球，再下面卻是一叢烏黑的長鬚。衆人昨晚吃足苦頭，驚魂未定；而櫥中突然鑽出這個鬼怪，又實在嚇人，侯通海大叫一聲，撒腿就跑。衆人身不由主的都跟著逃了出去，只賸下歐陽克一人躺在稻草堆裏，雙腿斷骨未愈，走動不得。

黃蓉吁了一口長氣，忙將櫥門關好，實在忍不住好笑，可是接著想到雖脫一時之難，然羣奸均是江湖上的老手，必定再來，適才驚走，純係昨晚給老頑童嚇得魂飛魄散之故，否則怎能如此輕易上當？定神細思之後，那時可就嚇不走了。臉上笑靨未歛，心下計議未定，當眞說來就來，店門聲響，進來了一人。

黃蓉握緊匕首，將竹棒放在身旁，只待再有人旋開櫥門，只好擲他一刀再說，待了片刻，卻聽得一個嬌滴滴的聲音叫道：「店家，店家！」

這一聲呼叫大出黃蓉意料之外，忙俯眼小孔上瞧去，但見坐在堂上的是個錦衣女子，服飾華麗，似是個富貴人家的小姐，只是她背向鏡子，瞧不見面容。那女子待了半晌，又輕輕叫道：「店家，店家。」黃蓉心道：「這聲音好耳熟啊，嬌聲嗲氣的，倒像是寶應縣的程大小姐。」只見那女子一轉身，卻不是程大小姐程瑤迦是誰？黃蓉又驚又喜：「她怎麼也到這兒來啦？」

傻姑適才給侯通海等人吵醒了，迷迷糊糊的也不起身，這時才睡得夠了，從草堆中爬將起來。程瑤迦道：「店家，相煩做份飯菜，一併酬謝。」傻姑搖了搖頭，意思說沒飯菜，忽然聞到鑊中飯熟香氣，奔過去揭開鑊蓋，見滿滿的一鑊白飯，正是彭連虎等人煮的。傻姑大喜，也不問飯從何來，當即裝起兩碗，一碗遞給程瑤迦，自己張口大吃起來。程瑤迦見無菜肴，飯又粗糲，吃了幾口，就放下不吃了。傻姑片刻間吃了三碗，拍拍肚皮，甚是適意。

程瑤迦道：「姑娘，我跟你打聽個所在，你可知道牛家村離這兒多遠？」傻姑道：「牛家村？這兒是牛家村。離這兒多遠，我可不知道。」程瑤迦臉一紅，低頭玩弄衣帶，隔了半晌，又道：「原來這兒就是牛家村，那我給你打聽一個人。你可知道……知道……一位……」傻姑不等她說完，已自不耐煩的連連搖頭，奔了出去。

黃蓉心下琢磨：「她到牛家村來尋誰？啊，是了，她是孫不二的徒兒，多半是奉師父師伯之命，來找尋丘處機的徒兒楊康。」只見她端端正正的坐著，整整衣衫，摸了摸鬢邊的珠花，臉上暈紅，嘴角含笑，卻不知心中在想些甚麼。黃蓉只看得有趣，忽聽腳步聲響，門外又有人進來。

那人長身玉立，步履矯健，一進門也呼叫店家。黃蓉心道：「正巧，天下的熟人都聚會到牛家村來啦。靖哥哥的牛家村風水挺好，可就是旺丁不旺財。」原來這人是歸雲莊的少莊主陸冠英。

他見到程瑤迦，怔了怔，又叫了聲：「店家。」程瑤迦見是個青年男子，登覺害羞，忙轉過了頭。陸冠英心中奇怪：「怎地一個美貌少女孤身在此？」逕到灶下轉了個身，不見有人，當時腹飢難熬，在鑊中盛了一大碗飯，向程瑤迦道：「小人肚中飢餓，討碗飯吃，姑娘莫怪。」程瑤迦低下了頭，微微一笑，低聲道：「飯又不是我的。相公……請用便是。」

陸冠英吃了兩碗飯，作揖相謝，叉手不離方寸，說道：「小人向姑娘打聽個所在，不知牛家村離此處多遠？」

程瑤迦和黃蓉一聽，心中都樂了：「哈，原來他也在打聽牛家村。」程瑤迦斂衽還禮，靦靦覥覥的道：「這兒就是牛家村了。」陸冠英喜道：「那好極了。小人還要向姑娘打聽一個人。」程瑤迦待說不是此間人，忽然轉念：「不知他打聽何人？」只聽陸冠英問道：「有一位姓郭的郭靖官人，不知在那一家住？他可在家中？」程瑤迦和黃蓉又都一怔：「他找他何事？」程瑤迦沉吟不語，低下了頭，羞得面紅耳赤。

黃蓉瞧她這副神情，已自猜到了八成：「原來靖哥哥在寶應救她，這位大小姐可偷偷愛上他啦。」她一來年幼，二來生性豁達，三來深信郭靖決無異志，心中毫無妒忌之念，反覺有人喜愛郭靖，甚是樂意。

黃蓉這番推測，絲毫不錯。當日程瑤迦為歐陽克所擄，雖有丐幫的黎生等出手，但均非歐陽克之敵，若不是郭靖與黃蓉相救，已慘遭淫辱。她見郭靖年紀輕輕，不但本領高強，且為人厚道，一縷情絲，竟就此飄過去黏在他身上。她是大富之家的千金小姐，從來不出閨門，情竇初開之際，一見青年男子，竟然就此鍾情。郭靖走後，程大小姐念念不忘，左思右想，忽地大起膽子，半夜裏悄悄離家。她雖一身武功，但從未獨自出過門，江湖上的門道半點不知，當日曾聽郭靖自道是臨安府牛家村人氏，一路打聽，過江尋到臨安府牛家村來。她衣飾華麗，氣度高貴，路上歹人倒也不敢相欺。

她在前面村上問到牛家村便在左近，猛聽得傻姑說此處就是牛家村，登時沒了主意，她千里迢迢的來尋郭靖，這時卻又盼郭靖不在家中，只想：「我晚上去偷偷瞧他一眼，這就回家，決不能讓他知曉，若給他瞧見，那眞羞死人啦。」就在此時，陸冠英闖了進來，開口問的就是郭靖。程瑤迦心虛，只道心事給他識破，呆了片刻，站起來就想逃走。

突然門外一張醜臉伸過來一探，又縮了回去。程瑤迦吃了一驚，退了兩步，那醜臉又伸了伸，叫道：「雙頭鬼，你有本事就到太陽底下來，三頭蛟侯老爺跟你鬥鬥。我比你還多一個頭，靑天白日的，侯老爺可不怕你。」意思自然是說，一到黑夜，侯老爺甘拜下風，雖多了個頭，自忖也已管不了用。陸程二人茫然不解。

黃蓉哼了一聲，低聲道：「好啊，終究來啦。」心想陸程二人武功都不甚高，難敵彭連虎等人，求他們相助，只白饒上兩條性命，這二人最好是快些走開；可是又盼他們留著，擋得一時好一時，彷徨失措之際，多兩個幫手，終究也壯了膽子。

彭連虎等一見雙頭怪物，都道昨晚所遇的那個高手又在這裏扮鬼，當即遠遠逃出村去，那敢回來？侯通海卻是個渾人，以爲眞是鬼怪，只覺頭頂驕陽似火，炙膚生疼，衆人卻都逃得不見了影子，罵道：「鬼怪在大日頭底下作不了崇，連這點也不知道，還在江湖上混呢。我老侯偏不怕，回去把鬼怪除了，好教大夥兒服我。」大踏步回進店來，但心中終是戰戰兢兢，一探頭，見程瑤迦和陸冠英站在中堂，暗叫：「不好，雙頭鬼一分爲二，化身爲一男一女，老侯啊老侯，你可要小心了。」

陸冠英和程瑤迦聽他滿口胡話，相顧愕然，只道是個瘋子，也不加理會。

侯通海罵了一陣，見這鬼並不出來，更信鬼怪見不得太陽，但說要衝進屋去捉鬼，老侯只生三個瘤子，沒三個膽子。僵持半晌，見兩個妖鬼並無動靜，忽然想起鬼怪殭屍都怕穢物，當即轉身去找。鄉村中隨處都是糞坑，小店轉角處就是老大一個，他一心捉鬼，也顧不得骯髒，脫下布衫，裹了一大包糞，又回店來。見陸程二人仍端坐中堂，他法寶在手，膽氣登壯，大聲叫道：「大膽妖魔，快現原形！」左手嗆啷啷搖動三股叉，右手拿著糞包，搶步入內。

陸程二人見那瘋子又來，都微微一驚，他人未奔到，先已聞到一股臭氣。

侯通海尋思：「常聽人說，人是男的兇，鬼是女的厲。」舉起糞包，劈臉往程瑤迦扔去。程瑤迦驚叫一聲，側身欲避，陸冠英已舉起一條長櫈將糞包擋落，布衫著地散開，糞便四下飛濺，臭氣上沖，中人欲嘔。

侯通海大叫：「侯老爺來了，雙頭鬼快現原形。」舉叉猛向程瑤迦刺去。他雖是渾人，武藝卻著實精熟，這一叉迅捷狠辣，兼而有之。陸程二人一驚更甚，都想：「這人明明是個武林能手，並非尋常瘋子。」陸冠英見程瑤迦是位大家閨秀，嬌怯怯地似乎風吹得倒，只怕給這瘋漢傷了，忙舉長櫈架開他三股鋼叉，叫道：「足下是誰？」

侯通海那來理他，連刺三叉。陸冠英舉櫈招架，連連詢問名號。侯通海見他武藝雖然不弱，但與昨晚神出鬼沒的情狀大不相同，料定糞攻策略已然收效，妖鬼法力大減，不禁大為得意，叫道：「你這妖鬼，想知道了我名字，用妖法來咒我麼？老爺可不上當。」他本來自稱「侯老爺」，這時竟大有急智，將這個「侯」字略去，簡稱「老爺」，以免給妖鬼作為使法的憑藉，叉上鋼環噹噹作響，攻得更緊。

陸冠英武功本就不及，以長櫈作兵刃更不湊手，要待去拔腰刀，那裏緩得出手來？數合之間，已給逼得背靠牆壁，剛好擋去了黃蓉探望的小孔。侯通海鋼叉疾刺，陸冠英急忙閃讓，通的一聲，叉尖刺入牆壁，離小孔不過一尺。陸冠英見他一拔沒將鋼叉拔出，忙揮長櫈往他頭頂劈落。侯通海飛足踢中他手腕，左手拳迎面擊出。陸冠英長櫈脫手，低頭讓過，侯通海已拔出了鋼叉。

程瑤迦見勢危急，縱身上前，在陸冠英腰間拔出單刀，遞在他手中。陸冠英道：「多謝！」危急中也不及想到這樣溫文嬌媚的一位姑娘，怎敢在兩人激戰之際幫他拔刀。見亮光閃閃的鋼刺戳向胸口，當即橫刀力削，噹的一聲，火花四濺，將鋼叉盪了開去，但覺虎口隱隱發痛，看來這瘋子膂力不小，單刀在手，心中稍寬。只拆得數招，兩人腳下都沾了糞便，踏得滿地都是。

初交手時侯通海心中大是惴惴，時時存著個奪門而逃的念頭，始終不敢使出全力，時刻稍長，見那鬼怪也無多大能耐，顯然妖法已爲糞便剋制，膽子漸粗，招數越來越狠辣，到後來陸冠英漸覺難以招架。

程瑤迦本來怕地下糞便骯髒，縮在屋角裏觀鬥，眼見這俊美少年就要喪命在瘋漢的鋼叉之下，遲疑了一會，終於從包裹中取出長劍，向陸冠英道：「這位相公，我……我來幫你了，對不起得緊。」她也當眞禮數周到，幫人打架，還先致歉，長劍閃動，指向侯通海背心。她是清淨散人孫不二的徒弟，使的是全眞嫡派的劍術。

這一出手，侯通海原在意料之中，雙頭鬼化身爲二，女鬼自當出手作祟。陸冠英卻又驚又喜，見她身手靈動，劍法精妙，暗暗稱奇。他本已給逼得刀法散亂，大汗淋漓，這時來了助手，精神一振。侯通海只怕女鬼厲害，初時頗爲躭心，但試了數招，見她劍術雖精，功力卻也平常，而且慌慌張張，看來不是作祟已久的「老鬼」，漸感放心，三股叉使得虎虎生風，以一人敵二鬼，兀自進攻多，遮攔少。

黃蓉在隔室瞧得心焦異常，知道鬥下去陸程二人必定落敗，有心要相助一臂之力，苦在不能現身。否則的話，戲弄這三頭蛟於她最是駕輕就熟，經歷甚豐。

只聽陸冠英叫道：「姑娘，您走罷，不用跟他糾纏了。」程瑤迦知他怕傷了自己，要獨力抵擋瘋漢，好生感激，但知他一人決計抵擋不了，搖了搖頭，不肯退下。陸冠英奮力招架，向侯通海大聲道：「男子漢大丈夫，爲難人家姑娘不算英雄。你找我姓陸的一人便是，快讓這位姑娘退出。」侯通海雖渾，此時也已瞧出二人多半不是鬼怪，但見程瑤迦美貌，自己又穩佔上風，豈肯放她，哈哈笑道：「男鬼要捉，女鬼更要拿。」鋼叉直刺橫打，極爲兇悍，總算對程瑤迦手下留情三分，否則已將她刺傷。

陸冠英急道：「姑娘，你快衝出去，陸某已極感盛情。」程瑤迦低聲道：「相公尊姓是姓陸麼？」陸冠英道：「正是，姑娘貴姓，是那一位門下？」程瑤迦道：「我師父姓孫，人稱淸淨散人。我……」她想說自己姓名，忽感羞澀，說到嘴邊卻又住口。陸冠英道：「姑娘，我纏住他，你快跑。只要陸某留得命在，必來找你，相謝今日援手之德。」程瑤迦臉上一紅，說道：「我……相公……」轉頭對侯通海道：「喂，瘋漢子，你不可傷了這位陸相公。我師父是全眞派孫眞人，她老人家就要到啦。」

全眞七子名滿天下，當日鐵腳仙玉陽子王處一在趙王府中技懾羣魔，侯通海親目所睹，聽程大小姐如此說，倒果眞有點兒忌憚，微微一怔，隨即罵道：「就是全眞派七名妖道齊來，老子也一個個都宰了！」

忽聽得門外一人朗聲說道：「誰活得不耐煩了，在這兒胡說八道？」三人本在激鬥，聽到聲音，各自向後躍開。陸冠英怕侯通海暴下毒手，拉著程瑤迦的手向後一引，橫刀擋在她身前，這才舉目外望。

只見門口站著一個青年道人，羽衣星冠，眉清目朗，手中拿著一柄拂塵，冷笑道：「誰在說要把全眞七子宰了？」侯通海右手挺叉，左手揷腰，橫眉怒目，大聲道：「是老子說的，怎麼樣？」那道人道：「好啊，你倒宰宰看。」晃身欺近，揮拂塵往他臉上掃去。

這時郭靖已收起內息，注入丹田，並不周行經絡，聽得堂上喧嘩鬥毆之聲大作，湊眼小孔去看。黃蓉道：「難道這小道士也是全眞七子之一？」郭靖卻認得這人是丘處機的徒弟尹志平，他兩年前奉師命赴蒙古向江南六俠傳書，夜中比武，自己曾敗在他手下，悄聲對黃蓉說了。黃蓉看他與侯通海拆了數招，搖頭道：「他也打不贏三頭蛟。」尹志平稍落下風，陸冠英立時挺刀上前助戰。尹志平比之當年夜鬥郭靖，武功已有長進，與陸冠英雙戰侯通海，堪堪打成平手。

程瑤迦的左手剛才爲陸冠英握了片刻，心中突突亂跳，旁邊三人鬥得緊急，她卻撫摸著自己的手，呆呆出神，忽聽嗆啷一響，陸冠英叫道：「姑娘，留神！」這才驚覺。原來侯通海在百忙中向她刺了一叉，陸冠英挺刀架開，出聲示警。程瑤迦臉上又是一紅，凝神片刻，提劍上前助戰。

程大小姐武藝雖不甚高，但三個打一個，三頭蛟終究難以抵擋。他掄叉急攻，想要衝出門去招集幫手，但尹志平的拂塵在眼前揮來舞去，只掃得他眼花撩亂，微一疏神，腿上給陸冠英砍了一刀。侯通海罵道：「操你十八代祖宗！」再戰數合，下盤越來越呆滯，鋼叉刺出，忽給尹志平拂塵捲住。兩人各自使勁，侯通海力大，一掙之下，尹志平拂塵脫手，程瑤迦一劍「斗搖星河」，刺中了他右肩。侯通海鋼叉拿捏不住，拋落在地。

尹志平乘勢而上，左腿橫掃。侯通海翻身跌倒。陸冠英忙撲上按定，解下他腰裏革帶，反手縛住。尹志平笑道：「你連全真七子的徒弟也打不過，還說要宰了全真七子？」侯通海破口大罵，說三個打一個，不是英雄好漢。尹志平撕下他一塊衣襟，塞在他嘴裏。侯通海滿臉怒容，卻已叫罵不得。

尹志平躬身向程瑤迦行禮，說道：「師姊是孫師叔門下的罷？小弟尹志平參見師姊。」程瑤迦急忙還禮，道：「不敢當。不知師兄是那一位師伯門下？小妹拜見尹師兄。」尹志平道：「小弟是長春門下。」

程瑤迦從沒離過家門，除了師父之外，全眞七子中倒有六位未曾見過，但曾聽師父說起，衆師伯中以長春子丘師伯人最豪俠，武功也最高，聽尹志平說是丘處機門人，心中好生相敬，低聲道：「尹師兄應是師兄，小妹姓程，你該叫我師妹。」

尹志平見這師妹扭扭捏捏的，那裏像個俠義道，不禁暗暗好笑，和她叙了師門之誼，隨即與陸冠英厮見。

陸冠英說了自己姓名，卻不提父親名號。尹志平道：「這瘋漢武藝高強，不知是甚麼來歷，倒放他不得。」陸冠英道：「待小弟提出去一刀殺了。」他是太湖羣盜的首領，殺個把人渾不當一回事。程瑤迦心腸軟，忙道：「啊，別殺人。」尹志平笑道：「不殺也好。程師妹，你到這裏有多久了？」程瑤迦臉一紅，道：「小妹剛到。」

尹志平向兩人望了一眼，見二人神情親暱，心想：「看來這兩人是對愛侶，我別在這裏惹厭，說幾句話就走。」說道：「我奉師父之命，到牛家村來尋一個人，要向他報個急訊。小弟這就告辭，後會有期。」說著一拱手，轉身欲行。

程瑤迦臉上羞紅未褪，聽他如此說，卻又罩上了一層薄暈，低聲道：「尹師兄，你尋誰啊？」尹志平微一遲疑，心想：「程師妹是本門中人，這姓陸的既與她同行，也不是外人，說亦無妨。」便道：「我尋一位姓郭的朋友。」

此言一出，一堵牆的兩面倒有四個人同感驚訝。

陸冠英道：「此人可是單名一個靖字？」尹志平道：「是啊，陸兄也認得這位郭朋友嗎？」陸冠英道：「小弟也正是來尋訪郭師叔。」尹志平與程瑤迦齊道：「你叫他師叔？」陸冠英道：「家嚴與他同輩，是以小弟稱他師叔。」陸乘風與黃蓉同輩，郭靖與黃蓉是未婚夫妻，因此陸冠英便尊他爲師叔。程瑤迦不語，心中大是關切。

尹志平忙問：「你見到他了麼？他在那裏？」陸冠英道：「小弟也是剛到，正要打聽，卻撞上這個瘋漢，平白無端的動起手來。」尹志平道：「好！那麼咱們同去找罷。」

三人相偕出門。

黃蓉與郭靖面面相覷，只是苦笑。郭靖道：「他們必定又會回來，蓉兒，你打開櫥門招呼。」黃蓉嘆道：「那怎使得？這兩人來找你，必有要緊之事。你在養傷，一分心那還了得？」郭靖道：「是啊，必是十分要緊之事。你快想個法子。」黃蓉道：「就算天塌下來，我也不開門。」

果然過不多時，尹志平等三人又回到店中。陸冠英道：「在他故鄉竟也問不到半點頭緒，這便如何是好？」尹志平道：「不知陸兄尋這位郭朋友有何要緊之事，可能說麼？」陸冠英本不想說，卻見程瑤迦臉上一副盼望的神色，只覺難以拒卻，便道：「此事一言難盡，待小弟掃了地下的髒物，再向兩位細說。」

這小酒店中也無掃帚簸箕，尹陸兩人只得拿些柴草，將滿地穢物略加擦掃。

三人在桌旁坐下。陸冠英正要開言，程瑤迦道：「且慢！」走到侯通海身旁，用劍割下他衣上兩塊衣襟，要塞住他的雙耳，低聲道：「不讓他聽。」陸冠英讚道：「姑娘好細心。這瘋漢來歷不明，咱們的話可不能讓他聽了去。」

黃蓉在隔室暗暗發笑：「我們兩人在此偷聽，原是難防，但內堂還躺著個歐陽克，你們三人竟也懵然不知，還說細心呢。」

程大小姐從未在江湖上行走；尹志平專學師父，以豪邁粗獷爲美；陸冠英在太湖發號施令慣了，向來不留神細務，三人談論要事，竟未先行在四周查察一遍。

程瑤迦俯身見侯通海耳朵已遭撕去，怔了一怔，將布片塞入他耳孔之中，微微含笑，向陸冠英道：「現下可以說啦。」

陸冠英遲疑道：「唉！這事不知該從何說起。我是來找郭師叔，按理說，那是萬萬不該來找他的，可又不得不找。」尹志平道：「這倒奇了。」陸冠英道：「是啊，我找郭師叔，原本也不是為了他的事，是為了他的六位師父。」尹志平一拍桌子，大聲道：「江南六怪？」陸冠英道：「正是。」尹志平道：「啊哈，陸兄此來所為何事，只怕與小弟不謀而合。咱倆各在地下書寫一個人的名字，請程師妹瞧瞧是否相同。」陸冠英尚未回答，程瑤迦笑道：「好啊，你們兩人背向背的書寫。」

尹志平和陸冠英各執一根柴梗，相互背著在地下劃了幾劃。

尹志平笑道：「程師妹，我們寫的字是否相同？」程瑤迦看了兩人在地下所劃的痕跡，低聲道：「尹師兄，你猜錯啦，你們劃的不同。」尹志平「咦」了一聲，站起身來。程瑤迦笑道：「你寫的是『黃藥師』三字，他卻畫了一枝桃花。」

黃蓉心頭一震：「他二人來找靖哥哥，怎麼都跟我爹爹相關？」

只聽陸冠英道：「尹師兄寫的，是我祖師爺的名諱，小弟不敢直書。」尹志平一怔，道：「是你祖師爺？嗯，咱們寫的其實相同。黃藥師不是桃花島島主嗎？」程瑤迦道：「噢，原來如此。」尹志平道：「陸兄既是桃花島門人，那麼找江南六怪是要不利於他們了。」陸冠英道：「那倒不是。」尹志平見他吞吞吐吐，欲言又止，心中不喜，說道：「陸兄既不當小弟是朋友，咱們多談無益，就此告辭。」站起身來，轉身便走。陸冠英忙道：「尹師兄留步，小弟有下情相告，還要請師兄援手。」尹志平最愛別人有求於他，喜道：「好罷，你說便是。」

陸冠英道：「尹師兄，你是全眞門人，傳訊示警，叫人見機提防，原是俠義道份所當爲。但若貴派師長要去加害無辜，你得知訊息，卻該不該去叫那無辜之人避開呢？」尹志平一拍大腿，道：「是了，你是桃花島門人，其中果然大有爲難之處，你倒說說看。」陸冠英道：「此事小弟倘若袖手不管，那是不義；倘若管了，卻又是背叛師門。小弟雖有事相求師兄，可又不能開口。」

尹志平已大致猜中了他心事，但他既不肯明言，實不知如何相助，伸手搔頭，神色頗感爲難。

程瑤迦卻想到了一個法子。閨中女兒害羞，不肯訴說心事，母親或姊妹問起，只用點頭或搖頭相答，雖不夠直截了當，但最後也總能吐露心事。比如母親問：「孩兒，你意中人是張三哥麼？」女兒搖頭。又問：「是李四郎麼？」女兒又搖頭。再問：「那定是王家表哥啦。」女兒低頭不作聲，那就對了。當下程瑤迦說道：「尹師哥，請你問陸大哥，說對了，他點頭，不對就搖頭。只消他一句話也不說，就不能說是背叛師門。」

尹志平喜道：「師妹這法兒甚妙。陸兄，我先說我的事。我師父長春眞人無意中聽到訊息，得知桃花島主惱恨江南六怪，要殺他六家滿門。我師父搶在頭裏，趕到嘉興去報訊，六怪卻不在家，出門遊玩去了。於是我師父叫六怪家人分頭躲避，黃島主來到之時，竟沒找到一人。他沖沖大怒，空發了一陣脾氣，折而向北，後來就不知如何。你可知道麼？」陸冠英點點頭。

尹志平道：「嗯，看來黃島主仍在找尋六怪。我師父和六怪本有過節，但一來這過節已經揭開，而且跟他們交了朋友，二來佩服六怪急人之難，心中頗感激他們的高義，三來覺得此事六怪並沒不是。正好全眞七子適在江南聚會，於是大夥兒分頭尋訪六怪，叫他們小心提防，最好是遠走高飛，莫讓你祖師爺撞到，否則不免枉自送了性命。你說這該是不該？」陸冠英連連點頭。

黃蓉尋思：「靖哥哥既已到桃花島赴約，爹爹何必再去找六怪算帳？」她卻不知父親聽了靈智上人的謊言，以爲她已命喪大海，傷痛之際，竟遷怒在六怪身上。

只聽尹志平又道：「尋訪六怪不得，我師父便想到了六怪的徒兒郭靖，他是臨安府牛家村人氏，有八成已回到了故鄉，於是派小弟到這兒來探訪於他，想來他必知六位師父在何方。你來此處，爲的也是此事了？」陸冠英又點了點頭。

尹志平道：「豈知郭兄卻未曾回家。我師父對六怪可算得是仁至義盡，但尋他們不到，這也無法可想了，看來黃島主也未必找他們得著。陸兄有事相求，是與此事有關麼？」陸冠英點了點頭。尹志平道：「陸兄有何差遣，但說不妨。但教小弟力之所及，自當效勞。」陸冠英不語，神色頗為尷尬。

程瑤迦笑道：「尹師哥你忘啦。陸相公是不能開口直說的。」尹志平笑道：「正是。陸兄是要小弟留在這村中等候郭兄麼？」陸冠英搖頭。尹志平道：「那是要小弟急速去尋訪江南六怪和郭兄了？」陸冠英又搖頭。尹志平道：「啊，是了。陸兄要小弟在江湖上傳言出去。那六怪是江南人氏，聲氣廣通，諒來不久便可得訊。」陸冠英又再搖頭。尹志平接連又猜了七八件事，陸冠英始終搖頭。程瑤迦幫著猜了兩次，也沒猜對。不但尹志平急了，連隔室的黃蓉聽得也急了。

三人僵了半晌。尹志平強笑道：「程師妹，你慢慢跟他磨菇罷，打啞謎兒的事我幹不了。我出去走走，過一個時辰再來。」說著走出門外。堂上除了侯通海外，只賸下陸程二人。

程瑤迦低下頭去，過了一會，見陸冠英沒有動靜，偷眼瞧他，正好陸冠英也在看她。兩人目光相接，急忙避開。程瑤迦又羞得滿臉通紅，低垂粉頸，雙手玩弄劍柄上的絲縧。

陸冠英緩緩站起身來，走到灶邊，對灶頭上畫著的灶神說道：「灶王爺，小人有一番心事，苦於不能向人吐露，只好對你言明，但願神祇有靈，佑護則個。」

程瑤迦暗讚：「好聰明的人兒。」抬起了頭，凝神傾聽。

只聽他說道：「小人陸冠英，是太湖西畔歸雲莊陸莊主之子。家父名諱，上『乘』下『風』。我父親拜桃花島黃島主爲師。數日之前，祖師爺來到莊上，說道要殺江南六怪的滿門良賤，命我父及師伯梅超風幫同尋找六怪下落。梅師伯和六怪有深怨大仇，正是求之不得。我父卻知江南六俠心存忠義，乃響噹噹的英雄好漢，殺之不義。何況我爹與六俠的徒兒郭師叔結交爲友，此事不能袖手。他聽了祖師爺的吩咐，不由得好生爲難，有心要差遣小人傳個訊去，叫江南六俠遠行避難，卻又是不該背叛師門。那日晚上，我爹爹仰天長嘆，喃喃自語，吐露了心事。小人在旁聽見，心想爲父分憂，乃是盡孝，祖師爺與小人卻終究已隔了一層，於是連夜趕來尋找六俠報訊。」

黃蓉與程瑤迦心想：「原來他是學他父親掩耳盜鈴的法子，明明要人聽見，卻又不肯擔當背叛師門的罪名。」卻聽他又道：「六俠尋訪不著，我就想起改找他們的弟子郭師叔，可是他也不知到了何處。郭師叔是祖師爺的女婿……」

程瑤迦忍不住「啊」的一聲低呼，忙即伸手掩口。她先前對郭靖朝思暮想，自覺一往情深，殊不知只是少女懷春，心意無託，於是聊自遣懷，實非眞正情愛，只是自己不知而已。今日見了陸冠英，但覺他風流俊雅，處處勝於郭靖，這時聽到他說郭靖是黃藥師女婿，心頭雖不免一震，卻絲毫不生自憐自傷之情，只道自己胸懷爽朗，又想當日在寶應早見郭黃二人神態親密，此事原不足異，其實不知不覺之間，一顆芳心早已轉在別人身上了。

陸冠英聽得程瑤迦低聲驚呼，極想回頭瞧她臉色，終於強行忍住，心想：「我若見到她在聽我說話，那就萬萬不能再說下去。那日爹爹對天自言自語，始終未曾望我一眼。現下我是在對灶王爺傾訴，她若聽見，那是她自行偷聽，我可管不著。」接著說道：「但教找到了郭師叔，他自會與黃師姑向祖師爺求情。祖師爺性子再嚴，女兒女婿總是心愛的，總不能非殺了女婿的六位師父不可。但爹爹言語之中，卻似郭師叔和黃師姑已遭到了甚麼大禍，眞相如何，卻又不便詢問爹爹。」

黃蓉聽到這裏，心想：「難道爹爹知道靖哥哥此刻身受重傷？不，他決不能知道。多半他是得知了我們流落荒島之事。」

陸冠英又道：「尹師兄爲人熱腸，程小姐又十分聰明和氣……」（程瑤迦聽他當面稱讚自己，又高興，又害羞）「……可是我心中的念頭太過異想天開，自是教人難以猜到。我想江南六俠是成名的英雄好漢，雖武功不如祖師爺，但要他們遠行避禍，豈不是擺明了怕死？這等行逕，料來決不肯幹。倘若這事傳聞開了，他們得到消息，只怕非但不避，反要尋上祖師爺來啦！豈不是救人倒變成害人？」黃蓉暗暗點頭，心想陸冠英不愧是太湖羣雄之首，深知江湖好漢的性子。

又聽他道：「我想全眞七子俠義爲懷，威名旣盛，武功又高，尹師兄和程小姐若肯求懇他們師尊出頭排解，祖師爺總得給他們面子。祖師爺跟江南六俠未必眞有甚麼深仇大怨，總是六俠有甚麼言語行事得罪了他，只須有頭臉的人物出面說合，諒無不成之理。灶王爺，小人的爲難之處，乃是空有一個主意，卻不能說給有能爲的人知曉，您老人家神通廣大，上通天庭，請您瞧著辦罷。」說畢，向灶君菩薩連連作揖。

程瑤迦聽他說畢，急忙轉身，要去告知尹志平，剛走到門口，卻聽陸冠英又說起話來：「灶王爺，全眞七子如肯出頭排解，自是一件極大的美事，只是七子說合之際，須得恭恭敬敬才是，千萬不能自以爲是，得罪了我祖師爺。否則一波未平，一波又起，那可糟了。我跟您說的話，到此爲止，再也沒有啦。」

程瑤迦嫣然一笑，心道：「你說完了，我給你去辦就是。」便出店去找尹志平，在村中打了個轉，不見影蹤，轉身又走回來，忽聽尹志平低聲叫道：「程師妹！」從牆角處探身出來招手。程瑤迦喜道：「啊！在這裏。」

尹志平做個手勢叫她噤聲，向西首指了指，走到她身邊，低聲道：「那邊有人，鬼鬼祟祟的探頭探腦，身上都帶著兵刃。」程瑤迦心中只想著陸冠英說的話，對這事也不以爲意，道：「只怕是過路人。」尹志平卻臉色鄭重，低聲道：「那幾個人身法好快，武功可高得很呢。可須得小心在意。」

他見到的正是彭連虎等人。他們久等侯通海不回，料想他必已遇險，這些人想到昨晚皇宮中扮鬼之人的身手，誰敢前去相救？忽然見到尹志平，立時遠遠躲開。

尹志平候了一陣，見前面再無動靜，慢慢走過去看時，那些人已影蹤全無。程瑤迦把陸冠英的話轉述了一遍。尹志平笑道：「原來他是這個心思，怎教人猜想得到？程師妹，你去向孫師叔求懇，我去跟師父說就是。只要全眞七子肯出面，天下又有甚麼事辦不了？」程瑤迦道：「不過這件事可不能弄糟。」接著將陸冠英最後幾句話也說了。尹志平冷笑道：「哼，黃藥師又怎麼了，他強得過全眞七子麼？」程瑤迦想出言勸他不可傲慢，但見他神色峭然，話到口邊，又縮了回去。

兩人相偕回店。陸冠英道：「小弟這就告辭。兩位他日路經太湖，務必請到歸雲莊來盤桓數日。」程瑤迦見他就要分別，大感不捨。可是滿腔情意綿綿，卻又怎敢稍有吐露？

尹志平背轉身子，對著灶君說道：「灶王爺，全眞教最愛給人排難解紛。江湖上有甚麼不平之事，但教讓全眞門下弟子知曉，決不能袖手不理。」陸冠英知道這幾句話是說給自己聽的，說道：「灶王爺，盼你保佑此事平平安安的了結，弟子對出力的諸君子永感大德。」尹志平道：「灶王爺，你放心，全眞七子威震天下，只要他們幾位肯出手，憑他潑天大事，也決沒辦不成的。」

陸冠英一怔，尋思：「全眞七子倘若恃強說合，我祖師爺豈能服氣？」忙道：「灶王爺，你知道，我祖師爺平素獨來獨往，不理會旁人。人家跟他講交情，他是肯聽的，跟他說道理，他老人家可最厭煩了！」

尹志平道：「哈哈，灶王爺，全眞七子還能忌憚別人嗎？此事原本跟我們毫不相干，我師父也只叫我給人報個訊息，但若惹到全眞教頭上，管他黃藥師、黑藥師，全眞教自然有得叫他好看的。」陸冠英氣往上沖，說道：「灶王爺，弟子適才說過的話，你只當是夢話。要是有人瞧不起我們，天大的人情我們也不領。」

兩人背對著背，都是向著灶君說話，可是你一言我一語，針鋒相對，越說越僵。程瑤迦欲待相勸，但兩人都年少氣盛，性急口快，竟插不下嘴去。

只聽尹志平道：「灶王爺，全眞派武功是天下武術正宗，別的旁門左道功夫，就算再了不起，又怎能跟全眞派較量？」陸冠英道：「灶王爺，全眞派武功我也久聞其名，全眞教中高手固然不少，可是也未必沒狂妄浮誇之徒。」

尹志平大怒，伸手出掌，將灶頭打塌了一角，瞪目喝道：「好小子，你罵人。」

砰的一聲，陸冠英將灶頭的另外一角也一掌打塌，喝道：「我豈敢罵你？我是罵目中無人的狂徒。」

尹志平剛才見過他的武藝，知道不及自己，心中有恃無恐，冷笑一聲，說道：「好啊，咱們這就比劃比劃，瞧瞧到底是誰目中無人了。」陸冠英明知不敵，卻是恨他輕侮師門，到此地步自是騎虎難下，拔出單刀，左手一拱，說道：「小弟領教全眞派的高招。」

程瑤迦大急，淚珠在眼眶中滾來滾去，數次要上前攔阻，卻總是無此膽量魄力，只見尹志平拂塵揚起，踏步進招，兩人便即鬥在一起。陸冠英不求有功，但求無過，使開枯木禪師所授的羅漢刀法，緊緊守住門戶。尹志平一上手立即搶攻，那知對方刀沉力猛，自己輕敵冒進，左臂險爲單刀砍中，心頭一凜，忙凝神應戰，展開師授心法，意定神閒，步緩手快，這才逐步搶到上風。陸冠英這個月來得了父親指點，修爲已突飛猛進，但畢竟時日太短，敵不住長春子門下的嫡傳高弟。

黃蓉在小鏡中觀看二人動手，見尹志平漸佔先著，心中罵道：「你這小雜毛罵我爹爹，若不是靖哥哥受傷，教你嘗嘗我桃花島旁門左道的手段。啊喲，不好！」見陸冠英揮刀砍出，招術使得老了，給尹志平拂塵向外引開，倒轉把手，迅捷異常的在他臂彎裏一點。陸冠英手臂酸麻，單刀脫手。尹志平得理不容情，唰的一拂塵往他臉上掃去，口中叫道：「這是全眞派的高招，記住了！」他拂塵的拂子是馬鬃中夾著銀絲，這一下只要掃中了，陸冠英臉上非鮮血淋漓不可。

陸冠英急忙低頭閃避，拂塵卻跟著壓將下來，卻聽得一聲嬌呼：「尹師哥！」程瑤迦舉劍架住。陸冠英乘隙躍開，拾起地下單刀。

尹志平冷笑道：「好啊，程師妹幫起外人來啦。你兩口子齊上罷。」程瑤迦滿臉通紅，急道：「你……你……」尹志平唰唰唰接連三招，將她逼得手忙腳亂。陸冠英見她勢危，提刀又上，登時成了以二敵一。程瑤迦不願與師兄對敵，垂劍躍開。尹志平叫道：「來啊，他一個人打不過我，省得你一會兒又來相幫。」

黃蓉見三人如此相鬥，甚是好笑，正想這一場官司不知如何了結，忽聽門聲響動，彭連虎、沙通天等擁著完顏洪烈、楊康一齊進來。原來他們等了良久，畢竟沙通天同門關心，大著膽子悄悄過來探視，見店中兩人正自相鬥，武藝也只平平。他待了半晌，見確無旁人，但一人勢孤，終究不敢入內，約齊衆人，闖進門來。

尹陸二人見有人進來，立時躍開罷鬥，未及出言喝問，沙通天晃身上前，雙手分抓，已拿住了二人手腕。彭連虎俯身解開了侯通海手上綁帶。

侯通海彆了半日，早已氣得死去活來，不等取出口中布片，喉頭悶吼，連連揮掌往程瑤迦臉上劈去。程瑤迦繞步讓過。侯通海紫脹了臉皮，雙拳直上直下的猛打。彭連虎連叫：「且慢動手，問明白再說。」侯通海口中耳中兀自塞了布片，那裏聽見？

陸冠英腕上脈門爲沙通天扣住，只覺半身酸麻，動彈不得，見程瑤迦情勢危急，侯通海形同瘋虎，轉眼就要遭他毒手，也不知忽然從那裏來了一股大力，一掙便掙脫了沙通天的掌握，猛往侯通海縱去。他人未躍近，給彭連虎一下彎腿鉤踢，撲地倒了。彭連虎抓住他的後領提了起來，喝問：「你是誰？那裝神弄鬼的傢伙那裏去了？」

忽聽得呀的一聲，店門緩緩推開，衆人一齊回頭，卻無人進來。彭連虎等不自禁的心頭都感到一陣寒意，忽見一個蓬頭散髮的女子在門口一探。梁子翁和靈智上人跳起身來，齊聲驚呼：「不好，有女鬼！」彭連虎卻看清楚只是個尋常鄉姑，喝道：「進來！」

傻姑笑嘻嘻的走了進來，伸了伸舌頭，說道：「啊，這麼多人。」

梁子翁先前叫了一聲「有女鬼」，這時卻見她衣衫襤褸，傻裏傻氣，是個鄉下貧女，不禁老羞成怒，縱身上前，叫道：「你是誰？」伸手去拿她手臂。豈知傻姑手臂疾縮，反手便是一掌，正是桃花島武學「碧波掌法」，她所學雖然不精，這掌法卻甚奧妙。梁子翁沒半點防備，啪的一聲，這一掌結結實實的打在他手背之上，落手著實不輕。梁子翁又驚又怒，叫道：「好，你裝傻！」欺身上前，雙拳齊出。傻姑退步讓開，忽然指著梁子翁的光頭，哈哈大笑。

這一笑大出衆人意料之外，梁子翁更是愕然，隔了一會，才右拳猛擊出去。傻姑舉手擋架，身子晃了幾晃，知道不敵，轉身就逃。梁子翁那容她逃走，左腿跨出，已攔住她去路，回肘後撞，迴拳反拍，傻姑鼻子上吃了一記，只痛得她眼前金星亂冒，大叫：

「吃西瓜的妹子，快出來救人哪，有人打我哪。」

黃蓉大驚，心道：「不殺了這傻姑娘，留下來果是禍胎。」突然間聽得有人輕哼一聲，這一聲雖輕，黃蓉心頭卻通的一跳，驚喜交集：「爹爹到啦！」忙湊眼到小孔觀看，果見黃藥師臉上罩著人皮面具，站在門口。

他何時進來，衆人都沒見到，似是剛來，又似乎比衆人先進屋子，一見到他那張木然不動、沒半點表情的臉，都感全身不寒而慄。他這臉既非青面獠牙，又無惡形怪狀，但實在不像一張活人的臉。

適才傻姑只與梁子翁拆了三招，但黃藥師已瞧出她是本門弟子，好生疑惑，問道：「姑娘，你師父是誰？他到那裏去啦？」傻姑搖了搖頭，看著黃藥師這張怪臉，呆了一呆，忽然拍手大笑。黃藥師眉頭微皺，料定她若非自己的再傳弟子，也必與本門頗有淵源。他最愛護短，決不容許別人欺侮本門弟子，梅超風犯了叛師大罪，但一敗於郭靖之手，他便出而相護，何況傻姑這天眞爛漫的姑娘？說道：「傻孩子，人家打了你，你怎不去打還呀？」

日前黃藥師到船上查問女兒下落之時，未戴面具，這次面目不同，衆人都未認出，但一聽到他語音，完顏洪烈、楊康、彭連虎等三人已隱約猜到是他。彭連虎知道在這魔頭手下決然討不了好去，只怕昨晚在皇宮中遇到的便是此人，打定主意決不和他動手，一有機會，立即三十六著走為上著。

傻姑道：「我打他不過。」黃藥師道：「誰說你打他不過？他打你鼻子，你也打他鼻子，一拳還三拳。」傻姑笑道：「好啊！」她也不想梁子翁本領遠勝於己，走到他面前，說道：「你打我鼻子，我也打你鼻子，一拳還三拳。」對準他鼻子就是一拳。

梁子翁舉手便擋，忽然臂彎裏「曲池穴」一痲，手臂只伸到一半，竟自伸不上去，砰的一聲，鼻子上果然吃了一拳。傻姑叫道：「二！」又是一拳。梁子翁坐腰沉胯，拔背含胸，左手平手外翻，這是擒拿法的一招高招，眼見就要將傻姑的臂骨翻得脫臼，那知手指與傻姑的手臂將遇未觸之際，上臂「臂儒穴」中一陣酸痲，這一手竟翻不出去，砰的一聲，鼻子又中了一拳。這一拳力道沉猛，打得他身子後仰，晃了幾晃。

這一來梁子翁固驚怒交迸，旁觀眾人也無不訝異。只彭連虎精於暗器聽風之術，每當梁子翁招架之際，兩次都聽到極輕的嗤嗤之聲，知是黃藥師發出金針之類微小暗器，打中了梁子翁穴道，但不見他臂晃手動，卻又如何發出。他那知黃藥師在衣袖中彈指發針，金針穿破衣袖再打敵人，無影無蹤，倏忽而至，對方那裏閃躲得了？

傻姑叫道：「三！」梁子翁雙臂不聽使喚，眼見拳頭迎面而來，只得退步閃避，不料剛欲提腳，右腿內側「白海穴」上一痲，隨即眼前火星飛舞，眼眶中酸酸的如要流淚，原來鼻子上端端正正的中了一拳，還牽動了淚穴。他想比武打敗還不要緊，淚水如果流了下來，一生聲名就此斷送，急忙舉袖擦眼，一抬臂才想到手臂已不能動，兩行淚水終於從面頰上流了下來。

傻姑見他流下眼淚，忙道：「別哭啦，你不用害怕，我不再打你就是了。」這三句勸慰之言，比之鼻上三拳，更令梁子翁無地自容，憤激之下，「哇」的一聲，吐了一口鮮血，抬頭向黃藥師道：「閣下是誰？暗中傷人，算甚麼英雄好漢？」

黃藥師冷笑道：「憑你也配問我名號？」提高聲音喝道：「通統給我滾出去！」

衆人在一旁早已四肢百骸都不自在，膽戰心驚，呆呆站在店堂之中，不知如何了局，聽他一喝，登時心下爲之大寬。彭連虎當先就要出去，只走了兩步，卻見黃藥師擋在門口，並無讓路之意，便即站定。

黃藥師罵道：「放你們走，偏又不走，是不是要我把你們一個個都宰了？」

彭連虎素聞黃藥師性情乖僻，說得出就做得到，向衆人道：「這位前輩先生叫大夥兒出去，咱們都走罷。」

侯通海這時已扯出口中布片，罵道：「給我讓開！」衝到黃藥師跟前，瞪目而視。

黃藥師毫不理會，淡淡的道：「要我讓路，諒你們也不配。要性命的，都從我胯下鑽過去罷。」

衆人面面相覷，臉上均有怒容，心想你本領再高，眼下放著這許多武林高手在此，合力與你一拚，也未必就非敗不可。侯通海怒吼一聲，向黃藥師撲了過去。

但聽得一聲冷笑，黃藥師左手已將侯通海高高提起，右手拉住他的左膀向外扯去，喀的一聲，硬生生將一條手臂連肉帶骨扯成兩截。黃藥師將斷臂與人同時往地下一丟，抬頭向天，理也不理。侯通海已痛得暈死過去，斷臂傷口血如泉湧。衆人無不失色。

黃藥師緩緩轉頭，目光逐一在衆人臉上掃過。

沙通天、彭連虎等個個都是殺人不眨眼的大魔頭，但見到黃藥師眼光向自己身上移來，無不機伶伶地打個冷戰，只感寒毛直豎，滿身起了鷄皮疙瘩。

猛然間聽他喝道：「鑽是不鑽？」衆人受他聲威鎭懾，竟不敢羣起而攻，彭連虎一低頭，首先從他胯下鑽了過去。沙通天放開尹陸二人，抱住師弟，楊康扶著完顏洪烈，最後是梁子翁和靈智上人，一一從黃藥師胯下鑽了出去。

一出店門，人人抱頭鼠竄，那敢回頭望上一眼？

注：有一位物理學教授出版一本書評論金庸小説，作者甚爲感謝，第三版修改時曾採用了這位先生的若干意見。但他認爲：大金國王子完顏洪烈對包惜弱用情深至，不合游牧民族貴族暴虐粗蠻的性格。這種見解可能有種族歧視的成分，女眞族雖初時野蠻暴虐，但其中也必可能有注重情愛之人。女眞族到滿清時有位大詞人納

蘭性德，他所寫的詞情意纏綿，雖然本人未必眞情如此，但他必能用情深至，當無可疑。滿清順治皇帝因愛紀董鄂妃逝世而出家爲僧，或爲傳說，亦可能爲眞，至少當時人普認爲滿洲人有可能愛得深切。希臘古詩人荷馬史詩《伊利亞特》中赫克托夫婦、《奧德賽》中攸里賽斯夫婦間深情重義，其時古希臘人開化未久，夫婦間卻可有如此深情，全不足怪。古英國文學中著名情侶Isolt and Tristan乃古英國人，死後合葬，墓上所植玫瑰枝條、藤葉互相纏結，非人力所能分開，此種因愛而結成「連理枝」的想像或傳說，中外俱有，不因文化之先進落後而有差別。所有未開化民族皆殘暴粗鄙，而任何野蠻民族皆有美麗深情的愛情故事。

這位教授在評論完顏洪烈深愛包惜弱爲不可能時說：「愛情是一種雙向交流的感情，不能像整流器那樣，只向一個方向流。」他又覺完顏洪烈愛包惜弱太過危險，既划不來，危險系數又太高，不可能發生，簡直是「奇蹟」，還不如去愛一幅美人畫或一座美人雕像。（不知是不是自然科學家理智的計算？）

在物理學中，力學的作用和反作用要相等，原子中負陰電的電子能量要和核子中的陽電子相等。但能量可能洩出來而造成原子爆炸或核子爆炸，即使在物理學中，不平衡的情形也會發生。生物學中如無突變的奇蹟，生物就不會進步。

在常人生活中，根據統計，大概極大多數的愛情是雙向交流的，不過統計得來的正常生活不是文學的題材。世上文學評論家公認古往今來四位最偉大的文學家是：荷馬、莎士比亞、歌德、但丁。這四位大文豪所寫的愛情，卻偏偏都是單程路的，並非雙向交流：

荷馬所寫的《伊里亞特》史詩中世界第一美人海倫，是希臘一小國國王曼納勞斯之妻，特洛城王子巴里斯（拋棄了自己的妻子Denone）勾引了她私逃。希臘大軍攻打特洛城，巴里斯出戰被殺，海倫改嫁巴里斯之弟Deïphobus。特洛城破時，海倫叛賣Deïphobus，又隨曼納勞斯王回希臘。此美女對男人之無情，可想而知。希臘神話中又有一種說法，在海倫的丈夫曼納勞斯王死後，她又嫁給了大勇士亞契力斯。

莎士比亞所寫悲劇，如《奧塞羅》、《哈姆萊特》，愛情常爲單程，不必說了。近人研究，最能表達莎士比亞眞正情感的，是他的十四行詩，他在十四行詩中抒寫他對一位皮膚稍黑的美人（Dark Lady）傾倒倍至，愛得銘心刻骨，但這個美人卻不愛他，去和他的一個漂亮的少年男朋友相好，莎士比亞迴腸蕩氣，無法可施。

歌德寫《少年維特之煩惱》（*Die Leiden des jungen Werthers*），書中主角就是他自己，抒寫的是眞事，他所深愛的女子名叫 Charlotte Butt，但她已與一個名叫 Kestner 的人訂婚，對歌德不多理睬，書中男主角以自殺告終。（歌德自己當然沒有自

殺）

但丁在廿二歲時與人訂了婚，後來便結婚。但他在九歲時見到了另一個九歲的小女孩Beatrice，就此深深的愛上了她，兩人沒有多少交往，到兩人十八歲時才相識來往，琵雅特麗絲對之不加青睞。但丁心中愛得熱烈，對方沒有反應，純粹是單相思，後來姑娘死了。但丁在他的傑作《新生》（*La Vita nuova*）中以極精采的詩歌和散文抒寫自己對她的深愛單相思，直寫到她死亡，自己深刻的哀傷。在後來更偉大的作品《神曲》（*La divina commedia*）中，但丁敘述死後從地獄經過煉獄而升到天堂的經歷，琵雅特麗絲是帶領他的天使精靈。他對這個姑娘在精神上、靈性上描寫之美，永爲世界文學中的傑作。

托爾斯泰的《安娜卡列妮娜》，法國大小說家史當達爾的《紅與黑》，英國大小說家哈代的《還鄉》等等，寫的都是單向愛情。

我國古詩〈華山畿〉、詩經中的〈氓之蚩蚩〉、曹植的〈感甄賦〉、杜甫的〈佳人〉、李商隱的〈錦瑟〉，以及《西廂記》、《琵琶記》，這些千古名作，那一篇不是抒寫單向愛情呢？

在文學中，愛情似乎並不計算是否划得來，危險系數有多大。偉大文學固然如此，像《射鵰英雄傳》這種「低級文學」或「不算文學」也是這樣。

這位評論者又認爲，「遊牧民族入主中原後的統治者常淫欲無度」，因爲一方面他們保持了原有的生活習慣和「壯健身體」，又沒有中原的禮教文化束縛，不怕去做「駭人聽聞的醜事」。他說金朝完顏洪烈的前輩完顏亮就是最好的例子，此人荒淫無恥之極，完顏洪烈在他的「性欲狂」前輩的影響之下，絕不可能對包惜弱如此款款深情，「實在難以令人理解」，即使是「童話」，也不可以。

其實完顏洪烈是一個虛構人物，他父親章宗書畫俱精，能詩能詞，所寫的瘦金體書法與宋徽宗幾乎沒分別，他母親楊后擅畫。可見他的文化傳統並不弱於中原的讀書人。完顏亮荒淫無恥沒問題，但他的詩詞作得也甚佳，如〈過汝陰作〉七律：「門掩黃昏綠染苔，那回踪跡半塵埃，空庭日暮烏爭笑，幽徑草深人未來，數仞假山當户牖，一池春水繞樓台，繁花不識興亡地，猶倚欄干次第開。」豈非用情深至？令人低迴？

而且荒淫無恥與文化修養並無多大關係，隋煬帝夠荒淫無恥了，而他的詩也的確作得極好。南唐李後主、唐玄宗文化修養該算極高了，他們的愛情生活也未必合於現代化科學家的理想。

陸冠英點亮蠟燭，燭光下見程大小姐雲鬢如霧，香腮勝雪，難描難言。黃藥師卻不再説話，心中想著女兒，暗自神傷。陸程二人偷眼瞧瞧黃藥師，又互相對望一眼，驚喜尷尬，面紅耳赤。

第二十五回　荒村野店

黃藥師仰天一笑，說道：「冠英和這位姑娘留著。」陸冠英早知是祖師爺到了，但見他戴著面具，只怕他不願露出行藏，當下不敢稱呼，只恭恭敬敬的跪下拜了四拜。

尹志平見了黃藥師這般威勢，心知此人非同小可，躬身說道：「全眞教長春門下弟子尹志平拜見前輩。」黃藥師道：「人人都滾了出去，我又沒教你留著。還在這兒，是活得不耐煩了？」尹志平一怔，道：「弟子是全眞教長春門下，並非奸人。」

黃藥師道：「全眞教便怎地？」順手在桌上抓落，抓下了板桌上一塊木塊，臂不動，手不揚，那木塊已輕飄飄的向尹志平迎面飛去。尹志平忙舉拂塵擋格，那知這小小木塊竟如是根金剛巨杵，只覺一股大力撞來，勢不可當，連帶拂塵一齊打在他口旁，一陣疼痛，嘴中忽覺多了許多物事，急忙吐在掌中，卻是幾顆牙齒，滿手鮮血，不禁又驚又怕，作聲不得。

黃藥師冷冷的道：「我便是黃藥師、黑藥師，你全眞派要我怎樣好看了啊？」

此言一出，尹志平和程瑤迦固然大吃一驚，陸冠英也膽戰心寒，暗想：「我跟這小道士剛才鬥口，都讓祖師爺給聽去啦。我先前對灶王爺所說的話，倘若也給他聽見了，那……那可……只怕連爹爹也……」不由得背上冷汗直冒。

尹志平手扶面頰，叫道：「你是武林的大宗師，何以行事如此乖張？江南六俠是俠義之人，你憑甚麼要苦苦相逼？若不是我師父傳了消息，他六門老小，豈不是都給你殺了？」黃藥師怒道：「怪道我遍尋不著，原來是有羣雜毛從中多事。」尹志平又叫又跳，說道：「你要殺便殺，我偏不怕你。」黃藥師冷冷的道：「你背後罵得我好？」

尹志平豁出了性命不要，叫道：「我當面也罵你，你這妖魔邪道，你這怪物！」

黃藥師成名以來，不論黑道白道的人物，那一個敢當面有些少冒犯？給尹志平如此放肆辱罵，那是他近數十年來從未遇過之事。自己適才對付侯通海的狠辣手段，他明明親見，居然仍這般倔強，委實大出意料之外，這小道士骨頭硬、膽子大，倒與自己少年時候性子相似，不禁起了相惜之意，踏上一步，冷冷的道：「你有種就再罵一句。」

尹志平叫道：「我不怕你，偏要罵你這妖魔老怪。」

陸冠英暗叫：「不妙，小道士這番難逃性命。」喝道：「大膽畜生，竟敢冒犯我祖師爺。」舉刀向他肩頭砍去。他這一刀卻是好意，心想祖師爺受他如此侮辱，下手怎能容情？只要一出手，十個尹志平也得當場送命，但若自己將他砍傷，倒或能使祖師爺消氣，饒了小道士的性命。尹志平躍開兩步，橫眉怒目，喝道：「我今日不想活啦，偏偏要罵個痛快。」陸冠英有心要將他砍傷，好救他一命，又揮刀橫斫。噹的一聲，程瑤迦仗劍架開，叫道：「我也是全眞教門下，要殺便將我們師兄妹一起殺了。」

這一著大出尹志平意料之外，不自禁的叫道：「程師妹，好！」兩人並肩而立，眼睁睁的望著黃藥師。這一來，陸冠英也不便再行動手。

黃藥師哈哈大笑，說道：「好，有膽量，有骨氣。我黃老邪本來就是邪魔外道，說是旁門左道，也沒算罵錯了。你師父尙是我晚輩，我豈能跟你小道士一般見識？去罷！」忽地伸手，一把將尹志平當胸抓住，往外甩出。尹志平身不由主的往門外飛去，滿以爲這一交必定摔得不輕，那知雙足落地，居然好端端的站著，竟似黃藥師抱著他輕輕放在地下一般。他呆了半晌，心道：「好險！這老怪手下留情。」他膽子再大，終究也不敢再進店去罵人了，摸了摸腫起半邊的面頰，轉身便走。

程瑤迦還劍入鞘，也待出門，黃藥師道：「慢著。」伸手撕下臉上人皮面具，問道：「你願意嫁給他爲妻，是不是？」說著向陸冠英一指。

程瑤迦吃了一驚，霎時間只嚇得臉色雪白，隨即紅潮湧上，不知所措。

黃藥師道：「你那小道士師兄罵得好，說我是邪魔怪物。桃花島主東邪黃藥師，江湖上誰不知聞？黃老邪生平最恨的是虛僞禮法，最惡的是僞聖假賢，這些都是欺騙愚夫愚婦的東西，天下人世世代代入其彀中，懵然不覺，當眞可憐亦復可笑！我黃藥師偏不信這吃人不吐骨頭的禮教，人人說我是邪魔外道，哼！我這邪魔外道，比那些滿嘴仁義道德、行事男盜女娼的混蛋，害死的人只怕還少幾個呢！」程瑤迦不語，心中突突亂跳，不知他要怎生對付自己。

只聽他又道：「你明明白白對我說，是不是想嫁給我這徒孫。我喜歡有骨氣、性子爽快的孩子。剛才那小道士在背後罵我，倘若當我面便不敢罵了，反而跪下哀求，你瞧我殺不殺他？哼，你在危難之中挺身而出，竟敢去幫小道士，人品是不錯的，很配得上我這徒孫，快說罷！」程瑤迦心中十分願意，可是這種事對自己親生父母也說不出口，豈能向一個初次會面的外人明言，更何況陸冠英就在身旁？只窘得她一張俏臉如玫瑰花瓣兒一般。

黃藥師見陸冠英也低垂了頭，心中忽爾想起了女兒，嘆了一口氣，道：「如果你們兩相情願，我就成就了這樁美事。唉，兒女婚姻之事，連父母也是勉強不來的。」想到當日倘若好好允了女兒與郭靖的親事，愛女就未必會慘死大海，心中一煩，厲聲道：

「冠英，別給我拖泥帶水的，到底你要不要她做媳婦？」

陸冠英嚇了一跳，忙道：「祖師爺，孫兒只怕配不上這位……」黃藥師喝道：「配得上的！你是我的徒孫，就是皇帝的姑母也配得上！」陸冠英見了祖師爺的行事，知道再不爽爽快快的，眼下就有一場大苦頭吃，忙道：「孫兒是千情萬願。」黃藥師微微一笑，道：「好。姑娘，你呢？」

程瑤迦聽了陸冠英這話，心頭正自甜甜的，又聽黃藥師相問，低下頭來，半晌方道：「那得要我爹爹作主。」黃藥師道：「甚麼父母之命，媒妁之言，直是狗屁不通，我偏要作主！你爹爹要是不服，叫他來找我比劃比劃。」程瑤迦微笑道：「我爹爹只會算帳寫字，不會武功。」黃藥師一怔，道：「比算帳寫字也行啊！哼，講到算數，天下有誰算得過我了？你爹爹寫的字，及得上我的書法嗎？快說，你願不願意？」程瑤迦仍是不語。黃藥師道：「好，那麼你是不願的了，這個也由得你。咱們說一句算一句，黃老邪可向來不許人反悔。」

程瑤迦偷眼向陸冠英望了一望，見他神色焦急，心想：「爹爹最疼愛我了，我要姑媽跟爹爹說了，你再請人來求親，他必應允，你何必如此慌張？」

黃藥師站起身來，喝道：「冠英，跟我找江南六怪去！日後你再跟這個姑娘說一句話，我把你們兩人舌頭都割了。」

陸冠英嚇了一跳，知道祖師爺言出必行，可不是玩的，忙走到程瑤迦跟前，作了一揖，說道：「小姐，陸冠英武藝低微，無才無學，身在草莽，原本高攀不上，只今日得與小姐相會，卻是有緣……」程瑤迦低頭道：「公子不必太謙，我……我不是……」隨即聲息全無。陸冠英心中一動，想起她曾出過那點頭搖頭的主意，說道：「小姐，你如嫌棄陸某，那就搖搖頭。」此話說罷，心中怦怦亂跳，雙眼望著她一頭柔絲，生怕她這個千嬌百媚的腦袋竟會微微一動。

過了半晌，程瑤迦自頂至腳，連手指頭也沒半根動彈。陸冠英大喜，說道：「姑娘既然允了，就請點點頭。」那知程瑤迦仍木然不動。陸冠英固然焦急，黃藥師更加大不耐煩，說道：「又不搖頭，又不點頭，那算甚麼？」又過良久，程瑤迦輕聲道：「不搖頭，就……就……是點頭了……」這幾個字聲若蚊鳴，也虧得黃藥師內功深湛，耳音極佳，才總算聽到了，倘若少了幾年修爲，也只能見到她嘴唇似動非動而已。

黃藥師哈哈大笑，說道：「王重陽一生豪氣干雲，卻收了這般扭扭捏捏的一個徒孫，當眞好笑。你的祖師爺跟我齊名，你們倆門當戶對。好，好，今日我就給你們成親。」陸程二人都嚇了一跳，望著黃藥師說不出話來，卻聽他問道：「那傻姑娘呢？我要問問她師父是誰。」三人環顧堂中，傻姑已不知去向。

黃藥師道：「現下不忙找她。冠英，你就跟程姑娘在這裏拜天地成親。」陸冠英道：「祖師爺恁地愛惜孫兒，孫兒當眞粉身難報，只是在此處成親，似乎過於倉卒……」黃藥師喝道：「你是桃花島門人，難道也守世俗的禮法？來來來，兩人並排站著，向外拜天！」

這話聲之中，自有一股令人不可抗拒的威嚴，程瑤迦到了這個地步，只得與陸冠英並肩而立，盈盈拜將下去。黃藥師道：「向內拜地！……拜你們的祖師爺啊……好好，痛快，痛快！夫妻兩人對拜！」

這齣好戲在黃藥師的喝令下逐步上演，黃蓉與郭靖在鄰室一直瞧著，又驚又喜，又覺好笑，只聽黃藥師又道：「妙極！冠英，你去弄一對蠟燭來，今晚你們洞房花燭。」

陸冠英一呆，叫道：「祖師爺！」黃藥師道：「怎麼？拜了天地之後，不就是洞房麼？你夫妻倆都是學武之人，難道洞房也定要繡房錦被？這破屋柴鋪，就做不得洞房？」

陸冠英不敢作聲，心中七上八下，又驚又喜，依言到村中討了一對紅燭，買了些白酒黃鷄，與程瑤迦在廚中做了，服侍祖師爺飲酒吃飯。

此後黃藥師再不說話，只仰起了頭，心中想著女兒，暗自神傷。黃蓉瞧著他的神情，料想是在記掛著自己，心中難受，幾番要開門呼叫，卻怕給父親一見到，便即抓了自己回桃花島去，他縱然不殺郭靖，郭靖這條命卻也就此送了，這麼一想，伸到門上的手又縮了回來。陸程二人偷偷瞧著黃藥師，又互相對望一眼，驚喜尷尬，面紅耳赤，誰也不敢作聲。歐陽克躺在柴草之中，盡皆聽在耳裏，雖腹中飢餓難熬，卻連大氣也不敢喘上一口。

天色逐漸昏暗，程瑤迦心跳越來越厲害，只聽黃藥師自言自語：「那傻姑娘怎麼還不回來？哼，諒那批奸賊也不敢向她動手。」轉頭對陸冠英道：「今晚洞房花燭，怎還不點蠟燭？」陸冠英道：「是！」取火刀火石點亮蠟燭，燭光下見程大小姐雲鬢如霧，香腮勝雪，臉上驚喜羞澀之情，委實難描難言，門外蟲聲低語，風動翠竹，直不知是眞是幻！

黃藥師拿一條板櫈放在門口，橫臥櫈上，不多時鼾聲微起，已自睡熟。陸程二人卻仍不動，過了良久，紅燭燒盡，火光熄滅，堂上黑漆一團。陸程二人低聲模模糊糊的說了幾句話，黃蓉側耳傾聽，卻聽不出說的甚麼，忽覺郭靖身體顫動，呼吸急促，似乎內息入了岔道，忙聚精會神的運氣助他。

待得他氣息寧定，再從小孔往外張時，只見月光橫斜，從破窗中照射進來，陸程二人已並肩依偎，坐在一張板櫈上，卻聽程瑤迦低聲道：「你可知今日是甚麼日子？」陸冠英道：「是咱倆大喜的日子啊。」程瑤迦道：「那還用說？今日七月初二，是我三表姨媽的生日。」陸冠英微笑道：「啊，你親戚一定很多，是不是？難爲你記得這許多人的生日。」黃蓉心想：「你夫人家中是寶應大族，她的姨媽姑母、外甥姪兒一個個做起生日來，可要累壞你這位太湖的陸大寨主了。」猛然間想起：「今日七月初二，靖哥哥要到初七方得痊可。丐幫七月十五大會岳陽城，事情可急得很了。」

忽聽得門外一聲長嘯，跟著哈哈大笑，聲振屋瓦，正是周伯通的聲音，只聽他叫道：「老毒物，你從臨安追到嘉興，又從嘉興追回臨安，一日一夜之間，始終追不上老頑童，咱哥兒倆勝負已決，還比甚麼？」黃蓉吃了一驚：「臨安到嘉興來回五百餘里，這兩人腳程好快！」又聽歐陽鋒的聲音叫道：「你逃到天邊，我追你到天邊。」周伯通笑道：「咱倆那就不吃飯、不睡覺、不拉屎拉尿，賽一賽誰跑得快跑得長久，你敢不敢？」歐陽鋒道：「有甚麼不敢？倒要瞧是誰先脹死了！」周伯通道：「老毒物，比到忍屎忍尿，你是決計比我不過的。」兩人話聲甫歇，一齊振吭長笑，笑聲卻已在遠處十餘丈外。

陸冠英與程瑤迦不知這二人是何等樣人，深夜之中聽他們倏來倏去，不禁相顧駭然，攜手同到門口觀看。黃蓉心想：「他二人比賽腳力，爹爹定要跟去看個明白。」果然聽得陸冠英奇道：「咦，祖師爺呢？」又聽程瑤迦道：「你瞧，那邊三個人影，最後那一位好像是你祖師爺。」陸冠英道：「是啊，啊，怎麼一晃眼功夫，他們奔得這麼遠啦？那兩位不知是何方高人，可惜不曾得見。」黃蓉心想：「老頑童也還罷了，老毒物見了可沒甚麼好處。」

陸程二人見黃藥師既去，只道店中只賸下他們二人，心中再無顧忌，陸冠英迴臂摟住新婚妻子的纖腰，低聲問：「妹子，你叫甚麼名字？」程瑤迦笑道：「我不說，你猜猜。」陸冠英笑道：「不是小貓，便是小狗。」程瑤迦笑道：「都不是，是母大蟲。」陸冠英笑道：「啊，那非捉住母大蟲不可。」程瑤迦一掙，躍過了桌子。陸冠英笑著來追。一個逃，一個追，兩人嘻嘻哈哈的在店堂中繞來繞去。

星光微弱，黃蓉在小鏡中瞧不清二人身形，只微笑著傾聽，忽然郭靖在她耳邊輕聲問道：「你說他捉得住程大小姐麼？」黃蓉輕笑道：「一定捉得住。」郭靖道：「捉住了便怎樣？」黃蓉心頭一熱，難以回答，卻聽陸冠英已將程瑤迦捉住，兩人摟抱著坐在板櫈上，低聲說笑。

黃蓉右手與郭靖左掌相抵，但覺他手掌心愈來愈熱，身子不住左右搖盪，也愈來愈快，不覺驚惶起來，忙問：「靖哥哥，怎麼啦？咱們暫停，不可息轉周天。」縮手放開了他手掌。郭靖身受重傷之後，定力大減，修習這九陰大法之時又不斷受到心中魔頭侵擾，這時聽到陸程二人親熱笑語，身旁又是個自己愛念無極的如花少女，漸漸把持不定，只覺全身情熱如沸，轉過身子，伸右手去抱她肩膀。

但聽他呼吸急促，手掌火燙，黃蓉暗暗心驚，忙道：「靖哥哥，留神，快定心沉氣。」郭靖心旌搖動，急道：「我不成啦，蓉兒，我……我……」說著便要站起身來。

黃蓉大急，道：「千萬別動！」郭靖強行坐下，呼吸了幾下，心中煩躁之極，胸口如要爆裂，又要長身站起。黃蓉喝道：「坐著！你一動我就點你穴道。」郭靖道：「對，你快點，我管不住自己。」

黃蓉心知他穴道若遭封閉，內息窒滯，這兩日的修練之功不免付諸東流，又得從頭練起，但若不點他穴道，只怕大禍立生，一咬牙，左臂迴轉，以「蘭花拂穴手」去拂他左胸第十一肋骨處的「章門穴」。手指將拂到他穴道，這時郭靖的內功已頗爲精湛，身上一遇外力來襲，肌肉立轉，不由自主的避開了她手指，黃蓉連拂兩下，都未拂中，第三下欲待再拂，忽然左腕一緊，已讓他伸手拿住。

此時天色微明，黃蓉見他眼中血紅如欲噴火，心中更驚，但覺他拉著自己手腕，嘴裏言語模糊，神智似已失常，情急下橫臂突肘，猛將肩頭往他臂上撞去。軟蝟甲上尖針刺入臂肉，郭靖一陣疼痛，怔了一怔，忽聽得村中公鷄引吭長啼，腦海中猶如電光一閃，心中登時清明，緩緩放下黃蓉手腕，慚愧無已。

黃蓉見他額上大汗淋漓，臉色蒼白，神情委頓，但危急關頭顯已渡過，欣然道：「靖哥哥，咱們過了兩日兩夜啦。」啪的一響，郭靖伸手打了自己一記巴掌，說道：「好險！」欲待伸手再打，黃蓉微笑攔住，道：「那也算不了甚麼，老頑童這等功夫，聽到我爹爹的簫聲時也把持不定，何況你身受重傷。」

適才郭靖這一陣天人交戰，兩人情急之下，都忘了抑制聲息。陸冠英與程瑤迦正當心搖神馳、意亂情迷，自然不會知覺，但內堂中歐陽克耳音敏銳，卻依稀辨出了黃蓉的語聲，不禁又驚又喜，凝神細聽，可又沒了聲息。他雙腿腿骨為巨岩壓得碎裂，一年半載難以痊愈，沒法走動，當下以手代腳，身子倒轉著走出來。

陸冠英與新婚妻子並肩坐在櫈上，左手摟住她肩頭，忽聽柴草簌簌聲響，回過頭來，見一人雙手撐地，從內堂出來，不由得大吃一驚，忙長身拔刀在手。歐陽克受傷本重，餓了多時，更加虛弱，忽見刀光耀眼，突覺一陣頭暈，摔倒在地。陸冠英見他滿臉病容，搶步上前扶他坐在櫈上，背心靠著桌緣。程瑤迦「啊」的一聲驚叫，認出他是曾在寶應縣擒拿過自己的那個壞人。

陸冠英見她神色驚惶，安慰道：「別怕，是個斷了腿的。」程瑤迦道：「他是歹人，我認得他。」陸冠英道：「啊！」歐陽克悠悠醒轉，叫道：「給碗飯吃，我餓死啦！」程瑤迦見他雙頰深陷，目光無神，已迥非當日欺辱自己之時飛揚跋扈的神態，她本就心軟，兼之正當新婚，滿心喜氣洋洋，於是去廚房盛了碗飯給他。

歐陽克吃了一碗，又要一碗，兩大碗飯一下肚，精力大增，望著程大小姐，又起邪心，但畢竟掛念著黃蓉，問道：「黃家姑娘在那裏？」陸冠英道：「那一位黃家姑娘？」

歐陽克道：「桃花島黃藥師的閨女。」陸冠英道：「你認得我黃師姑？聽說她已不在人世了。」歐陽克笑道：「你想騙得了我？我明明聽到她聲音。」左手在桌上一按，翻轉身子，此時右手斷臂已然續起，傷勢已大致痊可。

他雙手撐地，裏裏外外尋了一遍，回想適才黃蓉的話聲來自東面，但東首是牆，並無門戶，仔細琢磨，料想碗櫥之中必有蹊蹺。當下將桌子拉到碗櫥之前，翻身坐在桌上，拉開櫥門，滿擬櫥中必是一道門戶，那知裏面灰塵滿積，污穢不堪，甚是失望。凝神瞧去，見鐵碗邊上的灰塵中有數道新手印，心念一動，伸手去拿，數拿不動，繼以旋轉，只聽軋軋聲響，櫥中密門緩緩向旁分開，露出黃蓉與郭靖二人端坐小室。

他見到黃蓉自是滿心歡喜，但見郭靖在旁，卻又怕又妒，呆了半晌，問道：「妹子，你在這裏練功麼？」

黃蓉在小孔中見他移桌近櫥，料知必定為他識破行藏，即在盤算殺他之法，待見密門移動，在郭靖耳畔悄聲道：「我引他近前，你用降龍掌一招送他的終。」郭靖道：「我使不出掌力。」黃蓉欲待再說，卻見歐陽克已然現身，心想：「怎生撒個大謊，將他遠遠騙走，挨過這賸下來的五日五夜？」

歐陽克初時頗為忌憚郭靖，但見他臉色憔悴，想起叔父曾說已在皇宮中用蛤蟆功將他震死，原來居然未死，但受傷也必極重。他瞧了兩人神情，已自猜到七八分，有心再試一試，說道：「妹子，出來罷，躲在這裏氣悶得緊。」說著便伸左手來拉黃蓉衣袖。

黃蓉提起竹棒，一招「棒打狗頭」，往他頭頂擊去，出手狠辣，正是「打狗棒法」中的高招。棒夾風聲，來勢迅猛，歐陽克忙向左閃避，她竹棒早已變招橫掃。歐陽克吃了一驚，一個觔斗翻過桌子，落在地下。黃蓉若能追擊，乘勢一招「反戳狗臀」，已可命中他要害，但她盤膝而坐，不願冒險出室，心中連叫：「可惜！」

陸冠英和程瑤迦忽見櫥中有人，都吃了一驚，待得看清是郭黃二人，黃蓉與歐陽克已動上了手。

歐陽克一落下立即雙手撐地，重行翻上桌子坐定，施開了擒拿法，勾打鎖擊，隔著密室之門與黃蓉相鬥。黃蓉打狗棒法雖然奧妙，但身子不能移動，出招時不便使力，歐陽克的武功更高出她甚多，只拆了十餘招，已左支右絀，險象環生。陸冠英夫婦操刀挺劍，上前夾攻。歐陽克縱聲長笑，猛地發掌往郭靖臉上劈去。

此時郭靖全無抗拒之能，見到敵招，只有閉目待斃。黃蓉大驚，伸棒挑去。歐陽克手掌翻轉，已搶住棒頭，往外急奪。黃蓉那有他力大，身子一晃，只得撤手鬆棒，迴手在懷中一探，一把鋼針擲了出去。兩人相距不過數尺，歐陽克待見光芒耀目，鋼針已迫近面門，急忙腰間使力，仰天躺向桌面，避過鋼針。陸冠英見他這形勢正是俎上之肉，舉刀過頂，猛往他頸中斫下。歐陽克向右滾開。擦的一聲，陸冠英鋼刀砍入板桌，只聽頭頂嗤嗤聲響，鋼針飛過，突覺背上一麻，半邊身子登時呆滯，欲待避讓，右臂已讓敵人從後抓住。

程瑤迦大驚來救。歐陽克笑道：「好極啦。」當胸抓去，出手極快，早已抓住她胸前衣襟。程瑤迦忙迴劍砍他手腕，同時向後躍開，但聽嗤的一響，衣襟已給他扯下一塊，嚇得她長劍險些脫手，臉上沒半點血色，那敢再行上前。

歐陽克坐在桌角，回頭見櫥中密門又已閉上，對適才鋼針之險，心下也不無凜然，暗道：「這小妮子當眞不好鬥。啊哈，有了，待我將那程大小姐戲耍一番，管教這姓郭的小子和小妮子聽得心煩意亂，把持不定，壞了功夫，那時豈不乖乖的聽我擺布？」想到此處，心頭大喜，尋思：「黃家這小丫頭是天仙一般的人物，我總要令她心甘情願的跟我一輩子，倘若用強，終無情趣。此計大妙，妙不可言！」對程瑤迦道：「喂，程大小姐，你要他死呢，還是要他活？」

程瑤迦見丈夫身入敵手，全然動彈不得，忙道：「他跟你無冤無仇，求求你放了他罷。剛才你餓得要命，不是我裝了飯給你吃嗎？」歐陽克笑道：「兩碗飯怎能換一條性命？嘿嘿，想不到你全眞派也有求人的日子。」程瑤迦道：「他……他是桃花島主門下的弟子，你別傷他。」歐陽克笑道：「誰教他用刀砍我？若不是我避得快，這腦袋瓜子還能長在脖子上麼？你不用拿桃花島來嚇我，黃藥師是我岳父。」程瑤迦也不知道他的話是真是假，忙道：「那麼他是你的晚輩，你放了他，讓他跟你賠禮？」歐陽克笑道：「哈哈，天下那有這麼容易的事？你要我放他，也非不可，但須得依我一件事。」

程瑤迦見到他臉上的淫邪神色，已料知他不懷好意，當下低頭不語。歐陽克道：「瞧著！」舉起左掌，啪的一聲，將方桌擊下一角，斷處整整齊齊，宛如刀劈斧削一般。程瑤迦不禁駭然，心道：「就是我師父，也未必有此功夫。」須知歐陽克自小得叔父親傳，功夫確比中年方始學藝的孫不二精純，他見程瑤迦大有駭怕之色，洋洋自得，說道：「我叫你做甚麼，就做甚麼。要是不聽話，我就在他頭頸中這麼一下。」說著伸手比了比。程瑤迦打個冷戰，驚叫一聲。

歐陽克道：「你聽不聽話？」程瑤迦勉強點了點頭。歐陽克笑道：「好啊，這才是乖孩子呢。你去關上大門。」程瑤迦猶豫不動。歐陽克怒道：「你不聽話？」程瑤迦膽戰心驚，只得去掩上了門。歐陽克笑道：「昨晚你兩個成親，我在隔壁聽得清清楚楚。洞房花燭，竟不寬衣解帶，天下沒這般的夫妻。你不會做新娘子，我來教你。你把全身衣裳脫個乾淨，只要賸下一絲半縷，我立時送你丈夫歸天，你就是個風流小寡婦啦！」

陸冠英身不能動，耳中聽得清楚，只氣得目眥欲裂，有心要叫妻子別管自己，快些自行逃命，苦在口唇難動。

黃蓉當歐陽克抓住陸冠英時，已將密門閉上，手抓匕首，待他二次來攻，忽聽他叫程瑤迦脫衣，不覺又氣惱又好笑。她是小孩心性，雖恨歐陽克卑劣，但不自禁的也想瞧瞧這個扭扭捏捏的程大小姐到底肯不肯脫。

歐陽克笑道：「脫了衣裳有甚麼要緊？你打從娘肚皮裏出來時，是穿了衣裳的麼？你要自己顏面呢，還是要他性命？」

程瑤迦沉吟片刻，慘然道：「你殺了他罷！」歐陽克說甚麼也料不到她竟會說這句話，微微一怔，卻見她橫轉長劍，逕往頸上刎去，急忙揮手發出一枚透骨釘，錚的一聲，將她長劍打落在地。

程瑤迦俯身拾劍，忽聽有人拍門，叫道：「店家，店家！」卻是個女子聲音，她心頭一喜：「有人來此，局面可有變化。」忙俯身拾起長劍，立即躍出去打開大門。只見一個渾身素服的妙齡女子站在門外，白布包頭，腰間懸刀，形容憔悴，卻掩不住天然麗色。程瑤迦不管她是何等人物，總是絕境中來臨的救星，忙道：「姑娘請進。」

那少女見她衣飾華貴，容貌嬌美，手中又持著一柄利劍，萬萬想不到這荒村野店板門開處，竟出來這樣一位人物，不禁一呆，說道：「有兩具棺木在外，能抬進來麼？」

程瑤迦只盼她進來，別說兩具棺木，如是一百具、一千具尤其求之不得，忙道：「好極，好極！」那少女更感奇怪，心道：「棺木進門，大大犯忌，爲甚麼『好極』？」

向外招手，八名佚子抬了兩具黑漆的棺木走進店堂。

那少女回過頭來，與歐陽克一照面，大吃一驚，嗆啷一響，腰刀出鞘。歐陽克哈哈大笑，叫道：「上天注定咱們有緣，當眞逃也逃不掉。送上門來的艷福，不享大傷陰騭。」這少女正是曾遭他擒獲過的穆念慈。

她在寶應與楊康決裂，傷心斷髮，萬念俱灰，但世上尙有一事未了，便趕赴中都，取了寄厝在寺廟裏的楊鐵心夫婦靈柩，護送南下，要去安葬於臨安牛家村義父義母故居，然後出家爲尼。其時蒙古兵大舉來攻，中都面臨圍城，兵荒馬亂之際，一個女孩兒家帶著兩具棺木，一路上費了千辛萬苦，方得扶柩回鄉。她從未到過牛家村，見村中盡是些破爛的村屋，惟有傻姑那家小酒店，便去探問，豈知竟撞到了歐陽克。

她不知眼前這錦衣美女也正受這魔頭的欺辱，當日程瑤迦遭擄，穆念慈卻讓歐陽克藏在空棺之中，兩人沒會過面，還道程瑤迦是他姬妾，向她虛砍一刀，奪門便逃，只聽得衣襟帶風，一個人影從頭頂躍過。

穆念慈舉刀上撩，歐陽克身子尙在半空，左手食拇兩指已捏住刀背一扯，右手拉住她手腕。穆念慈腰刀脫手，身子騰空，兩人一齊落在進門一半的那具棺木之上。四個佚子齊叫：「啊也！」棺木落地，只壓得四名佚子的八隻腳中傷了五六隻。歐陽克右手將穆念慈摟在懷裏，左手揮刀背向佚子亂打。四名佚子連聲叫苦，爬過棺木向外急逃，另外四名伕子拋下棺木，力錢也不敢要了，紛紛逃走。

陸冠英身離敵人之手，便即跌倒。程瑤迦搶過去扶起，她對眼前情勢大是茫然，正籌思脫身之策，歐陽克左手在棺上一按，右手抱著穆念慈躍到桌邊，順手迴帶，又將程瑤迦抱在左臂彎中。他將兩女都點了穴道，坐在板櫈之上，左擁右抱，哈哈大笑，叫道：「黃家妹子，你也來罷。」

正自得意，門外人影閃動，進來一個少年公子，卻是楊康。

他與完顏洪烈、彭連虎等從黃藥師胯下鑽過，逃出牛家村。衆人受了這番奇恥大辱，默默無言的低頭而行。楊康心想要報此仇，非求歐陽鋒出馬不可，他到皇宮取書未回，於是稟明了完顏洪烈，獨自回來，在村外樹林中等候。那晚周伯通、歐陽鋒、黃藥師三人忽來忽去，身法極快，以楊康這點功夫，黑夜中又怎瞧得明白？到得次日淸晨，卻見穆念慈押著棺木進村。他怦然心動，悄悄跟在後面，見她進店，抬棺的伕子急奔逃走，好生奇怪，在門縫中一張，黃藥師早已不在，穆念慈卻給歐陽克抱在懷中，正欲大施輕薄。

歐陽克見他進來，叫道：「小王爺，你回來啦！」楊康點了點頭。歐陽克見他臉色有異，出言相慰：「當年韓信也曾受胯下之辱，大丈夫能屈能伸，那算不了甚麼。待我叔父回來爲你出氣。」楊康點了點頭，目不轉睛的望著穆念慈。歐陽克笑道：「小王爺，我這兩個美人兒挺不錯罷？」楊康又點了點頭。當日穆念慈與楊康在中都街頭比武，歐陽克並未在場，不知兩人之間這段淵源。

楊康初時並沒把穆念慈放在心上，後來見她對己一往情深，不禁感動，而此女又美貌逾恆，數次交往，遂結婚姻之約。楊康數次欲求肌膚之親，均爲所拒，不由得愛意更增。這時見歐陽克將她抱在懷裏，心中恨極，臉上卻不動聲色。

歐陽克笑道：「昨晚這裏有人結親，廚中有酒有鷄，小王爺，勞你駕去取來，咱倆共飲幾杯。我叫這兩個美人兒脫去衣衫，跳舞給你下酒。」楊康笑道：「那再好沒有了。」

穆念慈突然見到楊康，驚喜交集，可是他對自己竟絲毫不加理睬，早已十分著惱，待見他神情輕薄，要隨同歐陽克戲侮自己，胸中更一片冰涼，只待手足一得自由，決意便自刎在這負心郎之前，正好求得解脫，從此再不知人世間愁苦事。

只見他轉身到廚中取出酒菜，與歐陽克並坐飲酒。歐陽克斟了兩碗酒，遞到穆、程二女口邊，笑道：「先飲碗酒，以助歌舞之興。」二女雖氣得幾欲昏暈，苦於穴道遭點，酒碗觸到唇邊，無法轉頭縮避，都給他灌下了半碗酒。

楊康道：「歐陽世兄，你這身高明功夫，我眞羨慕得緊，先敬你一杯，再觀賞歌舞。」歐陽克接過楊康遞過來的酒碗，一飲而盡，隨手解開二女穴道，雙手仍按住她們背心要穴，笑道：「乖乖的聽我吩咐，那就不但沒苦吃，還有得你們樂的呢！」對楊康道：「小王爺，你喜歡那個妞兒，憑你先挑！」楊康微笑道：「這可多謝了。」

穆念慈指著門口兩具棺木，凜然道：「楊康，你瞧這是誰的靈柩？」

楊康回過頭來，見第一具棺木上朱漆寫著一行字：「大宋義士楊鐵心靈柩」，心中一凜，臉上卻漫不在乎，說道：「歐陽世兄，你緊緊抓住這兩個妞兒，讓我來摸摸她們的小腳兒，瞧是那個的腳小一些，我就挑中她。」歐陽克笑道：「小王爺眞是妙人！我瞧定是她的腳小。」說著在程瑤迦的下巴摸了一把，又道：「我有一門功夫，只消瞧了妞兒的臉蛋，就知她全身從上到下長得怎樣。」

楊康笑道：「佩服，佩服。我拜你爲師，請你傳了我這項絕技。」說著俯身到桌子底下。穆程二女都打定了主意，只待他伸手來摸，對準他太陽穴要害就是一腳。楊康笑道：「歐陽世兄，你再喝一碗酒，我就跟你說你猜得對不對。」

歐陽克笑道：「好！」端起碗來。

楊康從桌底下斜眼上望，見他正仰起了頭喝酒，驀地從懷中取出一截鐵槍的槍頭，勁透臂，臂達腕，牙關緊咬，向前猛送，噗的一聲，直刺入歐陽克小腹之中，沒入五六寸深，隨即一個觔斗翻出桌底。

這一下變起倉卒，黃蓉、穆念慈、陸冠英、程瑤迦全都一驚，只知異變已生，卻沒見到桌底下情狀。歐陽克雙臂急振，將穆程二女雙雙推下板櫈，手中酒碗隨即擲出，楊康低頭避過，嗆啷一響，那碗在地下碎成了千百片，足見這一擲力道大得驚人。

楊康就地打滾，本擬滾出門去，那知門口卻爲棺木阻住了。他翻身站起，回過頭來，只見歐陽克雙手撐住板櫈，身子俯前，臉上似笑非笑，雙目凝望自己，神色甚是怪異。楊康不由自主的打個寒噤，心中一萬個的想要逃出店門，但給他目不轉睛的盯著，身子竟似僵住了一般，再也動彈不得。

歐陽克仰天打個哈哈，笑道：「我姓歐陽的縱橫半生，想不到今日死在你這小子手裏，只是我心中實在不明白，小王爺，你爲甚麼要殺我？」

楊康雙足一點，身子躍起，要想逃到門外，再答他問話，人在半空，突覺身後勁風襲體，後頸已給一隻鋼鉤般的手抓住，再也沒法向前，騰的一下，與歐陽克同時坐在棺上。歐陽克道：「你不肯說，要我死不瞑目麼？」楊康後頸要穴給他抓住，四肢俱不能動，已知萬難倖免，冷笑道：「好罷，我對你說。你知她是誰？」說著向穆念慈一指。歐陽克轉過頭來，見穆念慈提刀在手，要待上前救援，卻又怕他傷了楊康，關切之容，竟與適才程瑤迦對陸冠英一般無異，心中立時恍然，笑道：「她……她……」忽然咳嗽不斷。

楊康道：「她是我未過門的妻子，你屢加戲侮，我豈能容你？」歐陽克笑道：「原來如此，咱們同赴陰世罷。」高舉了手，咳嗽聲中在楊康頭頂虛擬一下，舉掌便即拍落。

穆念慈大聲驚叫，急步搶上相救，已自不及。楊康閉目待斃，只等他這掌拍將下來，那知過了好一陣，頭頂始終無何動靜，睜開眼來，見歐陽克臉上笑容未斂，右掌仍然高舉，抓住自己後頸的左手卻已放鬆。他急掙躍開。歐陽克跌下棺蓋，已氣絕而斃。

楊康與穆念慈呆了半晌，相互奔近，四手相拉，千言萬語不知從何說起，望著歐陽克的屍身，餘怖尚在，兩顆心怦怦大跳。

程瑤迦扶起陸冠英，解開他被封的穴道。陸冠英識得楊康是大金國的欽使，雖見他殺了歐陽克，於己有恩，但也不能就此化敵爲友，上前一揖，不發一語，攜了程瑤迦的手揚長而去。兩人適才的驚險實是平生從所未歷，死裏逃生、陡然大喜之餘，竟都忘了去和郭靖、黃蓉廝見。

黃蓉見楊康與穆念慈重會，甚是喜慰，又感激他解救了大難，郭靖更盼這個義弟由此而改過遷善，與黃蓉對望一眼，都滿臉笑容。

只聽穆念慈道：「你爹爹媽媽的靈柩，我給搬回來啦。」楊康道：「這本是我份內之事，偏勞妹子啦。」穆念慈也不提往事，只和他商量如何安葬楊鐵心夫婦。

楊康從歐陽克小腹中拔出鐵槍槍頭，說道：「咱們快把他埋了。此事若給他叔父知曉，天下雖大，咱倆卻無容身之地。」當下兩人在客店後面的廢園中埋了歐陽克的屍身，又到村中僱人來抬了棺木，安葬於楊家舊居之後。楊鐵心離家已久，村中舊識都已凋謝，是以也無人相詢。安葬完畢，天已全黑。當晚穆念慈在村人家中借宿，楊康就住在客店之中。

次日清晨，穆念慈來到客店，想問他今後行止，卻見他在客堂中不住頓足，連連叫苦，忙問端的。楊康道：「我做事好不胡塗。昨日那男女兩人該當殺卻滅口，慌張之中，竟爾讓他們走了，這時卻到那裏找去？」穆念慈奇道：「幹麼？」楊康道：「我殺歐陽克之事，倘若傳揚出去，那還了得？」穆念慈皺眉不悅，說道：「大丈夫敢作敢為，你既害怕，昨日就不該殺他。」楊康不語，只盤算如何去追殺陸程二人滅口。

穆念慈道：「他叔父雖然厲害，咱們只消遠走高飛，他也難以找得著，而且他壓根兒不知是你下的手。」楊康道：「妹子，我心中另有一個計較。他叔父武功蓋世，我是想拜他為師。」穆念慈「啊」了一聲。楊康道：「我早有此意，只是他門中向來有個規矩，代代都是一脈單傳。此人一死，他叔父就能收我為徒啦！」言下甚是得意。

穆念慈聽了他口中言語，瞧了他臉上神情，穆念慈身上登時涼了半截，顫聲道：「原來昨天你冒險殺他，並非為了救我，卻是另有圖謀。」楊康笑道：「你也忒煞多疑，為了你，我就粉身碎骨，也是心甘情願。」穆念慈道：「這些話將來再說，眼下你作何打算？你是願意作大宋的忠義之民呢，還是貪圖富貴不可限量，仍要去認賊作父？」

楊康望著她俏生生的身形，心中好生愛慕，但聽她這幾句話鋒芒畢露，登感不悅，說道：「富貴，哼，我又有甚麼富貴？大金國的中都也給蒙古人攻下了，打一仗，敗一仗，亡國之禍就是眼前的事。」

穆念慈越聽越不順耳，厲聲道：「金國打敗仗，咱們正是求之不得，你卻大大惋惜，遺憾之極。哼，說甚麼亡國之禍？大金國是你的國家麼？這……這……」

楊康道：「咱們老提這些閒事幹麼？自從你走後，我想得你好苦。」慢慢走上前去，握住了她右手。穆念慈聽了這幾句柔聲低語，心中軟了，給他握著手輕輕一縮，沒有掙脫，也就由他，臉上微微暈紅。

楊康左手正要去摟她肩頭，忽聽得空中數聲鳥鳴，甚是嘹亮，忙衝出大門，抬起頭來，只見一對白色巨鵰振翅掠過天空。那日完顏洪烈率隊追殺拖雷，楊康曾見過這對白鵰，知道後來為黃蓉攜去，心想：「怎麼白鵰到了此處？」穆念慈也奔了出來，站在他身旁，只見兩頭白鵰在空中盤旋來去，大樹邊一個少女騎著駿馬，正向著遠處眺望。那少女足登皮靴，手持馬鞭，身穿蒙古人裝束，背懸長弓，腰間掛著一袋羽箭。

白鵰盤旋了一陣，順著大路飛去，過不多時，重又飛回。只聽大路上馬蹄聲響，數乘馬急奔而來。楊康心道：「看來這對白鵰是給人引路，教他們跟這蒙古少女相會。」

但見大路上塵頭起處，三騎馬漸漸奔近，嗤的一聲響，羽箭破空，一枝箭向這邊射來，那少女從箭壺裏抽出一枝長箭，搭上了弓，向著天空射出。三騎馬上的乘客聽到箭聲，大聲歡叫，奔馳更快。那少女策馬迎了上去，與對面一騎相距約有三丈，兩人齊聲唿哨，同時從鞍上縱躍而起，在空中手拉著手，一齊落在地下。楊康暗暗心驚：「蒙古人騎射之術一精至此，連一個少女也恁地了得，金人焉得不敗？」

郭靖與黃蓉在密室中也已聽到鵰鳴箭飛、馬匹馳騁之聲，過了片刻，又聽數人說著話走進店來。郭靖又驚又喜：「怎麼她也到了此處？可眞奇了。」原來說話的蒙古少女竟是她的未婚妻子華箏，另外三人則是拖雷、哲別、博爾忽。

華箏和哥哥嘰嘰咕咕的又說又笑，這些蒙古話黃蓉一句不懂，郭靖的臉上卻青一陣白一陣，適才的喜悅之情全已轉爲躭心：「我心中有了蓉兒，決不能娶她。可是她追到此處，我又豈能負義背信，這便如何是好？」黃蓉低聲道：「靖哥哥，這姑娘是誰？他們在說些甚麼？你幹麼心神不寧？」

這件事他過去幾次三番曾想對黃蓉言明，但話到口邊，每次總是又縮了回去，這時聽她問起，那能隱瞞，說道：「她是蒙古大汗成吉思汗的女兒，是我的未婚妻子。」

那日丘處機與江南六怪在中都客店中對郭靖談論他的婚事，江南六怪曾提及成吉思汗以愛女許婚，但其時黃蓉尚未來到窗外，是以於此事始終全無所知，這時一聽，不由得驚得呆了，淚水湧入眼眶，問道：「你……你有了未婚妻子？你怎麼從來不跟我說？」

郭靖道：「有時我想說，但怕你不高興，有時我又想不起這回事。」黃蓉道：「是你的未婚妻子，怎能想不起？」郭靖茫然道：「我也不知道啊。我心中只當她是親妹子、親兄弟一般，我不願娶她做妻子。」黃蓉喜上眉梢，問道：「爲甚麼呢？」郭靖道：「這份親事是大汗給我定的。那時候我沒有不歡喜，也沒覺得很歡喜，只想大汗說的話總沒錯。現今，蓉兒啊，我怎能撇下你去另娶別人？反正我只娶你，如果我不能娶你，我說甚麼也不能活了。因此我也沒跟你商量。」

黃蓉道：「那你怎麼辦？」郭靖道：「我也不知道啊。」黃蓉嘆了口氣，道：「只要你心中永遠待我好，你就是娶了她，我也不在乎。」頓了一頓，又道：「不過，還是別娶她的好，我不喜歡別的女人整天跟著你，說不定我發起脾氣來，一劍在她心口上刺個窟窿，那你就要罵我啦。且別說這個，你聽他們嘰哩咕嚕的說些甚麼。」

郭靖湊耳到小孔之上，聽拖雷與華箏互道別來之情。原來黃蓉與郭靖沉入海中之後，白鵰在風雨之中遍尋主人不獲，海上無棲息之處，只得回轉大陸，想起故居舊主，振翅北歸。華箏見白鵰回來，已感詫異，再見鵰足上縛著一塊帆布，布上用刀劃著幾個漢字，拿去詢問軍中的漢人傳譯，卻是「有難」二字。華箏心中好生掛懷，即日南下探詢。此時成吉思汗正督師伐金，與金兵在長城內外連日交兵鏖戰，是以她說走就走，也沒人能加攔阻。白鵰識得主人意思，每日向南飛行數百里尋訪郭靖，到晚間再行飛回，迤邐來到臨安，郭靖未曾尋著，卻尋到了拖雷。

拖雷奉父王之命出使臨安，約宋朝夾擊金國。但宋朝君臣苟安東南，畏懼金兵，金兵不來攻打，已是謝天謝地，那敢去輕捋虎鬚？因之對拖雷十分冷淡，將他安置在賓館之中，遷延不理。幸好完顏康在太湖中為陸氏父子所擒，否則宋朝還會奉金國之命，將拖雷殺了。及後消息傳來，蒙古出兵連捷，連金國的中都燕京也已攻下，宋朝大臣立即轉過臉色，對拖雷四王子長、四王子短，奉承個不亦樂乎。至於同盟攻金，變成毫不費力的打落水狗，尚能乘機坐收厚利，又何樂而不為？滿朝君臣立即催著訂約締盟。拖雷心中鄙夷，但還是與南宋訂了同盟攻金之約。這日首途北返，宋朝大臣恭送出城，拖雷懶得跟他們多所敷衍，拍馬便行。在臨安郊外見到了白鵰，他還道郭靖到來，那知卻遇上了妹子。

華箏問道：「你見到了郭靖安答麼？」拖雷正待回答，忽聽得門外人聲喧嘩，兵甲鏗鏘，宋朝護送蒙古欽使的軍馬終於還是趕著來了。

楊康悄然站在店門口，眼見宋軍的旗幟上大書「恭送蒙古欽使四王爺北返」的字樣，不禁思潮起伏，感慨萬狀。只不過數十日之前，自己也還是王子欽使，今日卻孑然一身，沒人理睬。他一生嘗的是富貴滋味，要他輕易拋卻，委實千難萬難。

穆念慈冷眼旁觀，見他神情古怪，雖不知他所思何事，但想來總是念念不忘於投靠異族而得的榮華富貴，不禁暗自神傷。

宋軍領隊的軍官走進客店，恭恭敬敬的參見拖雷，應答了幾句話，回身出來，喝道：「到每家人家去問問，有一位姓郭的郭靖郭官人，是在這村裏麼？倘若不在，就問到那裏去啦。」衆軍士齊聲答應，一轟而散。過不多時，但聽得村中鷄飛狗走，男叫女哭，自是衆軍士於詢問一無所得之餘，順手牽羊，拿些財物，若非如此，何以懲處如此消息不靈的村民？

楊康心念一動：「衆軍士乘機打劫，我何不乘機和這蒙古王子結交？和他一同北返，途中設法刺死了他，自非難事。蒙古大汗定然當是宋人所爲，那時蒙古與宋朝的盟約必敗，大利金國。」心下計議已定，向穆念慈道：「你等我片刻。」大踏步走進店堂。那將官高聲喝阻，伸手攔擋，給他左臂振處，仰天摔出，半天爬不起身。

拖雷與華箏一怔之間，楊康已走到堂中，從懷中取出那截鐵槍的槍頭，高舉過頂，供在桌上，雙膝跪下，放聲大哭，叫道：「郭靖郭兄長啊，你死得好慘，我定要給你報仇，郭靖郭兄長啊。」拖雷兄妹不懂漢語，但聽他口口聲聲呼叫郭靖的名字，大感驚疑，見那將官好容易爬起身來，忙命他上去詢問。

楊康邊哭邊說，涕淚滂沱，斷斷續續的道：「我是郭靖的結義兄弟，郭大哥給人用這鐵槍的槍頭刺死了。那奸賊是宋朝軍官，料來是受了宰相史彌遠的指使。」

拖雷兄妹聽到那通蒙古語的軍官傳譯出來，都似焦雷轟頂，做聲不得。哲別、博爾忽也均和郭靖情誼甚深，四人登時搥胸大哭。

楊康又說起郭靖在寶應殺退金兵、相救拖雷等人之事。拖雷等更無懷疑，細詢郭靖的死狀，仇人是誰。楊康說道害死郭靖的是大宋指揮使段天德，他知道此人的所在，這便要去找他報仇，只可惜孤掌難鳴，只怕不易成事，信口胡說，卻敘述得眞切異常。郭靖在隔室聽得明明白白，心中一片惘然。華箏聽到後來，拔出腰刀，便即橫刀自刎，拖雷眼明手快，忙奪過刀來，說道：「妹子，不能自盡，咱們定須給郭靖安答報仇。」

楊康見狡計已成了一半，暗暗歡喜，低下頭來，兀自假哭，瞥眼見到歐陽克從黃蓉手裏奪來的竹棒橫在地下，晶瑩碧綠，迥非常物，心知有異，走過去拾在手中。黃蓉不住叫苦，卻無計可施。

衆軍送上酒飯，拖雷等那裏吃得下去，要楊康立時帶領去找殺郭靖的仇人。楊康點頭答允，拿了竹棒，走向門口，回頭招呼穆念慈同行。穆念慈微微搖頭。楊康心想機不可失，兒女之事不妨暫且擱下，當下自行出店。衆人隨後跟出。

郭靖低聲道：「那段天德不是早在歸雲莊上給他打死了嗎？」黃蓉搖頭道：「我也

想不出其中道理。用刀刺你的，難道不是他麼？這人詭計多端，心思難測。」

忽聽得門外一人高吟道：「縱橫自在無拘束，心不貪榮身不辱！……咦，穆姑娘，怎麼你在這裏？」說話的卻是長春子丘處機。

穆念慈還未答話，楊康剛好從店中出來，見是師父，心中怦怦亂跳，此時狹路相逢，無處可避，只得跪下磕頭。丘處機身旁還站著數人，卻是丹陽子馬鈺、玉陽子王處一、清淨散人孫不二，以及丘處機的弟子尹志平。

上一日尹志平給黃藥師打落半口牙齒，忙去臨安城稟告師父。丘處機又驚又怒，立時就要去會黃藥師。馬鈺卻力主持重。丘處機道：「黃老邪昔年與先師齊名，咱七兄弟中只王師弟在華山絕頂見過他一面。小弟對他是久仰的了，早想見見，又不是去跟他廝打，大師哥何必攔阻？」馬鈺道：「素聞黃藥師性子古怪，你又是霹靂火爆的脾氣，見了面多半沒好事。他饒了志平性命，總算是手下留情啦。」丘處機堅執要去，馬鈺拗不過他，恰好全眞七子此時都在臨安附近，於是傳出信去，一起約齊了，次日同赴牛家村來。

全眞七子齊到，自然聲勢雄大，但他們深知黃藥師了得，是友是敵又不分明，絲毫不敢輕忽，由馬鈺、丘處機、王處一、孫不二、尹志平五人先行進村。譚處端、劉處玄、郝大通三人在村外接應。那知黃藥師沒見到，卻見了穆念慈和楊康。
丘處機見楊康磕頭，只哼了一聲，也不理會。尹志平道：「師父，那桃花島主就在這家小店之中欺侮弟子。」他本來叫黃藥師為黃老邪，給馬鈺呵責過幾句，只得改口。
丘處機向內朗聲說道：「全眞門下弟子馬鈺等拜見桃花島黃島主。」楊康道：「裏面沒人。」丘處機頓足道：「可惜，可惜見他不著！」轉頭問楊康道：「你在這裏幹甚麼？」楊康見了師父師叔，早嚇得心神不定，一時說不出話來。
華箏已向馬鈺凝望了半晌，這時奔上前來，叫道：「啊，你是那位給我捉白鵰兒的、頭髮梳成三個髻兒的伯伯，你瞧，那對小鵰兒這麼大啦。」縱聲唿哨，白鵰雙雙而下，分停在她左右兩肩。馬鈺微微一笑，點頭道：「你也來南方玩兒？」華箏哭道：「道長，郭靖哥哥給人害死啦，你給他報仇。」
馬鈺嚇了一跳，用漢語轉述了。丘處機和王處一都大驚失色，忙問端的。華箏指著楊康道：「他親眼所見，你們問他便是。」
楊康見華箏與大師伯相識，怕他們說話一多，引起疑竇，要騙過幾個蒙古蠻子自不費吹灰之力，對著師父與師伯師叔，可不能這般信口開河，向拖雷、華箏道：「你們在前面稍待片刻，我跟這幾位道長說幾句話，馬上趕來。」拖雷聽了軍官的傳譯，點了點頭，與衆人離村北去。

丘處機厲聲道：「郭靖是誰害死的，快說！」楊康尋思：「郭靖明明是我刺死的，嫁禍於誰好呢？」一時盤算未定，忽然想起：「我且說個厲害人物，讓師父去尋他，自行送了性命，那就永無後患。」恨恨的道：「便是桃花島黃島主。」全真七子早知黃藥師在追殺江南六怪，郭靖死於他手，原是理所當然，竟沒絲毫疑心。丘處機便即破口大罵黃老邪橫蠻毒辣，決不能跟他干休。馬鈺和王處一心下傷感，黯然無言。

忽聽得遠處隱隱傳來一陣哈哈大笑，跟著是如破鈸相擊般的鏗鏗數響，其後又是一人輕聲呼叫，聲音雖低，卻仍聽得清清楚楚。三般聲音在村外兜了個圈子，倏忽又各遠去。

馬鈺又驚又喜，道：「那笑聲似是周師叔所發，他竟還在人間！」只聽得村東三聲齊嘯，漸嘯漸遠。孫不二道：「三位師哥追下去啦。」王處一道：「聽那破鈸般的叫聲和那低呼，那兩人似乎是在追逐周師叔。」馬鈺心中隱然有憂，說道：「那二人功夫不在周師叔之下，不知是何方高人？周師叔以一敵二，只怕……」說著緩緩搖頭。全真四子側耳聽了半晌，聲息全無，知道這些人早已奔出數里之外，再也追趕不上。孫不二道：「有譚師哥等三個趕去相助，周師叔便不怕落單了。」丘處機道：「就只怕他們追不上。周師叔若知咱們在此，跑進村來那就好啦。」

黃蓉聽他們胡亂猜測，暗自好笑：「我爹爹和老毒物只是跟老頑童比賽腳力，又不是打架。若眞打架，你們這幾個臭牛鼻子上去相幫，又豈是我爹爹和老毒物的對手？」她適才聽丘處機大罵自己爹爹，自是極不樂意，至於楊康誣陷她爹爹殺了郭靖，反正郭靖好端端的便在身邊，她正和他手掌相接，熱氣相傳，她自毫不在乎。

馬鈺擺了擺手，衆人進店堂坐定。丘處機道：「喂，現下你是叫完顏康呢，還是叫楊康哪？」楊康見到師父一雙眼精光閃爍，盯住了自己，神色嚴峻，心知只要一個應對不善，立有性命之憂，忙道：「若不是師父和馬師伯、王師叔的指點，弟子今日尙自蒙在鼓裏，認賊作父。現下弟子自然姓楊啦。昨晚弟子剛與穆世妹安葬了先父先母。」

丘處機聽他如此說，心中甚喜，點了點頭，臉色大爲和緩。王處一本怪他和穆念慈比武後不肯應承親事，此時見二人同在一起，料來好事必諧，也消了先前惱怒之心。楊康取出刺殺歐陽克的半截槍頭，說道：「這是先父的遺物，弟子一直放在身邊。」

丘處機接了過來，反覆撫挲，大爲傷懷，嘆了幾口氣，說道：「十九年前，我在此處與你父及你郭伯父相交，忽忽十餘年，兩位故人都已歸於黃土。他二人之死，其實爲我所累。我無力救得你父母性命，尤爲終生恨事。」

郭靖在隔室聽他懷念自己父親，心中難過：「丘道長尙得與我父論交，我卻連父親之面也不得一見。楊兄弟能和他爹爹相會，可又勝於我了。」

丘處機又問黃藥師如何殺死郭靖，楊康信口胡謅一番。馬丘王三人與郭靖有舊，均各惋惜傷感。談論了一會，楊康急著要會見拖雷、華箏，頗有點心神不寧。

王處一望望他，又望望穆念慈，道：「你倆已成了親麼？」楊康道：「還沒有。」王處一道：「還是早日成了親罷。丘師哥，你今日爲他們作主，辦了這事如何？」黃蓉與郭靖對望了一眼，均想：「豈難道今日又要旁觀一場洞房花燭？」黃蓉又想：「穆姊姊性子暴躁，跟那位程大小姐大不相同，她洞房花燭之前，說不定還得跟那姓楊的小子來一場比武招親，打上一架，倒也熱鬧好看。」只聽楊康喜道：「全憑師尊作主。」

穆念慈卻朗聲道：「須得先依我一件事，否則決不依從。」丘處機聽了，微微一笑，道：「好，是甚麼事，姑娘你說。」穆念慈道：「我義父便是他生父，是完顏洪烈那奸賊害死的。他須得報了殺父之仇，我方能與他成親。」丘處機擊掌叫道：「瞧啊，穆姑娘的話眞是說到了老道心坎中去。康兒，你說是不是？」

楊康大感躊躇，正自思索如何回答，忽聽門外一個嘶啞的嗓子粗聲唱著「蓮花落」的調子，又有一個尖細的嗓子夾著叫道：「老爺太太行行好，賞賜乞兒一文錢。」

穆念慈聽聲音有些耳熟，轉過頭來，只見門口站著兩個乞丐，一個肥胖，一個矮瘦，那胖大的總有矮小的三個那麼大。這兩人身材特異，雖相隔多年，穆念慈仍記得是自己十三歲那年給他們包紮過傷口的兩丐，洪七公喜她心好，因此傳過她三天武藝。她要待上前招呼，但兩丐進門之後，目光不離楊康手中的竹棒，互相望了一眼，同時點了點頭，走到楊康跟前，雙手交胸，躬身行禮。

馬鈺等見了兩丐的步履身法，就知武功不弱，又見每人背上都負著八隻麻袋，知這二人是丐幫中的八袋弟子，班輩甚高，但他們對楊康如此恭敬，卻大為不解。

那瘦丐道：「聽弟兄們說，有人在臨安城內見到幫主的法杖，我們四下探訪，幸喜在此得見，卻不知幫主現下在何處乞討？」楊康雖持棒在手，對竹棒來歷卻全然不曉，聽了瘦丐的話，不知如何回答，只隨口「嗯」了幾聲。

丐幫中規矩，見了打狗棒如見幫主本人，二丐見楊康不加理睬，神色更加恭謹。那胖丐道：「岳州之會，時日已甚緊迫，東路簡長老已於七日前動身西去。」楊康越來越胡塗，又哼了一聲。那瘦丐道：「弟子為了尋訪幫主法杖，躭擱了時日，現下立即就要趕路。尊駕如也今日上道，就由弟子們沿途陪伴服侍好了。」

楊康心中詫異，他本想儘早離開師父，也不管二丐說些甚麼，既有此機會，便向馬鈺、丘處機等拜倒，說道：「弟子身有要事，不能隨侍師尊，還請恕罪。」

馬鈺等皆以為他與丐幫必有重大關連，丐幫是天下第一大幫會，幫主洪七公是與先師王眞人齊名的高人，自不能攔阻。當著二丐之面，不便細問，即與胖瘦二丐以江湖上儀節相見。二丐對全眞七子本就仰慕，知他們是楊康師執，更加謙抑，口口聲聲自稱晚輩。穆念慈提及往事，當年跟二丐曾有過一番交道，洪七公又指點過她武功，二丐神態更大爲親熱，便邀她同赴岳州之會。穆念慈深願與楊康同行，當下點頭答允。四人與馬鈺等行禮道別，出門而去。

丘處機本來對楊康甚爲惱怒，立即要廢了他武功，只是念著楊鐵心的故人之情，終究下不了手。這時一來見他與穆念慈神情親密，「比武招親」那件輕薄無行之事已變成了好事；二來他得悉自己身世後，捨棄富貴，復姓爲楊，也不枉自己一番教導心血；三來他大得丐幫高輩弟子敬重，全眞教面上有光，滿腔怒火登時化爲歡喜，手撚長鬚，望著楊穆二人的背影微笑。

當晚馬鈺等就在店堂中宿歇，等候譚處端等三人回來。可是第二天整日之中全無音訊，四人都心下焦急，直到午夜，方聽得村外一聲長嘯。孫不二道：「郝師哥回來啦！」馬鈺低嘯一聲，過不多時，門口人影閃動，郝大通飄然進來。

黃蓉未曾見過此人，湊眼往小孔中張望。這日正是七月初五，一彎新月，恰在窗間窺人，月光下見這道人肥胖高大，狀貌似是個官宦模樣，道袍的雙袖都去了半截，至肘而止，與馬鈺等人所服的都不相同。原來郝大通出家前是山東寧海州的首富，精研易理，以賣卜自遣，後來在煙霞洞拜王重陽爲師。當時王重陽脫下身上衣服，撕下兩袖，將衣服賜給他穿，說道：「勿患無袖，汝當自成。」「袖」與「授」音同，意思是說，師授心法多少，尚在其次，成道與否，當在自悟。他感念師恩，自後所穿道袍都無袖子。

丘處機最是性急，問道：「周師叔怎樣啦？他是跟人鬧著玩呢，還是當眞動手？」郝大通搖頭道：「說來慚愧，小弟功夫淺薄，只追得七八里就不見了周師叔他們的影蹤。譚師哥與劉師哥在小弟之前。小弟無能，接連找了一日一夜，全無端倪。」馬鈺點頭道：「郝師弟辛苦啦，坐下歇歇。」

郝大通盤膝坐下，運氣在周身大穴行了一轉，又道：「小弟回來時在周王廟遇到了六個人，瞧模樣正是丘師哥所說的江南六怪。小弟便即上前攀談，果眞不錯。他們剛從桃花島回來。」丘處機喜道：「六怪好大膽子，竟上桃花島去啦。難怪咱們找不著。」郝大通道：「六怪中爲首的柯鎭惡柯大俠言道，他們曾與黃藥師有約，是以赴桃花島踐約，本來該與郭靖同去，但等他不到，他們便自行去了。那知黃藥師不在島上。」丘處機道：「好險！幸虧黃老邪不在！」

郭靖聽說六位師父無恙，喜慰不勝，到這時他練功已五日五夜，身上傷勢已好了一大半。

第六日半夜丑牌時分，村東嘯聲響起。丘處機道：「劉師哥回來了。」待得片刻，只見劉處玄陪著一個長鬚長髮的老頭走進店來，那老頭身披黃葛短衫，足穿麻鞋，手裏揮著一柄大蒲扇，邊笑邊談的進店，見到全眞五子只微微點了點頭，毫不把衆人放在眼裏。只聽劉處玄道：「這位是鐵掌水上飄裘老前輩，咱們有幸拜見，眞是緣法。」

黃蓉聽了，險些笑出聲來，用手肘在郭靖身上輕輕一撞。郭靖也覺好笑。兩人都想：「且看這老傢伙又如何騙人。」

馬鈺、丘處機等都久聞裘千仞大名，登時肅然起敬，言語中對他甚爲恭謹。裘千仞卻信口胡吹。說到後來，丘處機問起是否曾見到他們師叔周伯通。裘千仞道：「老頑童麼？他早給黃藥師殺了。」衆人大吃一驚。劉處玄道：「不會罷？晚輩前日還見到周師叔，只他奔跑迅速，沒追趕得上。」

裘千仞一呆，笑而不答，心中盤算如何圓謊。丘處機搶著問道：「劉師哥，你可瞧見追趕師叔的那二人是何等樣人？」劉處玄道：「一個穿白袍，另一個穿青布長袍。他們奔得好快，我只隱約瞧見那穿青袍的面容十分古怪，像是一具殭屍。」裘千仞在歸雲莊上見過黃藥師，那時他身穿青布長袍，臉蒙人皮面具，有若殭屍，當時不知便是黃藥師，此刻爲了圓謊，便拉扯在一起，接口道：「是啊，殺死老頑童的，就是這個穿青布長袍的黃藥師了。別人又那有這等本事？我要上前勸阻，可惜已遲了一步。唉，老頑童可死得眞慘！」

鐵掌水上飄裘千仞在武林中名聲甚響，乃大有身分的前輩高人，全眞六子那想到他是信口開河，一霎時人人悲憤異常。丘處機把店中板桌拍得震天價響，自又把黃藥師罵了個狗血淋頭。黃蓉在隔室聽得惱怒異常，她倒不怪裘千仞造謠，只怪丘處機不該這般罵她爹爹。

劉處玄道：「譚師哥腳程比我快，或能得見師叔受害的情景。」孫不二道：「譚師哥到這時還不回來，別要也遭了老賊……」說到這裏，容色悽慘，住口不語了。丘處機拔劍而起，叫道：「咱們快去救人報仇！」

裘千仞怕他們趕去遇上周伯通，忙道：「黃藥師知道你們聚在此處，眼下就會找來。這黃老邪奸惡之極，今日老夫定然容他不得，我這就找他去，你們在這裏候我好音便了。」眾人尊他是前輩，不便違拗他言語，又怕在路上與黃藥師錯過，確不如在這裏以逸待勞，等候敵人，當下一齊躬身道謝，送出門去。

裘千仞跨出門檻，回身左手一揮，道：「不必遠送。那黃老邪武功雖然了得，我卻有制他之術。你們瞧！」伸手從腰間拔出一柄明晃晃的利劍，劍頭對準自己小腹，「嘿」的一聲，直刺進去。眾人齊聲驚呼，只見三尺來長的刃鋒已有大半沒入腹中。裘千仞笑道：「天下任何利器，都傷我不得，各位不須驚慌。我此去若與他錯過了，黃老邪找到此間，各位不必與他動手，以免損折，等我回來制他。」

丘處機道：「師叔之仇，做弟子的不能不報。」裘千仞嘆了口氣，道：「那也好，這是劫數使然。你們要報此仇，有一件事須得牢牢記住。」馬鈺道：「請裘老前輩指點。」裘千仞臉色鄭重，道：「一見黃老邪，你們立即合力殺上，不可與他交談片言隻字，否則此仇永遠難報，要緊，要緊！」說罷轉身而去，那柄利劍仍留在腹上。

衆人相顧駭然，馬鈺等六人個個見多識廣，但利劍入腹竟行若無事，實聞所未聞，心想此人的功夫委實深不可測。卻那裏知道這又是裘千仞的一個騙人伎倆：他那柄劍共分三截，劍尖上微一受力，第一二截立即依次縮進第三截之內，劍尖嵌入腰帶夾縫，旁人遠遠瞧來，都道刃鋒的大半刺入身體。他受完顏洪烈之聘，煽動江南豪傑相互火併，以利金人南下，是以一遇機會，立即傳播謠諑。

這一日中全眞六子坐立不寧，茶飯無心，直守到初七午夜，只聽村北隱隱有人呼嘯，一前一後，倏忽間到了店外。

馬鈺等六人原本盤膝坐在稻草上吐納練氣，尹志平功力較低，已自睡了，聽了嘯聲，一齊躍起。馬鈺道：「敵人追逐譚師弟而來。各位師弟，小心在意了。」

這一晚是郭靖練功療傷的最後一夜，這七日七夜之中，他不但已將內傷逐步解去，外傷創口起始愈合，而且與黃蓉兩人的內功也已有了進益。這最後幾個時辰正是他功行圓滿的重大關鍵。以前時刻，郭靖只消不是以內息順逆運轉大小周天之際，可與黃蓉手掌短暫分離，起身行走數步，稍加活動，但到了這最後關頭，須得連續順逆運轉三十六次大小周天，俾得功行圓滿，中間不能稍有停頓，自己內息不足，萬不能離開黃蓉手掌，否則氣息岔道，立時斃命。

黃蓉聽到馬鈺的話，大爲擔憂：「來的若是爹爹，全眞七子勢必與他動手，我又不能出去言明眞相，只怕七子都要傷在爹爹手裏，七子死活原不關我事，但靖哥哥與馬道長等大有淵源，以他性子，實難袖手不救。他若挺身而出，不但全功盡棄，性命也自難保。」忙在郭靖耳邊悄聲道：「靖哥哥，你務必答允我，不論有何重大事端，千萬不可出去。否則你就是殺了我！」郭靖剛點了點頭，嘯聲已來到門外。

丘處機叫道：「譚師哥，佈天罡北斗！」郭靖聽到「天罡北斗」四字，心中一凜，暗想：「九陰眞經中好多次提到北斗大法，說是修習上乘功夫的根基法門，經中所載的北斗大法微妙深奧，難以明白，不知馬道長他們的『天罡北斗』是否與此有關，倒要見識見識。」忙湊眼到小孔上張望。

他眼睛剛湊上小孔，只聽得砰的一聲，大門震開，一個道人飛身搶入，料想當是譚處端了。他左腳已跨進門檻，忽爾一個踉蹌，又倒退出門，原來敵人已趕到身後，動手襲擊。丘處機與王處一同時飛身搶到門口，袍袖揚處，雙掌齊出。蓬的一響，與門外敵人掌力相接，丘王二人退了兩步，敵人也倒退兩步，譚處端已乘這空隙竄進門來。月光下只見他頭髮散亂，臉上粗粗的兩道血痕，右手的長劍只賸下了半截，模樣甚是狼狽。

譚處端進門後一言不發，立即盤膝坐下，馬鈺等六人也均坐定。

只聽得門外黑暗中一個女人聲音陰森森的叫道：「譚老道，老娘若不是瞧在你師兄馬鈺份上，在道上早送了你性命。你把老娘引到這裏來幹麼？剛才出掌救人的是誰，說給梅超風聽聽。」靜夜之中，聽著她這梟鳴般的聲音，雖當盛暑，衆人背上也都不禁微微感到一陣寒意。她說話一停，便即寂靜無聲，門外蟲聲唧唧，清晰可聞。過了片刻，只聽得格格格格一陣響，郭靖知道發自梅超風的全身關節，她片刻間就要衝進來動手。

又過一會，卻聽一人緩緩吟道：「一住行窩幾十年。」郭靖聽得出是馬鈺的聲音，語調甚爲平和沖淡。譚處端接著吟道：「蓬頭長日走如顚。」聲音卻甚粗豪。郭靖細看這位全眞七子的二師兄，見他臉上筋肉虬結，濃眉大眼，身形魁梧。原來譚處端出家前是山東的鐵匠，歸全眞教後道號長眞子。

第三個道人身形瘦小，面目宛似猿猴，卻是長生子劉處玄，只聽他吟道：「海棠亭下重陽子。」他身材雖小，聲音卻甚洪亮。長春子丘處機接口道：「蓮葉舟中太乙仙。」玉陽子王處一吟道：「無物可離虛殼外。」廣寧子郝大通吟道：「有人能悟未生前。」清淨散人孫不二吟道：「出門一笑無拘礙。」馬鈺收句道：「雲在西湖月在天！」

梅超風聽這七人吟詩之聲，個個中氣充沛，內力深厚，暗暗心驚：「難道全眞七子又聚會於此？不，除了馬鈺，餘人聲音都截然不對。」她在蒙古大漠的懸崖絕頂曾聽過馬鈺與江南六怪冒充全真七子的說話之聲。她眼睛雖瞎，耳音卻極靈敏，記心又好，聲音一入耳中，歷久不忘。她不知當日卻是馬鈺故布疑陣，朗聲說道：「馬道長，別來無恙啊！」那日馬鈺對她頗留情面，梅超風雖出手狠毒，卻也知道好歹。譚處端追趕周伯通不及，歸途中遇到梅超風，他俠義心腸，素知黑風雙煞作惡多端，卻不知陳玄風已死，而梅超風重入師門後，已痛改前非，便即出手除害，卻非敵手。幸好梅超風認出他是全眞派道人，顧念馬鈺之情，只將他打傷，未下殺招，一路追趕至此。

馬鈺道：「托福，托福！桃花島與全眞派無怨無仇啊，尊師就快到了罷？」梅超風一怔，問道：「你們找我師父作甚？」

丘處機叫道：「好妖婦，快叫你師父來見識見識全眞七子的手段。」梅超風大怒，叫道：「你是誰？」丘處機道：「丘處機！你這妖婦聽見過麼？」

梅超風大聲怪叫，飛身躍起，認準了丘處機發聲之處，左掌護身，右抓迎頭撲下。郭靖知道梅超風這一撲凌厲狠辣，丘處機武功雖高，卻也不能硬接硬架，那知他仍盤膝坐在地下，既不抵擋，又不閃避。郭靖暗叫：「不妙！丘道長怎能恁地托大？」

眼見梅超風這一下便要抓到丘處機頂心，突然左右兩股掌風撲到，卻是劉處玄與王處一同時發掌。梅超風右抓繼續發勁，左掌橫揮，要擋住劉王二人掌力。豈知這二人掌力同流，一陰一陽，相輔相成，力道竟大得出奇，遠非兩人內力相加之可比。梅超風在空中受這大力激盪，身子向上彈起，右手忙變抓爲掌，力揮之下，身向後翻，雙足落上門檻，不禁大驚，心想這兩人功夫如此高深，決非全眞七子之輩，叫道：「是洪七公、段皇爺在此麼？」丘處機笑道：「咱們只是全眞七子，有甚麼洪七公、段皇爺了？」梅超風大惑不解：「譚老道非我之敵，怎地他師兄弟中卻有這等高手？難道同門兄弟之間，高低強弱竟如此懸殊？」

郭靖在隔室旁觀，也大出意料之外，心想劉王二人功力再高，最多也不過與梅超風在伯仲之間，雖二人合力，也決不能這麼一推就將她彈了開去。這等功夫，只有出諸周伯通、洪七公、黃藥師、歐陽鋒等人方始不奇，全眞七子那有如此本領？

梅超風性子強悍，除師父之外，不知世上有何可畏之人，越是受挫，越要蠻幹。那日在蒙古懸崖之上，馬鈺言語謙和，以禮相待，她便知難而退。但今日丘處機信了裘千仞的造謠，只道周伯通當眞已爲黃藥師所害，再加上殺害郭靖的仇恨，對桃花島一派恨之入骨，口中連稱「妖婦」，梅超風明知不敵，卻也不肯就此罷休，微一沉吟，便探手腰間，解下了白蟒鞭，叫道：「馬道長，今日要得罪了。」馬鈺道：「好說！」梅超風道：「我要使兵刃啦，你們也亮刀劍罷！」

王處一道：「我們是七個，你只一人，又加眼睛不便，全眞七子再不肖，也不能跟你動兵器。我們坐著不動，你進招罷！」梅超風冷冷的道：「你們坐著不動，便想抵擋我的銀鞭？」丘處機罵道：「好妖婦，今夜是你畢命之期，還多說甚麼？」梅超風哼了一聲，右手揮處，生滿倒鉤的一條長鞭如大蟒般緩緩遊來，鞭頭直指孫不二。

黃蓉聽隔室雙方鬥口，心想梅超風的白蟒鞭何等厲害，全眞七子竟敢端坐不動，空手抵擋，倒要瞧瞧使的是何等樣手段，拉了郭靖一把，叫他將小孔讓給她瞧。她見到全眞七子在店堂中所坐方位，心中一楞：「這是北斗星座之形啊！嗯，不錯，丘道長適才正是說要布天罡北斗。」黃藥師精通天文曆算之學，黃蓉幼時夏夜乘涼，就常由父親抱在膝上指講天上星宿，是以識得七個道人的陣形。

全眞七子馬鈺位當天樞，譚處端位當天璇，劉處玄位當天璣，丘處機位當天權，四人組成斗魁；王處一位當玉衡，郝大通位當開陽，孫不二位當搖光，三人組成斗柄。北斗七星中以天權光度最暗，卻居魁柄相接之處，最爲衝要，因此由七子中武功最強的丘處機承當，斗柄中以玉衡爲主，由武功次強的王處一承當。

梅超風的白蟒鞭衝向孫不二胸口，衝勁雖慢，勢道凌厲狠辣，那道姑仍凝坐不動。黃蓉順著鞭梢望去，見她道袍上繪著一個骷髏，暗暗稱奇：「全眞教號稱玄門正宗，怎麼她的服飾倒跟梅師姊是一路？」她不知當年王重陽點化孫不二之時，曾繪了一幅骷髏之圖賜她，意思說人壽短促，倏息而逝，化爲骷髏，須當修眞而慕大道。孫不二紀念先師，將這圖形繡在道袍之上。

銀鞭來得雖慢，卻帶著嗤嗤風響，眼見鞭梢再進數寸就要觸到她道袍上的骷髏，忽然銀鞭猛地回竄，就如一條蟒蛇頭上給人砍了一刀，箭也似的筆直向梅超風反衝過去。這一下來勢奇快，梅超風只感手上微微震動，立即勁風撲面，疾忙低頭，銀鞭已擦髮而過，心中叫聲：「好險！」回鞭橫掃。這一招鞭身盤打馬鈺和丘處機，二人仍端坐不動，譚處端和王處一卻出掌將銀鞭擋了開去。

數招既過，黃蓉已看得清楚，全眞七子迎敵時只出一掌，另一掌卻搭在身旁之人肩上。她略加思索，已知其中奧妙：「原來這與我幫靖哥哥療傷的道理一樣。他們七人之力合而爲一，梅師姊那能抵擋？」天罡北斗陣是全眞教中最上乘的玄門功夫，王重陽當年曾爲此陣花過無數心血。小則以之聯手搏擊，化而爲大，可用於戰陣。敵人來攻時，正面首當其衝者不用出力招架，卻由身旁道侶側擊反攻，猶如一人身兼數人武功，確然威不可當。

再拆數招，梅超風愈來愈驚，覺到敵人已不再將鞭子激回盪開，只因勢帶引，將銀鞭牽入敵陣，鞭子雖可舞動，但揮出去的圈子漸縮漸小。又過片刻，數丈長的銀鞭已有半條爲敵陣裹住，再也縮不回來。此時若棄鞭反躍，尚可脫身，但她在這條長鞭上曾用了無數苦功，給人安坐於地空手奪去，豈肯甘心？

她猶豫不決雖只瞬息之間，時機稍縱即逝，那天罡北斗之陣既經發動，若非當「天權」之位的人收陣，則七人出手一招快似一招，待得梅超風知道再拚下去必無倖理，無可奈何下咬牙放脫鞭柄，爲時已然不及。劉處玄掌力帶動，啪的一聲巨響，長鞭飛出打上牆壁，只震得屋頂搖動，瓦片相擊作聲，屋頂上灰塵簌簌而下。梅超風足下搖晃，給這一帶之力引得站立不定，向前踏了一步。

這一步雖只跨了兩尺，卻是成敗關鍵。她若早了片刻棄鞭，就可不向前跨這一步而向後踏出，立即轉身出門，七子多半不追，就算要追也未必追她得上，現下卻向前邁了一步，心知不妙，左右雙掌齊揮，剛好與孫不二、王處一二人的掌力相遇，略加支撐，馬鈺與郝大通的掌力又從後拍到。

她明知再向前行危險更大，但形格勢禁，只得左足又踏上半步，大喝一聲，右足飛起，霎時之間先後分踢馬鈺與郝大通手腕。丘處機、劉處玄同聲喝采：「好功夫！」也是一先一後的出掌解救。梅超風右足未落，左足又起，雖閃開了丘劉二人掌力，但右足落下時又踏上了一步。這一來已深陷天罡北斗陣中，除非將七子之中打倒一人，否則決然無法脫出。

黃蓉看得暗暗心驚，昏黃月光下見梅超風長髮飛舞，縱躍來去，掌打足踢，舉手投足均夾隱隱風聲，直如虎躍豹翻一般。全眞七子卻以靜制動，盤膝而坐，擊首則尾應，擊尾則首應，擊腰則首尾皆應，將她牢牢困在陣中。梅超風連使「九陰白骨爪」和「摧心掌」功夫，要想衝出重圍，總是給七子掌力逼回，只急得她哇哇怪叫。此時七子要傷她性命，原只舉手之勞，但始終不下殺手。

黃蓉看了半晌，便即醒悟：「啊，是了，他們是借梅師姊來擺陣練功。似她這般武功高強的對手，那能輕易遇上，定是要累得她筋疲力盡而死，方肯罷休。」可是她這番猜測，卻只對了一半，借梅超風練功確是不錯，但道家不輕易殺生，倒無傷她性命之意。黃蓉對梅超風雖無好感，然究屬同門，見七子對她如此困辱，卻甚不忿，看了一會不願再看，把小孔讓給郭靖。但聽得隔室掌風一時緊一時緩，兀自酣鬥。

郭靖初看時甚感迷惘，見七子參差不齊的坐在地下與梅超風相鬥，大是不解。黃蓉在他耳邊道：「他們是按著北斗星座的方位坐的，七個人內力相連，瞧出來了麼？」郭靖得這一言提醒，下半部《九陰眞經》中許多言語，一句句在心中流過，原本不知其意的辭句，這時看了七子出掌布陣之法，竟不喻自明的豁然而悟。他越看越喜，情不自禁的站了起來，手掌幾乎要脫開黃蓉手掌。

黃蓉大驚，急忙挽住。郭靖一凜，隨即坐下，又湊眼到小孔之上，此時他對天罡北斗陣的要旨已大致明白，雖尚不知如何使用，但七子每一招每一式使將出來，都等如是在教導他《九陰眞經》中體用之間的訣竅。那《九陰眞經》是前輩高人黃裳讀盡古來道藏而悟得，王重陽創這陣法時未曾見到眞經，然道家武學同出一源，根本要旨原無差異，是以陣中的生剋變化卻也脫不了眞經的包羅。當日郭靖在桃花島上旁觀洪七公與歐陽鋒相鬥固大有進益，畢竟他心思遲鈍，北丐與西毒二人的武功又皆非眞經一路，是以領悟有限，此時見七子行功布陣，以道家武功印證眞經中的道家武學，處處若合符節，這才是眞正的一大進益。

眼見梅超風支撐爲難，七子漸漸減弱掌力，忽聽得門口有人說道：「藥兄，你先出手呢，還是讓兄弟先試試？」

郭靖一驚，這正是歐陽鋒的聲音，卻不知他何時進來。七子聞聲也齊感驚訝，向門口望去，只見門邊兩人一人青衫一人白衣，並肩而立，正是那晚追趕周伯通的二人。全眞七子齊聲低嘯，停手罷鬥，站起身來。

黃藥師道：「好哇，七個雜毛合力對付我的徒兒啦。鋒兄，我教訓教訓他們，你說是不是欺侮小輩？」歐陽鋒笑道：「他們不敬你在先，你不顯點功夫，諒這些小輩也不知道桃花島主的手段。」

王處一當年曾在華山絕頂見過東邪西毒二人，跨上一步，正要躬身行禮，黃藥師身形微晃，反手就是一掌。王處一欲待格擋，那裏來得及，啪的一聲，頰上已吃了一記，一個踉蹌，險些跌倒。丘處機大驚，叫道：「快回原位！」但聽得啪啪啪啪四聲響過，譚、劉、郝、孫四人臉上都吃了一掌。丘處機見眼前青光閃動，迎面手掌劈來，掌影好不飄忽，不知向何處擋架才是，情急中袍袖急振，向黃藥師胸口橫揮出去。

丘處機武功爲七子之首，這一拂實是非同小可。黃藥師過於輕敵，竟爲他袍袖拂中，胸口一疼，忙運氣護住，左手翻上，已抓住袍袖，跟著右手直取丘處機雙目。丘處機奮力回掙，袍袖斷裂，同時馬鈺與王處一雙掌齊到。黃藥師身形靈動之極，對丘處機一擊不中，早閃到郝大通身後，抬起左腿，砰的一聲，踢了他個觔斗。

此時郭靖已將小孔讓給黃蓉，她見爹爹大展神威，開心之極，若不是顧念行功正順，郭靖之傷尚差約莫一兩個時辰，早就鼓掌叫好。

歐陽鋒哈哈大笑，叫道：「王重陽收的好一批膿包徒弟！」

丘處機學藝以來，從未遭過如此大敗，連叫：「齊佔原位。」但黃藥師東閃西晃，片刻間連下七八招殺手，各人抵擋不遑，那裏還布得成陣勢？只聽格格兩聲，馬鈺與譚處端腰裏長劍已給他拔出折斷，拋在地下。丘處機、王處一雙劍齊出，連綿而上。全眞劍法變化精微，雙劍連勢，威力甚盛，黃藥師倒也不敢輕忽，凝神接了數招。馬鈺乘這空隙，站定「天樞」之位揮掌發招，接著譚劉諸人也各佔定方位。

天罡北斗之陣一布成，情勢立變，「天權」「玉衡」正面禦敵，兩旁「天璣」「開陽」發掌側擊，後面「搖光」與「天璇」也轉了上來。黃藥師呼呼呼呼四招，盪開四人掌力，笑道：「鋒兄，王重陽居然還留下了這一手！」這句話說得輕描淡寫，但手上與各人掌力相接，已知情勢大不相同，這七人每一招發來都具極大勁力，遠非適才七人各自為戰時之可比，當下展開「桃華落英掌法」，在陣中滴滴溜溜的亂轉，身形靈動，掌影翻飛。黃蓉心道：「爹爹教我這桃華落英掌法時，我只道五虛一實，七虛一實，虛招只求誘敵擾敵，豈知臨敵之際，這五虛七虛也均可傷敵殺人。」

這一番酣鬥，比之七子合戰梅超風又自不同，不但黃蓉看得喘不過氣來，連歐陽鋒如此武功，也自心驚。梅超風在旁聽著激鬥的風聲，又是歡喜，又是惶愧。

忽聽「啊」的一聲，接著砰的一響，原來尹志平看著八人相鬥，漸漸頭昏目眩，天旋地轉，不知有多少個黃藥師在奔馳來去，眼前一黑，仰天摔倒，竟自暈了過去。

全真七子牢牢佔定方位，奮力抵擋，知道只消一人微有疏神，七子今日無一能保性命，全真派就此覆滅。黃藥師心中卻也暗暗叫苦，剛才一上來若立下殺招，隨手便殺了或重傷對方一二人，天罡北斗陣再也無法布成，只因先前手下留情，此時卻求勝不得，欲罷不能。雙方騎虎難下，不得各出全力周旋。黃藥師在大半個時辰之中連變十三般奇門武功，始終只能打成平手，直鬥到晨鷄齊唱，陽光入屋，八人兀自未分勝負。

此時郭靖七晝夜功行已滿，隔室雖打得天翻地覆，他卻心靜神閒，閉目內視，體內一團熱烘烘的內息運至尾閭，然後從尾閭升至腎關，從夾脊、雙關升至天柱、玉枕，最後升到了頂心的泥丸宮，稍停片刻，舌抵上顎，內息從正面下降，自神庭下降鵲橋、重樓，再落至黃庭、氣穴，緩緩降至丹田。頃刻之間，大周天已轉三十六周。

黃蓉見他臉色紅潤，神光燦然，心中甚喜，再湊眼到小孔中瞧時，不覺吃了一驚。只見父親緩步而行，腳下踏著八卦方位，一掌掌的慢慢發出。她知這是爹爹輕易決不肯用的最上乘武功，到了此時已是勝負即判、生死立決的關頭。全真七子也全力施為，互相吆喝招呼，七人頭上冒出騰騰熱氣，身上道袍盡為大汗浸透，迥非合戰梅超風時那麼安閒。

歐陽鋒袖手旁觀，眼見七子的天罡北斗陣極為了得，只盼黃藥師耗動眞氣，身受重傷，那麼二次華山論劍時就少了一個強敵，那知黃藥師武功層出不窮，七子雖不致落敗，要取勝卻也不易，心想：「黃老邪當眞了得！」但見雙方招數越來越慢，情勢漸趨險惡，不到一盞茶時分，這場惡戰便要終結。只見黃藥師向孫不二、譚處端分發兩掌，孫譚二人舉手招架，劉處玄、馬鈺發招相助，歐陽鋒長嘯一聲，叫道：「藥兄，我來助你。」蹲下身子，猛地向譚處端身後雙掌推出。

譚處端正自全力與黃藥師拚鬥，突覺身後一股排山倒海般的力道撞來，猛迅無倫，不但同門不及相救，自己也無法閃避，砰的一聲，俯身跌倒。

黃藥師怒喝：「誰要你來揷手？」見丘處機、王處一雙劍齊到，拂袖擋開，右掌卻與馬鈺、郝大通二人掌力抵上了。

歐陽鋒笑道：「那我就助他們！」雙掌倏向黃藥師背後推出。他下手攻擊譚處端只使了三成力，現下這一推卻是他畢生功力之所聚，乘著黃藥師力敵四子、分手不暇之際，一舉就要將他斃於掌下。他已算定先將七子打死一人，再行算計黃藥師，那麼天罡北斗陣已破，七子縱使翻臉尋仇，他也毫不畏懼。

這一下毒招變起俄頃，黃藥師功夫再高，也不能前擋四子，後敵西毒，暗叫：「我命休矣！」只得氣凝後背，拚著身後重傷，硬接他蛤蟆功的這一擊。歐陽鋒這一推勁力極大，去勢卻慢，眼見狡計得逞，正自暗喜。忽然黑影晃動，一人從旁飛起，撲在黃藥師背上，大叫一聲，代接了這一擊。

黃藥師與馬鈺等同時收招，分別躍開，但見捨命護師的原來是梅超風。黃藥師回過頭來，冷笑道：「老毒物好毒，果然名不虛傳！」

歐陽鋒這一擊誤中旁人，心中連叫：「可惜！」知道黃藥師與全眞六道聯手，自己性命難保，哈哈一聲長笑，飛步出門。

馬鈺俯身抱起譚處端，觸手大驚，但見他上身歪歪斜斜，腦袋旁垂。原來歐陽鋒這一招已將他前後肋骨和脊骨都打折了。馬鈺見師弟命在頃刻，不由得淚如雨下。丘處機仗劍追出，遠遠只聽歐陽鋒叫道：「黃老邪，我助你破了王重陽的陣法，又替你除去桃花島的叛師孽徒，餘下六個雜毛你獨自對付得了，咱們再見啦！」

黃藥師哼了一聲，他知歐陽鋒臨去之際再施毒招，出言挑撥，把殺死譚處端的罪孽全放在他身上，好叫全眞派對他懷怨尋仇。他明知這是歐陽鋒的離間毒計，卻也不願向全眞諸子解釋，慢慢扶起梅超風，見她噴得滿地鮮血，眼見是不活了。

丘處機追出數十丈，歐陽鋒已奔得不知去向。馬鈺怕他單身追敵又遭毒手，大叫：「丘師弟回來。」丘處機眼中如欲噴火，大踏步回來，戟指黃藥師罵道：「我全眞派跟你有何怨何仇？你這邪魔惡鬼，先害死我們周師叔，又害死我們譚師哥，所為何來？」黃藥師一怔，道：「周伯通？是我害死他了？」丘處機道：「你還不認麼？」

黃藥師與周伯通、歐陽鋒三人比賽腳力，奔馳數百里，兀自難分上下，原本是要分出勝負方始罷手，豈知奔跑中間，周伯通忽地想起將洪七公一人留在深宮之中，他武功已失，若為人發覺，立時有性命之憂，忙道：「老頑童有事，不比啦，不比啦！」他說不比就不比，黃藥師和歐陽鋒也眞奈何他不得，只好由他。黃藥師本待向他打聽愛女消息，也不及開口。譚處端等在後追趕，不久就見不到三人影子，但黃藥師等卻看得他們清清楚楚。老頑童既然有事，東邪西毒二人就回牛家村來瞧個究竟，卻生出這等事來。

這時丘處機暴跳如雷、孫不二扶著譚處端的身子大哭，都要和黃藥師拚個死活。黃藥師見誤會已成，只冷笑不語。

譚處端緩緩睜開眼來，低聲道：「我要去了。」丘處機等忙圍繞在他身旁，盤膝坐下，只聽譚處端吟道：「手握靈珠常奮筆，心開天籟不吹簫。」吟罷閉目而逝。

全眞六子低首祝告，祝畢，馬鈺抱起譚處端的屍體，丘處機、尹志平等跟在後面，頭也不回的出門而去。此時丘處機、孫不二等均已想到譚處端旣死，天罡北斗陣已破，再與黃藥師動手，枉自再送了六人性命，大仇只有等待日後再報了。

射鵰英雄傳(大字版) / 金庸作.　-- 二版.
-- 臺北市：遠流,　2017.10
冊；　公分. -- (大字版金庸作品集；9–16)

ISBN 978-957-32-8121-4 (全套：平裝).

857.9　　　　　　　　　　　　106016841